講談社文庫

署長刑事《デカ》　時効廃止

姉小路 祐

講談社

署長刑事《デカ》　時効廃止

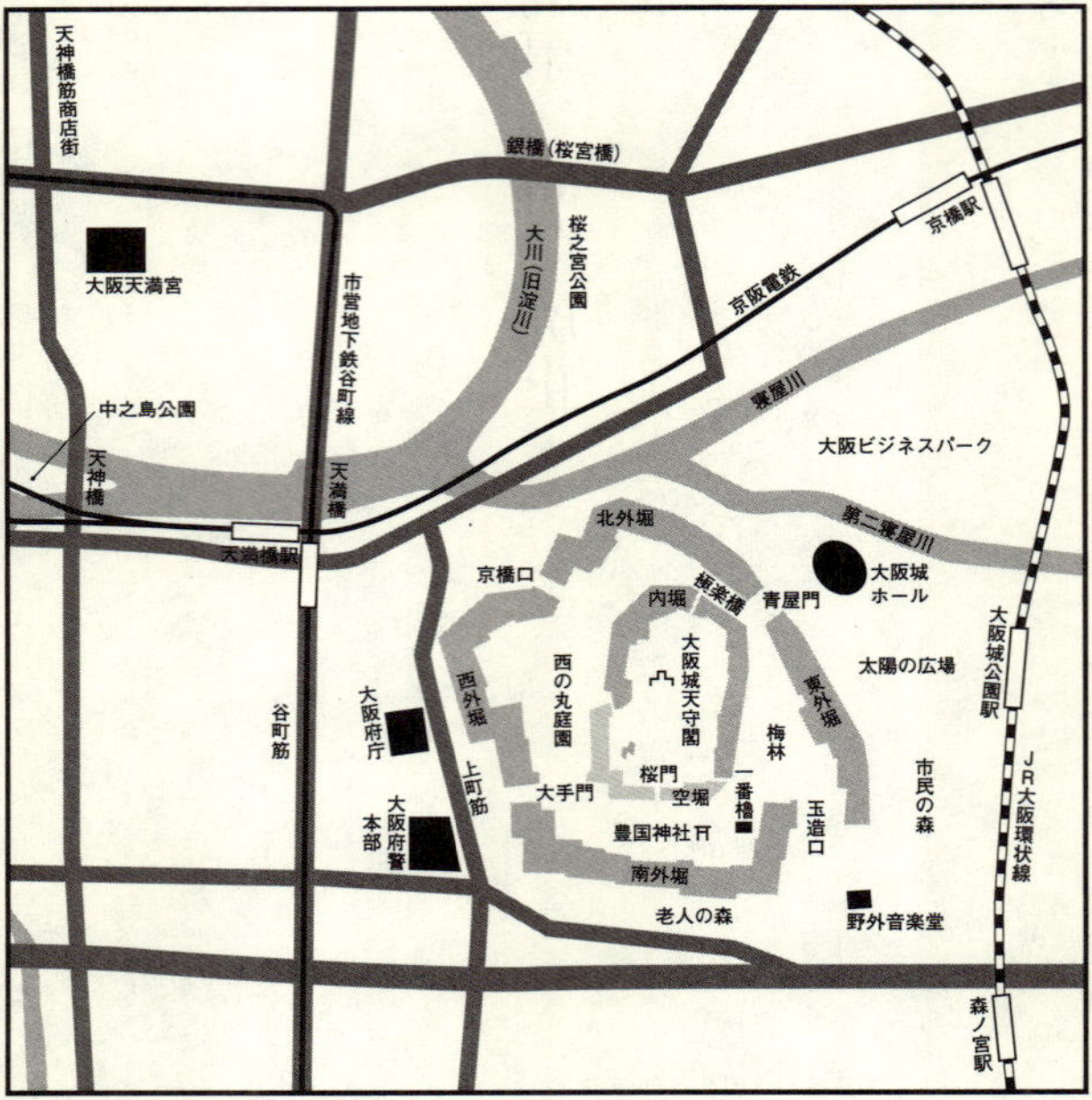
天神橋筋商店街
銀橋（桜宮橋）
大阪天満宮
大川（日淀川）
桜之宮公園
市営地下鉄谷町線
京阪電鉄
京橋駅
寝屋川
中之島公園
天神橋
天満橋
大阪ビジネスパーク
天満橋駅
北外堀
第二寝屋川
京橋口
極楽橋
内堀
青屋門
大阪城ホール
西外堀
西の丸庭園
大阪城天守閣
東外堀
太陽の広場
大阪城公園駅
大阪府庁
梅林
谷町筋
上町筋
桜門
空堀
一番櫓
市民の森
大手門
JR大阪環状線
大阪府警本部
豊国神社
玉造口
南外堀
老人の森
野外音楽堂
森ノ宮駅

第一章

1

「ギャグみこし？　何やそれ？」

古今堂航平《こきんどうこうへい》は、塚畑由紀《つかはたゆき》に訊き返した。

「ギャグみこしやのうて、ギャルみこしですぅ」

由紀は細い目をさらに細めて笑った。「署長さんは、大阪に七年間もいやはったのやよって、天神祭《てんじんまつり》はもちろん知ってはりますよね」

古今堂航平は、キャリア組の警察官としてこの春に警察庁から大阪府警中央署の署長に赴任したばかりの二十九歳だ。東京生まれだが、検事をしていた父の転勤で小学校二年から中学校二年までの七年間は、府下の守口市で育った。

「知ってるよ。船渡御《ふなとぎょ》を見に行ったことかて一回あるで」

〝天神祭〟という名前で祭神である菅原道真公の命日である二十五日にとりおこなわれる縁日は全国各地にあるそうだが、中でも大阪天満宮を中心に夏の大阪で繰り広げられる天神祭は、京都の祇園祭、東京の神田祭とともに日本三大祭として有名である。

大阪の天神祭の期間は、六月下旬の吉日から七月二十五日まで約一ヵ月の長きにわたるが、そのハイライトは最終日の七月二十五日の船渡御だ。大阪市内の中心部を貫くように流れる大川（旧淀川）に、数多くの船が行き交い、奉納花火が打ち上げられる。

「天神祭の協賛行事として、船渡御の前々日の二十三日に、ギャルみこしが出るんですよ。天神橋筋商店街の主催で、若い女性ばかりが二基のみこしを担《かつ》いで商店街など約四キロを巡行するんです」

塚畑由紀は昨年三月に大阪市内の高校を卒業して、府警に採用された十九歳の新人女性警察官だ。警察学校の初任科を一月に卒業して、中央署の庶務係に配属された。

「今年は三月に東日本大震災があったので船渡御の開催も危ぶまれたそうですけど、犠牲になったかたたちへの鎮魂と〝がんばろう日本〟という激励を込めて、実施されることになったそうです。船渡御が中止になったら、ギャルみこしも中止になるんやないか、と心配してました」

「それにしても、ギャルって古い言いかたやな」

「うちもそう思います。ギャルなんて、もう死語ですよね。創設されたんが昭和五十六年ということで、そのときの流行語がそのまま使われているってとこですよね。それで、ギャルみこしは毎年担ぎ手の公募をするんです。年齢は十五歳から三十歳までですけど、高校時代は柔道部の夏合宿があって行くことができひんで、去年は二十三日が金曜日やったんであきらめたんです」

由紀は柔道二段で、高校時代はインターハイの地区予選で優勝した経験もある。

「今年は応募したいのですけど、警察学校の教官が『署長さんの了解を一応もらってこい』て言わはったもんで」

大阪府警では、高卒警官の場合は警察学校に入って十ヵ月間の初任科講習を受ける。そのあと現場に三ヵ月間配属されたあと、再び警察学校に戻って三ヵ月間の初任補習科講習を全員が受ける。昨年四月に採用された由紀は、一月まで初任科講習を受けたあと、二月から四月まで中央署の庶務係で仕事をして、五月から七月まで再び警察学校で講習中だ。

「土曜日なら問題ないと思うで。公募ということはオーディションがあるんやね？」

「あります。六月いっぱいまでが公募期間で、オーディションは七月初旬の土曜日です。定員は八十人で例年二百人ほどの応募があるということやから、かなりの競争率です。これがミスコンならどう頑張ってもうちには勝ち目はあらへんですけど、応募条件は『体力に自身のある健康な女性』ということですよって」

由紀は身長百六十九センチで体重八十三キロ。握力は左右とも四十キロを超える。

「もし合格したら、ギャルみこしを担いでいるとこを見に来てくれはりますか？」

由紀は、満月のように丸い頰《ほお》を少し赤らめた。

「ああ、約束するで。今年は船渡御観賞にも行くことになってるさかいに、天神祭づくしやな」

「へえ、船渡御見物に行かはるんですか」

「と言うても、仕事絡みやけどな」

副署長の附田《つきた》がそのことを言いにきたのは先週のことだった。大川は、その左岸の一部が中央署の管内である大阪市中央区となる。船渡御の巡航コースに当たるのは、京阪電車の天満橋《てんまばし》駅を中心とした東西五百メートルほどで、北区や都島区《みやこじま》ほど距離は長くはないが、すぐ間近に巡航を見ることができる。その天満橋駅に近いビルの最上階で、中央区安全推進協賛会の主催で、船渡御観賞パーティが開かれるのが毎年の行事となっている。附田によると、同会は中央区に本社か大阪支店がある企業が作っている警察友の会のような団体ということで、古今堂が赴任した三日目にも歓迎会を開いてくれた。あのときは有名な大企業の社長や支店長の名刺を何枚ももらったが、誰とどのような会話を交わしたかは古今堂はほとんど覚えていない。

「船渡御観賞パーティは、年に一度の総会を兼ねていて、中央署長は主賓で招待される慣例ということなんや」

「ええやないですか。特等席で見物でけますね」

「主賓なんて肩が凝りそうで、あんまし好きやないんやけどな」

古今堂は、大阪にいたころの幼なじみである太子橋《たいしばし》信八《しんぱち》と船渡御を見に行きたいと思っていた。かつて小学校六年生で見物したときも、彼といっしょだった。十八年ぶりの再現をする予定だったが、かなわないことになってしまった。

「ごちそうが食べられるんやないですか」

「いや、主賓があまりガツガツするわけにはいかへんよ」

本音としては行きたくないのだが、仕事の一環だからしかたがない。むしろギャルみこしのほうが楽しく見られる気がする。

「ギャルみこしのオーディションに受かったら、連絡しますね」

「うん、朗報を待ってるで」

2

由紀がオーディションに合格したというメールが入ったのは、七月九日だった。

その夜、中央署管内で死亡事故が起きた。

現場は中央区城見《しろみ》二丁目──いわゆる大阪ビジネスパークにある建設中のビルの一角だった。大阪ビジネスパークは、大阪城の北東に位置する寝屋川《ねやがわ》と第二寝屋川と大阪環状線に囲まれた約二十六ヘクタールの広さの区域で、戦前は大阪砲兵工廠《ほうへいこうしょう》（大口径火砲を主体とする兵器の製造をしたアジア最大の軍事工場）などが建てられていたが、昭和二十年の空襲で大半が焼け野原になった。焼け跡地は不発弾が多く残って危険だということで、更地《さらち》となっていた。戦後の生活苦の中で、残骸の鉄屑を奪おうと侵入する人たちの姿とそれを取り締まる警察との攻防は、開高健の『日本三文オペラ』で活写され、また小松左京は『日本アパッチ族』でこの跡地を素材にしている。

昭和四十年ごろまでは更地のままだったが、官民合同で再開発計画が立てられ、高層オフィスビルや商業施設やコンサートホールなどが建ち並ぶエリアとなった。平成八年には地下鉄長堀鶴見緑地線の大阪ビジネスパーク駅が開業して、交通アクセスも向上した。

その大阪ビジネスパークに新たに建設が始まった十八階建てのビルがあった。施主は新興の情報通信会社で、関西における企業向け情報ネットワークの拠点として急ピッチで工事が進められていた。近隣に住宅がほとんどないということもあって、夜間も九時ごろまで工事が行なわれていた。

鉄骨が剝《む》き出しになったビルの十三階から、溶接に携わっていた男性作業員が転落して救急車で病院に運ばれたが、全身打撲で死亡した。七月九日の午後八時過ぎであった。

板内照男《いたうちてるお》という四十九歳の下請け作業員は、午後四時に自分の担当個所の溶接を終えて、いったん帰宅していた。ところが、午後六時ごろに現場主任が十三階の点検をしたところ、溶接のやり残しが見つかった。暑さのためについうっかり見落としたものと思われたが、そこの溶接ができていないと次の工程に進めない。板内は次は一週間後にしかこの現場に来ないので、それまで待ってはいられない。

現場主任は板内の自宅に連絡を入れたが、不在だったので留守番電話にメッセージを入れておいた。仲の良い作業員の話によると、彼は妻と離婚していて一人暮らしだということであった。仕事が終わったので食事にでも行ったのかもしれないが、戻ってもらう必要があった。溶接作業は誰にでもできるものではなかった。

その作業員の話によると、板内は無類の競艇好きで、それ以外の面では倹約家であった。費用がもったいないと、携帯電話も持っていないということだった。

現場主任はきょうのうちに連絡が取れないことを心配したが、三十分後に板内から電話がかかってきた。事情を聞いて板内は、おっくうそうな反応をしたが、現場に戻って溶接の補完をしてくれることになった。

やってきた板内は、仲の良い作業員とともにあす開催される住之江競艇場のメインレースの予想についてひとしきりの会話をしたあと、十三階に上がった。作業服には着替えたが、短時間なのでめんどうくさかったのだろう命綱は付けなかった。それが、悲惨な結果を生んだ。溶接を終えて戻ろうとした板内は、折から強くなってきた風にあおられ、足元のバランスを崩して転落した。

場内じゅうに響きわたる悲鳴と落下音がした。かぶっていたヘルメットは、あっさりと割れて砕けた。

現場主任は、救急車を呼ぶように居合わせた作業員に指示をして、地下一階部分まで落ちてしまった板内のところに駆け寄った。

「もう、あかん……」

板内はうつろな目を向けた。

「しっかりするんや」

そう励ましたものの、崩れた顔面に現場主任は思わず目をそらせた。

「きっと、バチがあたったんや。昔、あんな嘘をついたさかいに」

板内は血まみれの口からあえぐような声で絞《しぼ》り出した。それが、彼の最後の言葉となった。

いくら声をかけても、肩を何度揺すっても、板内は反応を見せなかった。

現場主任は、手を合わせた。

救急隊員は早く駆けつけてくれたが、死亡を確認するだけに終わった。

少し遅れて、所轄署である中央署のパトカーが二台やってきた。交番の警官もバイクで乗りつけてきた。

所轄署では、課長が輪番で〝当直長〟を務める。交番勤務の警官を含めて、夜勤の署員たちを集めて訓辞をして気を引き締めさせてから職務に当たらせる。交番の警官たちは、いったん署に集まって装備点検と訓示を受けてから、各派出所に向かうわけだ。

3

七月九日の中央署の当直長は、警備課長の大村正樹《おおむらまさき》であった。七人いる課長の中で最も年齢が若い四十八歳で、階級は警部だ。

大村自身もパトカーに同乗して、ビルの建設現場に向かい、事実関係を確認した。

板内が足を滑らせて墜落するところは、現場主任のほか二人の作業員が目撃していた。十三階には、板内以外の人間はいなかった。

中央署に引き揚げたあと、刑事課員たちに意見を求めた。大村は機動隊からスタートして、警備公安畑を歩いてきた人間で、刑事事件についての経験はほとんどない。

「事故死と判断して、問題はないだろうな？」

大村は、当直の刑事課員たちに確認するように訊いた。今年の二月に、中央署は判断ミスをして恥をかいた。そのときの当直長は左遷となった。

「文句なしの事故死ですな。念のため、十三階まで上がって調べましたが、ワックスが塗られていたといった不審なことはなかったですよ」

「自殺という可能性は、どうだろうか？」

「翌日の競艇を楽しみにしていた男が自殺するわけおませんで」

「そうだな」

「むしろ建設会社の管理責任としての業務上過失を検討すべきやないですか」

「しかし、短時間で終わるからと、命綱をつけなかったのは本人の責任だ」

「確かにそうですね」

「建設会社が命綱を用意していなかったのならともかく、業務上過失を問うのは無理だよ」

「溶接のやり残しも、請け負った本人が忘れたもので、無理に建設会社が追加したものやないですからね」

勝手にしゃべり始めた刑事たちを制するように、大村は声を上げた。

「要するに、事故死という結論で、みんな異議はないな」

まとめるように一同を見回した大村に、関係者を事情聴取したメモをじっと読み込む一人の刑事が遠慮がちに手を上げた。谷永作《たにえいさく》というベテランだ。谷は、マル暴つまり暴力団担当ということもあって現場には出向いていなかった。全員が出払うと、その間に別の事件が起きたときに対応要員がいなくなってしまう。

「すんまへん。転落した男は、『きっと、バチがあたったんや。昔、あんな嘘をついたさかいに』とほんまに言い残したんでっか？」

「ほんまにって、現場主任がそう言っていたんだから間違いない」

メモを書いた刑事が答える。

「どういう意味ですやろか？」

「そんなことまでわからんさ。男は競艇好きが高じて、離婚することになったらしい。女房に対する詫びを最後に言いたかったんやないか」

「けど、昔ついた嘘というのはどういうことですやろ」

「元女房についた嘘やろ」

「そうですやろか」

また刑事たちが勝手にしゃべり始めた。指揮官の旗の動き一つで全員が整然と行動する機動隊で育った大村には、私服刑事たちの統制のなさがだらしなく思えることがある。

「谷刑事。その最後の言葉が、事故死だという判断に影響を与えるのかね？」

谷は五十代で大村より年上だが、階級は巡査だ。

「いえ、そやおません。もういっぺん、板内照男の顔写真を見せとくれやす」

大村は、現場に行かなかった谷が、死んだ男のフルネームを正確に口にしたことが少し気になった。


翌朝、大村は刑事課長の宮本《みやもと》警部に引継ぎをした。これがもし昨夜の段階で殺人事件ということになったら、宮本は署に呼び出されていた。宮本だけでなく、副署長の附田も来ていたはずだ。署長の官舎は、署の建物の裏手にあり、本来なら副署長より先に連絡しなくてはならない存在だが、今年度の中央署は事情が違った。春に赴任した古今堂署長は、警察庁からやってきたキャリア警察官僚だ。来年の春には警察庁に帰ることになっている〝お客さん〟であり、〝大事な預かりもの〟だから、まず副署長のほうに先に連絡して説明をしてから署長に報告するように、と附田から言い含められている。

「当直者の間では、事故死で異論はなかったです」

最終的な判断は、当直長ではなく担当課長に委《ゆだ》ねられる。

「御苦労さんでした」

「ところで、マル暴の谷刑事が珍しく引っかかった顔を見せていました」

大村は谷のことをよくは知らないが、見ている限りでは、いつも表情を変えることなく淡々と仕事をしている印象がある。

「そうですか。あの男は、かつては府警本部の捜査一課にいたこともありましてね」

「そいつは知りませんでしたな」

本部の捜査一課は府警きっての花形セクションだ。激務であるにもかかわらず、希望者は多い。刑事分野のエリートでもある。警察官は古今堂のようなキャリアでない限りは、最初は制服警官として大半が交番勤務でスタートする。刑事になりたい者は、自転車泥棒やコンビニの万引といった小さな検挙を交番時代にコツコツと積んだうえで、殺人事件が起きたときなどに担当地域での有益情報を上げるといった実績を作ることで、所轄署の刑事として推薦してもらえる。刑事講習を受けたうえで、たいていは窃盗犯担当の三係に配属される。そこで現場のノウハウを覚えて、力量を認められたうえで強行犯担当の一係となり、さらに推薦を受けて府警本部に行くというコースになる。有能でなければ、捜査一課には上がれない。

「でも、どうして今は所轄のドサ回りを？」

谷は転勤も多い、と聞いたことがある。

「上司に逆らったことがあるようでしてね。それと、ヨメさんが事件関係者だから」

「関係者？」

「コロシで有罪が確定した男の妹をヨメにしたんですよ。なかなかのベッピンらしいが」

「なんぼベッピンでも、そいつはあかんですよ」

警察官はプライベート部分でも縛られるのが現実だ。大村自身も結婚に際しては、娶《しゅうさい》妻願《ねがい》というものを出した。結婚するのはこういう女性です、と申告して許可を受けなければならなかったのだ。たとえば暴力団員の娘と結婚すれば、警察官と暴力団員が義理の親子になるというタブーを冒すことになるからと説明されている。最も安全な結婚は、上司である警察官の娘を妻にもらうことだ。大村自身が、そうだ。年齢のわりには出世が早いのは、そういったことも影響しているだろう。

4

当直明けの谷は、自宅に帰った。妻の澄江《すみえ》はいつものように夕方まで近くのスーパーでパートで働いている。二人の娘は、学校に行っている。

まだ梅雨は明けず、きょうも曇り空だが、降雨はない。小さな花壇では、澄江が大切に育てているガクアジサイが咲いている。

谷は背広も脱がずに、自分の部屋に入った。自分の部屋といっても、わずか三畳のスペースだ。けれども谷は、この空間が気に入っている。小さな机と書棚、それにCDラジカセがあるだけだが、まぎれもない自分の城だ。疲れたときは、ごろんと横になることもできる。手足を思いっきり伸ばす広さはないが、それでも充分だ。

いつもの当直明けなら、ここで居眠る。だが、きょうは眠気はない。書棚の中から、大学ノートを取り出す。捜査資料を持ち帰ることはできないが、自費で買ったノートは私物だ。

「あれは、十七年前やった」

谷はつぶやきながら、ノートを繰《く》る。

板内照男――間違いなく、その名前が書かれていた。忘れられない事件の証言者だった。

捜査本部が置かれた四天王寺署にやってきたときの顔も覚えている。遺体写真で見たその顔は、ずいぶんと老け込んでいた。

「きっと、バチがあたったんや。昔、あんな嘘をついたさかいに」

板内は、その言葉を残して死んだ。

昔、というのがいつのことかはわからない。

だが、谷には十七年前のことだと思えてならない。

書棚から、スクラップブックを取り出す。黄色く変色した新聞記事が貼られてある。新聞記事は、捜査に携わる刑事にとっても重要な情報源だ。木を見て森を見ず、という警句があるが、現場で歯車のように動く一介の刑事には、事件の全体像が見えないこともある。そんなとき、新聞が役立つ。だが、十七年前の事件の場合は、新聞が連日報じる量が多すぎた。それだけ世間の関心があったということだろう。


木枯らしが吹き始めた平成六年十二月六日の夜に、事件は起きた。ＪＲ天王寺駅から徒歩数分のところに位置する天王寺区堀越町の住宅街から、一一〇番通報があったのは午後十時十七分二十三秒であった。

「た、助けてください。おばあちゃんが刺されて――」

若い女性の逼迫《ひっぱく》した声は、わずか五秒で終わった。同二十八秒に電話は切られてしまった。

「もしもし、落ち着いてください」

通信指令室で応対した警察官はそう声をかけたが、プー、プー、プーという電話が不通になったときの無機質な音が響くだけだった。

現在のようには携帯電話は普及していない時代で、固定電話からの発信であった。発信番号は非通知にはなっておらず、発信元の家は特定できた。

電話はすぐに切れてしまったが、女性の切迫した声はイタズラとは思えなかった。通信指令室は、再び電話がかかってくるのを待つことなく動いた。ＪＲ桃谷《ももだに》駅近くに、巡回警邏《けいら》中の機動捜査隊の覆面パトカーがいた。そこからだと、渋滞がなければ、四、五分で着ける距離だった。通信指令室は、急行するようにと指示を出した。

機動捜査隊の覆面パトカーは、サイレンを鳴らして到着した。閑静な住宅街だけに、寝入り端《ばな》を起こされた住民が何事かと窓から顔を出している。

通報があったと思われる家は、木造の平屋建てであった。間口は狭いが、奥行きはかなりありそうだ。この時間帯に玄関扉が半開きになっていることに、機動捜査隊員は尋常でないものを感じた。中は明かりが点いている。

「大丈夫ですかあ？」

特殊警棒を手に、機動捜査隊員は玄関から入った。そこには地獄絵図があった。

上がりかまちのところに、地味な服装をした老婆が血だらけで倒れていた。胸と腹と手の計五ヵ所を鋭利な刃物で刺されたようだ。仰向け状態で苦悶《くもん》の表情を浮かべているが、生気はまったくない。

通報してきたのは、若い女性ということだった。「おばあちゃんが刺されて――」と言って、電話は切れていた。

「誰か中にいますか？」

声をかけるが反応はない。

老婆から流れ出た血はかなり大量で、その一部にズック靴のようなもので踏まれた形跡があった。機動捜査隊員たちは、そこを踏まないように注意して長い廊下を前に進んだ。

靴跡は、長い廊下の奥へと続いていて、戻ってきている。廊下を一往復しているようだ。途中いくつもの部屋があった。その一つずつを開けていく。応接間、仏壇のある和室、居間、台所、風呂、トイレ、広間……仏壇のある和室以外は真っ暗で、機動捜査隊員たちは懐中電灯を持ちながら、慎重に開けていった。一番奥の部屋の扉に付けられた曇りガラス越しに明かりがもれている。その扉を開ける。これまでの部屋と違って、淡いピンクの壁紙がぐるりと張られた華やかな洋室だった。隅にはピアノが置かれ、その上にぬいぐるみがいくつも並んでいる。ベッドも、壁紙と合わせたような淡いピンクのシーツと蒲団カバーだ。

板張りの床の上に、パジャマ姿の長い黒髪の女性がうつぶせに倒れていた。白とピンクのチューリップが散りばめられた愛らしいパジャマの背中は、赤い血で染まっていた。床の上にも、鮮血が流れている。老婆よりも出血量は少ないが、血の色が老婆のそれよりも鮮やかなのは若さゆえだろうか。目視したかぎりでは、背中を深く刺された傷が二ヵ所あるだけだ。

ベッドの枕もとに電話機があった。受話器がフックから斜めに浮き上がった状態になっている。一一〇番通報をしたが、犯人に受話器を取られて叩きつけるように押されたというシーンが思い描けた。彼女の体は、電話機から逆の方向に向かって倒れている。犯人に通話を止められ、逃げようとしたところを背中を強く刺されたということだろう。きちんと整理された部屋だが、ベッドの脇にあるマガジンラックは倒れている。

床に流れた血にも、さっきと同じように靴で踏まれた跡があった。この靴跡は手がかりになるかもしれなかった。

機動捜査隊員から連絡を受けて、府警本部で事件待機番をしていた捜査一課刑事と鑑識課員が現場に向かった。

　現場での資料採取や写真撮影を終えたあと、うつぶせになっていた黒髪の若い女性が抱え起こされた。女性の胸ははだけていた。パジャマのボタンは引きちぎられ、ブラジャーは前のつなぎめ部分が切り裂かれていた。切り裂かれていたのは、ブラジャーだけではなかった。左右の乳首が、まるで葡萄《ぶどう》がもぎとられたように切り取られていた。色白の整った顔にはかすり傷一つなかっただけに、胸の無残さがよけいに引き立った。

　他の部屋も調べられたが、切り取られた乳首は見つからなかった。おそらく犯人が持ち去ったものと思われた。

　猟奇性をうかがわせる展開となった。


　夜を徹する形で、現場周辺での聞き込みが行なわれた。東隣は、近くにある教会の礼拝者用の駐車場になっていて、ミサなどがない限りは、夜間の利用者はいなかった。西隣は民家であったが、パン屋に勤める共働き夫婦は毎晩早く寝つくことにしており、覆面パトカーが来るまで何も気づかず、ぐっすり眠っていたということである。家の裏手は、自転車とバイクが通れる細い道になっている。つまり両面道路の一戸建てということになるが、裏手には出入り口はなく、一坪ほどの裏庭が造られている。

殺された老女は、芳田《よしだ》せつ子《こ》という名前の七十三歳の無職女性で、二十年ほど前からここに移り住んできたということだった。あまり近所づきあいはしないが、あいさつはきちんとするほうだったという。若い女性はその孫娘で、芳田香穂《かほ》という名前の二十一歳で、芦屋市にキャンパスのある阪神女子大の英文学科三年生であった。阪神女子大はお嬢さん大学として知られる名門であった。

事件待機番の班の一員として、谷も聞き込みに携わった。犯行時刻が正確に絞れただけに、聴取自体はやりやすかった。だが、成果は得られなかった。十二月の寒い夜である。家々の窓は閉められていた。不審者や不審車両を目撃した人は出てこなかったし、悲鳴や物音を聞いたという人もほとんど現れなかった。六メートル道路を挟んで向かいの家の主婦が入浴中に、孫娘の名前を叫ぶような芳田せつ子の声を聞いたような気がしたということくらいしか収穫がなかった。だが、その主婦も入浴中ということもあって外は見なかったと言った。

翌日になって、さらに新しい情報が集まった。芳田香穂は、高校まで母親（つまり芳田せつ子の娘）と一緒に神戸市東灘区に住んでいた。母親はいわゆるシングルマザーで、父親はわからない。母親は香穂が十八歳のときに白血病で早世して、祖母のせつ子と同居するようになっていた。

鑑識からの報告もなされた。現場からは、せつ子と香穂以外の人物の指紋や毛髪は検出されなかった。それだけに、靴跡は重要な手がかりになりそうだった。

孫娘の香穂が従事していたアルバイト先がわかったことで、四天王寺署に設けられた捜査本部がどよめいたのを、谷は今でも憶えている。

名門女子大学に通う香穂は、梅田にある添い寝クラブで抜群の人気のあるアルバイトコンパニオンだった。

彼女が働いていた添い寝クラブというのは、ビジネス街のサラリーマンたちに昼寝のためのスペースを十分間単位で提供するという新しいサービス業であった。薄暗い個室には癒しの香が焚《た》かれ、クラシックの音楽が流れる。入った客は、敷かれたウレタンマットの上に、服を着替えることなく横になる。外回りのセールスマンが休憩のために部屋を借りて仮眠を取るといったこともあるようだが、多くの客は添い寝してくれる女性が付くコースを選択する。浴衣《ゆかた》姿の女性が現われて、すぐ横で一緒に寝てくれる。オプションで、膝枕や軽い肩こりマッサージもある。しかし、それ以上の行為は一切ない。男のほうからのタッチも厳禁だ。入店の際には、運転免許証などで客の身元はきちんとチェックされ、もし違反した場合にはペナルティとしての罰金が科せられ、出入り禁止となる。営業時間も午前十一時から午後七時までであった。

アルバイトをする女性の募集の際には、こういったシステムが強調され、〝当店はいわゆる風俗店ではありません。タッチ行為は絶対にありません。もちろん服を脱ぐことも、露出度の高い衣装を着ることもありません。癒しの空間でゆっくりとくつろいで、高い報酬がもらえます〟というキャッチコピーが書かれてあった。女性にとっては悪い条件ではないようで、応募者は多く、店はルックスのよいコンパニオンをえりすぐることができた。それがまた客を集める理由ともなった。

芳田香穂は、その中でも一位の指名を得ていた売れっ子であった。彼女をめあてに店に通ってくる客は多かったが、その中に、出入り禁止となった男が一人いた。馬木《うまき》亮一《りょういち》という二十六歳のフリーターで、強引にタッチ行為を求めるといったことはなかったが、ほぼ一日おきのペースで頻繁にやってきて、店外デートに誘ったり、電話番号を執拗に訊いてきたりした。香穂に断られると、店の外で待ち伏せして声をかけてきたことがあった。別の日には、閉店後に帰宅する香穂のあとをそっとつけてきた。香穂は「気味が悪い」と馬木の出入り禁止を求め、店もそれに応じた。香穂が殺される約一ヵ月前の、十一月八日のことであった。馬木は店のフロントで泣きじゃくっていたということである。出入り禁止となったことで、添い寝クラブでは受付に立つ男子従業員が誰であってもすぐにわかるようにと馬木のポラロイド写真をカウンターの下に貼っていた。角張った輪郭、垂れ下がった目と眉、低くて大きな鼻、突き出た反《そ》っ歯《ぱ》、とかなりの醜男《ぶおとこ》であった。

捜査本部は、すぐに馬木亮一のことを調べ始めた。馬木には性犯罪の前科があった。約二年前に、朝の大阪環状線の中で女子高生の尻を触ったとして、鉄道警察隊に現行犯逮捕されて、略式起訴で罰金刑を受けていた。馬木は府立高校を出たあと、いわゆる第三セクターで作られたスポーツセンターで事務職員として働いていたが、痴漢行為での逮捕のあと、〝一身上の都合〟を理由に依願退職していた。

そのあとはフリーターとしていくつかの職場で働くようになり、半年前からは大阪港の近くにある食品会社で働いている。港に運ばれた食料品を点検して倉庫に運び入れるのが主な仕事だ。朝七時から夜九時まで十四時間の勤務で、曜日に関係なく一日おきに休みがある。添い寝クラブに一日おきにやってきていたのは、仕事の関係のようだ。時給は九百円程度ということで、稼ぎの半分以上は添い寝クラブで使っていたことになる。

馬木の住まいは、大阪市の平野区などと接する松原市のアパートであった。八ヵ月前までは二つ年下の妹と住んでいたが、妹が結婚したために一人暮らしとなった。馬木兄妹は親から育児放棄を受けて、大阪市内の施設で育っていた。親とはまったく会っていないようである。

事件のあった日は、馬木はアルバイト勤務日であった。午後九時まで黙々と仕事をして、いつものように一人ミニバイクに跨《また》がって職場をあとにしている。そのあとのことを知る同僚はいなかった。無口で、つき合いはほとんどしないということで、馬木は孤独な男として通っているようであった。

捜査本部は、馬木亮一へのマークを強める。馬木本人には気づかれることがないように細心の注意を払いながら、包囲網をかけていった。捜査本部は異様なほどの熱気に包まれていた。その主因はグリコ・森永事件の投影があったからだと、谷には思えてならない。昭和五十九年三月に起きたグリコ社長の拉致に端を発したあと、丸大食品、森永製菓、ハウス食品、不二家などの食品会社を次々と脅迫し、〝かい人21面相〟を名乗った犯人グループは、関西弁の挑戦状を報道機関などに何度も送りつけた。青酸入りの菓子が店頭に並んだことで、子供たちを含めた社会をパニックに落とし入れ、劇場型犯罪とも言われた。いわゆる〝キツネ目の男〟の似顔絵や〝青酸入り菓子を置くビデオの男〟、さらには〝現金引渡し場所を指定する子供の声〟といった犯人グループへの手がかりもあったが、検挙には至らなかった。とりわけ、ハウス食品への恐喝事件では、現金受け渡しのために接触をしようとした犯人らしき人物が乗った車を取り逃がすという失態をし、警察は世間の批判にさらされる。取り逃がしのあとは、犯人グループと接触できるチャンスらしいチャンスもなく、威信を懸けた捜査を続けたにもかかわらず、時間は過ぎていった。そして、発端から十年後の平成六年三月に、グリコ社長に対する誘拐・身代金要求が公訴時効を迎えた。警察の捜査態勢は大幅に縮小されることになり、あとは摑みどころの少ない青酸菓子ばら撒きによる殺人未遂の時効まで約六年を残すのみであった。「税金の無駄遣い」「無能集団」と警察が批判を浴びたその年の秋に起きたのが、〝名門女子大生と祖母刺殺事件〟と一部マスコミが名付けたこの事件であった。

殺された芳田香穂が、映画女優になってもおかしくないほどの端麗な容姿をしていたこと、お嬢様大学に通う一方で浴衣姿で添い寝をするというアルバイトをしていたこと、そして彼女の両乳首が切り取られていたこと、といった報道が過熱する素材が備わっており、グリコ・森永事件以来の世間の耳目《じもく》を集める様相を呈していた。大阪府警としては、名誉挽回をする絶好の機会であった。グリコ・森永事件は、大阪府警だけでなく、グリコ社長宅のあった西宮市を管轄する兵庫県警も大きく関わっていた。時効成立は、両府県警ともに権威を落とすことになった。その汚名を、大阪府警だけがそそぐことができる好機でもあった。

谷は先輩の三《み》沢《さわ》裕司《ゆうじ》刑事とともに、馬木がかつて正規の職員として勤めていたスポーツセンターを訪れた。

「ここだけの話なんですが、馬木亮一さんに見合い話が持ち上がっていまして」

三沢はポーカーフェイスで切り出した。

捜査員たちは、馬木のところに警察の捜査が伸びていることを感づかれないために、就職採用や結婚のために依頼を受けている興信所の調査員を装った。もし馬木と仲のいい人間がいたら、そこから伝わってしまって警戒を招くおそれがあるからだ。警察官が身分詐称をすることはないと世間では思われているかもしれないが、実はわりとよく行なわれる手である。谷は、グリコ社長誘拐事件の時効が迫った時期に、急に増員された捜査本部に加わったが、そのときは白衣を着て大阪大学の研究者を装った。ターゲットになっていたのは元学生運動幹部の一家で、その子供に「大阪に住んでいる人たちのイントネーションというやつを阪大で研究しているんや。ぜひとも協力してんか」と通学路で声をかけて、教科書の一部を読ませて、現金引渡しの指定をしてきた子供の声との声紋鑑定にかけた。谷としては、いくら捜査のためとはいえ、騙《だま》すという後ろめたさを感じる行為であった。

「馬木に見合い話ですか？」

元同僚たちは意外そうな反応を見せた。スポーツセンターに勤めていたということからは、健康的な青年というイメージがあったが、馬木亮一は心肺機能が不充分という弱点を持っていた。病欠が多いということで、高校を一年留年したこともあったそうだ。

「高校のときに進路指導の先生から、『スポーツセンターなら、身近に体を鍛《きた》えるマシーンもあるから、君にはいい職場になるんじゃないか』と勧められたということでしたね。うちは民間企業ではないからそれほど営業数字に追われることもないだろうというのも、勧められた理由だったそうです」

「彼は、トレーニングマシーンは使っていましたか？」

「最初の数週間だけでしたね。それもごく短時間で終わってました」

「どういう性格でしたか？」

「病弱なうえに、自分の容姿に自信が持てないということで、とにかくネクラな男でしたね」

「仲がいい同僚は？」

「いなかったと思いますね。自分の殻《から》を持っていて、そこに閉じこもっているというタイプでしたから」

「恋人は？」

「いなかったでしょうね。うちの女子職員の中には気味悪がっていた者もいました。全然モテなかったです」

「退職の理由は？」

「よくわからないんですよ。朝から無断欠勤をして、全然連絡が取れなかったことがあって、その翌日も休んで、その次の日にもう辞表でした」

同僚たちからは隠しているという素振りは感じられなかった。馬木は痴漢で現行犯逮捕されたことを誰にも言わずに退職したようだった。

「本当に、馬木に見合い話なんですか？　あいつの妹のほうの縁談じゃないのですか」

同僚の一人が訊いてきた。

「と言いますと？」

「天王寺のファミレスで、馬木が若い女とメシを食っているところを見たことがあったんですよ。和服が似合いそうなかなりの美人でした。そのときは声をかけずに、翌日に問い詰めてみたら『あれは妹や』とあっさり答えよりました。目が垂れているところ以外は全然似てなくて、その垂れ目も彼女の場合は愛嬌を増していました。妹さんなら、縁談が持ち上がってもおかしくないですが」

彼らは、谷たちがやってきたことに納得できない表情を見せた。

「別のことを訊きますが」

ベテランの三沢刑事は巧みに次の質問に移った。「マシーンを利用しようと思ったら、シューズが要りますよね」

「もちろんです。専用のシューズを履きます」

「馬木さんのシューズのサイズを教えてください」

「どうしてそんなことを？」

「見合いを予定している相手の女性が、靴をプレゼントしたいそうですが、サイズがわからないそうなので」

「靴を贈るんですか？」

「〝あたしは、あなたの顔なんかには関心ないのよ〟——というメッセージじゃないですか。たぶん」

「その女性のルックスを見てみたいですね」

同僚たちは笑った。

「馬木なら、私と同じ靴のサイズなんで憶えていますよ。二十五・五です」

「ここで使われている専用のシューズというのを見せてもらえませんか。いえ、ほんの参考までです」

そのシューズの裏の紋様は、現場で採取されたものとはまったく違った。サイズも、現場のほうは二十六・五であった。

スポーツセンターをあとにして、谷は三沢に話しかけた。

「靴のサイズが違いましたね」

「いや、あれは否定材料にならない」

「なんでですか？　現場のほうが一センチ大きいやないですか」

「大きめの靴を履くことはできる。それで捜査を攪乱させることを狙ったのかもしれない」

「そうか。逆に小さめの靴を履くことはしんどいですけどね」

靴が大きくてぶかぶかするなら、詰め物をするという方法もありそうだ。

馬木は捜査線上に大きく浮かんだ男であったが、決め手に欠いていた。痴漢事件の逮捕のときに、馬木は指紋を採取されていた。しかし、現場からはその指紋は出てこなかった。

馬木は、大阪港に近い食品会社でのアルバイトを続けていた。尾行はしっかりついていたが、不審な動きはとくには見受けられなかった。

連日、マスコミは事件を大きく報じた。芳田香穂の顔写真が繰り返し、テレビの画面や新聞紙面に載った。彼女の高校時代のクラスメートに、東京でメジャーデビューを果たし、紅白歌合戦にも出場したシンガーソングライターがいたことも、報道に拍車をかけた。コンサートが終わったあと、彼女は涙ながらに無残な死にかたをした香穂を悼《いた》み、事件の一刻も早い解決を祈った。

そして、夕刊紙の一つが、添い寝クラブの従業員の話として芳田香穂に入れ揚げるようにして足繁く通い、結果的に出入り差し止めになった〝青年A〟がいたことを派手な見出しで報じた。

馬木に任意同行を求めて、取り調べにかけようという意見が、捜査本部で多数を占めた。尾行を受けている馬木がミニバイクでの通勤途中で道路交通法違反でもすれば別件で引っ張ることもできなくはなかったが、彼は交通ルールは守っていた。

そんなときに、一人の人物が四天王寺署を訪れた。それが、板内照男だった。板内は、天王寺区に隣接する生野区に住んでおり、そのため生野区を所轄する警察署に足を運んだが、四天王寺署に行ってほしいと言われて回ってきたということであった。

「わしは、警察が好きやない。若いころは、暴走族まがいのことをやっていて、検挙されて留置場に入れられたことが二回ある。つい先月も、競艇場の近くの居酒屋で連れが他の客と喧嘩してしもて、ほんまは止めに入ったのに一緒に殴ったとされて、くだらん説諭を警官から受けた。警察に協力する気なんかあらへんかったけど、あんなベッピンのおなごが二十一歳で殺されてしもうたんはかわいそう過ぎる。おばあさんのほうかて、せつないがな。孫を守ろうと思うて犠牲になったのに、その孫も殺されたやなんて」

板内はそう切り出した。「わしは、週に二回ほどジョギングをする。家から、四天王寺か天王寺公園かのどっちかまで走って、帰ってくるんや。天王寺公園まで行って帰ってくるときは、あの家の前を通る。わしは町工場をやっているんやが、座りっぱなしの仕事やからな」

「要点を言ってもらえんかな。こっちも忙しいんだから」

応対した三沢刑事は苛ついた声を出した。

「おいおい。市民がせっかく協力しようとしてるのに、偉そうな態度に出るんやな」

「そんなつもりはないけど、どういう協力なのか早く言ってほしいんだよ」

「わしは、ジョギングの途中で、殺されたあのおなごを見かけたことがある。めったにおらんベッピンやから印象に残っているんや」

「どこで見かけたんだ？」

三沢は苛立ちを抑えるかのように、貧乏ゆすりを始めた。谷はそんな三沢をこれまで見たことがなかった。

「せやから、あの家の前でや。夜遅うに、真っ赤なポルシェに乗った若い男に送ってもらっとったんや。真っ赤なポルシェって、まるで山口百恵の歌みたいやろ」

板内は欠けた前歯を見せて笑った。

赤いポルシェを乗り回す香穂の恋人のことは、捜査本部はとっくに摑んでいた。合コンで知り合ったという神戸にある私立大学経営学部の四年生で、和装小物メーカーの社長の次男坊であった。その男には、事件当夜のアリバイがあった。彼は、香穂とは別にその和装小物メーカーの受付をしているＯＬと交際をしていて、ラブホテルにしけ込んでいたのだ。ラブホテルに備えてある防犯カメラに映像も残っていた。

谷は落胆した。香穂に交際相手がいたという情報など、捜査の進展には役に立たなかった。

「あの夜は、別の男を見た。ポルシェの男みたいなハンサムやない。ボサッとした髪の出っ歯の男や。そいつが隣の教会用の駐車場から、あのベッピンのおなごの家を覗き込むようにしとったんや」

板内の言葉に、谷は顔を上げて訊いた。

「それは、何時何分ごろでっか？」

「正確な時間まではわかりまへん。ただ、天王寺公園まで走って、そこから引き返すときに腕時計を見たら、午後十時の三分前でしたな。それから、あの綺麗なおなごの家までは、十分もかからしませんやろ」

ということは、午後十時五分ごろといったところだ。一一〇番通報があったのは、午後十時十七分だ。「家を覗いていた出っ歯男は、わしと目がおうたもんで、カッコ悪そうに駐車場の低いフェンスを跨いで、裏手の細い道のほうへ消えていきよりました」

あの家は、裏手にも自転車とバイクが走れる細い道があった。

「男と目が合ったということは、顔を見たんですね？」

三沢が身を乗り出した。

「ええ。駐車場の明かりしかなかったんで、だいたいでっけど」

「協力してください」

三沢は立ち上がった。


他の捜査員たちが板内照男を馬木亮一のアルバイト先まで連れて行き、車の中からの面通しが行なわれた。

「九割九分、間違いおません。あの出っ歯男でんな」

板内はそう証言した。


翌朝早くに、馬木亮一のアパートを捜査員が訪れて、四天王寺署への同行を求めた。

馬木は突然の来訪に驚きながらも、同行に応じた。

板内の証言をもとに、馬木の家宅捜索令状が請求され、認められていた。

1LDKの部屋に、十人を超える捜査員が入って、捜索が行なわれた。時間をかけて調べたが、室内からは手がかりになりそうなものは出なかった。

捜査員の間に広がり始めた失望の色が一変したのは、外周を調べていた若い刑事が声を上げたときだった。馬木の部屋は一階にあり、南側に付いたベランダにエアコンの室外機が置かれ、物干し台にもなっていた。そのベランダの下の地面が少し盛り上がっているのを、若い刑事は見つけて小型のスコップで掻いてみた。土の中に、ビニール袋が埋められていた。その中には、刃渡り二十五センチのナイフと血の付いたズック靴が入っていた。ビニール袋の中には、さらに小袋があり、そこには丸状の小さな肉片が二つ入れられていた。肉片は、乳首の形状をしていた。

5

谷は、新聞記事を貼り付けたスクラップを閉じた。サイズの大きい紙面がはみ出した。谷はそのページを開けて、紙面の耳を揃える。添い寝クラブを出入り禁止になった男がいたことを派手な見出しで報じた夕刊紙だった。

捜査本部に同行を求められた馬木は取調室に入れられ、まずこの新聞記事を見せられた。谷はそのとき書記役として同席した。

「この出入り禁止男というのは、あんただな」

「ええ、まあ」

馬木はボサボサの頭を掻きながら、記事を読んでいった。この夕刊紙に載っていたことを、彼は知らない様子だった。

「もちろん、殺人事件のことは知っとるな？」

「ええ……最初に見たのはテレビのニュースで……びっくりしました」

「ストレートに訊こう。これは、あんたの犯行やないのか？」

「違います。いつかは警察が来るんじゃないかと思っていました。そのときは、はっきり否定しようと……だから、こうして取り調べに応じることにしたんです」

「事件があったのは、十二月六日の夜十時過ぎや。あんたは、そんときどこにいた？」

「あの夜なら、アパートです。アルバイトを終えて、いつものようにコンビニで弁当とビールを買って、テレビを見て、それからバスルームに入って、寝ました」

「途中で外出は？」

「してません」

「それを証明してくれる人は？」

「いるわけないです。嫁いだ妹が出て行ってからは、一人暮らしです」

「そしたら、質問を変えよやないか。この夕刊紙に載った女性の名前は知っとるな」

「店では、カヨさんでした」

「本名は？」

「芳田香穂さんです」

「どうして知っている？」

「店に何度か通って、ようやく教えてもらったんです」

「女子大生ということは？」

「それは知りませんでした。時間帯は午前中だけとか、夕方四時以降とかいう日もありましたけれど、週に三、四日くらいは出勤してましたから、あの仕事だけしているんだと思っていました」

「彼女が住んどる家は？」

「……知ってます」

「それも教えてもろたんか？」

「いいえ……店が終わったあと、尾行しました」

「いつごろのことや？」

「出入り禁止になる少し前のことです」

「一度でうまく家まで尾行できたのか？」

「いいえ、三回目でやっと成功しました。でもそのときに、感づかれてしまったんです。彼女のおばあさんみたいな人が、前庭で花に水をやっているところでして、あとをつけてきた僕に気づいたんです。彼女はおばあさんみたいな人に言われて、振り向きました。そのことが、出入り禁止になった直接のきっかけでした」

「出入り禁止になって、気分はどうやった？」

「くやしいと言うか、残念と言うか、まさかそこまでされるとは思っていませんでした」

「店に行くのはそれであきらめたのか？」

「そりゃあ、店のスタッフにあれだけきつく叱られて、写真まで撮られたら、もう行けませんよ」

「家にはもう行かなかったのかね」

　馬木は押し黙った。

「どうなんや？」

「それから……二回ほど、行きました」

「そいじゃあ、事件の夜も行ったな？」

「いえ、それは違います」

「正直に言ったほうが、楽になるで」

「行ってません。僕は、芳田さんを殺してなんかいません」

谷が書記役をしていた午前中は、馬木は犯行を否認し続けていた。

捜査本部は、担当を取り調べのエキスパートに交代させて、家宅捜索で出てきたナイフとズック靴を切り札に使うことにした。ズック靴のサイズは、二十六・五センチで、中にはそれより小さい足でも履けるようにガーゼが詰められていた。ナイフのほうは洗われていたが、ズック靴には血痕も付着していた。

馬木が犯行を自白したのは、その翌日のことであった。

あれだけ店に通って愛情を示したのに、出入り禁止という肘鉄《ひじてつ》を食らわされたことで、〝好きで好きでたまらない〟という感情が〝憎たらしくてしかたがない〟と真逆に変化したという犯行動機だった。

捜査本部は、誇らしげに記者会見を行ない、馬木の逮捕を発表した。

グリコ・森永事件では、あれだけ警察を叩いたマスコミが、「スピード解決！　回復した府警の威信」と賛辞を贈った。

6

古今堂は夜の官舎で、谷の来訪を受けた。

谷は正午過ぎに、署長室の扉をノックして入ってきたが、総務課の教養係長が決裁文書の説明をしているのを見て、あわてて引き返そうとした。

「谷さん、もう終わりますよって」

古今堂はそう声をかけた。警察では、教育・研修のことを教養という。教養係長は、府警本部で行なわれる夏の研修会への署員派遣計画について説明をしていた。毎年恒例のことだが、春に赴任した古今堂にとっては初めて耳にすることなので詳しく聞いていたまでのことだ。

「いや、昼休み中かいなと思うて来ただけです」

谷は抱えていたファイルを持ち替えて、出ていった。

教養係長が帰ったあと、庁内電話を谷にかけてみる。

「すんまへん。もうよろしいですワ。個人的なことですさかい」

「仕事絡みというふうにお見受けしましたけど」

「まあ、仕事とまったく無関係やおませんが」

古今堂は、夜に官舎に来てほしいと告げた。官舎には、居住スペースのほかに、記者との応対や小さな会議に使える部屋が設けられていた。古今堂は、谷をそこに入れた。

「ここに入ってもらうのは、二度目ですよね」

古今堂が赴任したばかりの四月に起きた事件では、暴力団の組長と会うのに、谷のサポートを得るなど世話になった。

「時間がかかる話なんで、署長室よりこっちのほうがありがたいでんな」

谷は、ファイルを机の上に置いた。「大阪ビジネスパークで起きた溶接作業員の転落事件は、事故死で確定したんでっか」

「ええ。刑事課長と副署長から説明を受けましたが、事件性を疑わせるものはなく、自殺とも考えられません」

転落の目撃者が三人もいた。あの階には他に人はおらず、足場に工作が加えられていたこともなかった。翌日の競艇を楽しみにしていたのだから、自殺も考えにくい。

「事故死ということに異議はおません。けど、板内照男が『きっと、バチがあたったんや。昔、あんな嘘をついたさかいに』と言い残したということが、引っかかってしょうがないんです」

谷はファイルを見せながら、十七年前の事件のことを説明し出した。

古今堂は、その話に聞き入った。

「板内照男の証言があったさかいに、馬木亮一の逮捕に繫がったんです。馬木は、いったんは犯行を自白しました。けど、裁判が始まると犯行を否認し、『自白は警察に強制された』と抗弁をしました。板内照男は、裁判でも証人として登場して、犯行時刻のわずか十分ほど前に芳田家を馬木が覗いているところを見たと証言しました。板内が虫の息で告白した『あんな嘘をついた』というのは、あの証言を指していると思えてなりませんのや」

「とても興味深い話です。ただ、板内さんは『昔、あんな嘘をついた』と言ったわけで、たとえば『十七年前の裁判で、あんな嘘をついた』というふうに特定したわけではありませんよね」

「そら、そうですけど」

人間は、死ぬまでにどのくらいの嘘をつくものなのだろうか。

「その裁判は、どうなったのですか？」

「第一審では、馬木は有罪と認定されて、二人を殺害したということで無期懲役の判決が下りました。馬木は控訴したんですけど、判決は出ませんでした」

「出なかったというのは、どういうことですか？」

「馬木は、病欠が多くて高校を留年しています。なかなか普通の恋愛ができなんだのも、健康に自信がなかったからやと思えます。刑務所での心労がこたえまして、控訴中に病死してしもたんです」

「そうでしたか」

「署長はん。お願いがあります。板内照男の転落案件をまだ事故死とは確定せんと、保留にしてもらえませんやろか。そして、わいを補充捜査の担当に任命してもらえませんやろうか」

「具体的に、何を捜査するのですか？」

「板内照男の『嘘』を調べます」

「谷巡査、それは」

署内における人事権は、署長が持っている。たとえば交通課の者を生活安全課に転任させるということもできる。同じ刑事課の中で、四係の谷に転落死の補充捜査を兼務させるのは署長なら可能だ。しかし、そういった措置には合理的な理由がなくてはならない。

「どうかお願いします」

谷は、机の上に両手をついて、てっぺんが少し禿げかかった頭を下げた。谷には四月に世話になった。しかし——

「結論から言うと、二つの理由ででけません。仮に、『嘘』というのが、このファイルにある事件での証言やとして、その事件は四天王寺署管内で起きており、うちとしては管轄外になります。つまり捜査権が及ばへんのです。もう一つの理由は、十七年前の事件には、公訴時効が成立しています。時効になったものには、もう捜査権があらへんのです。この事件がたとえうちの管内で起きたものであったとしても、警察は捜査することができひんのです」

時効については、大きな改正がここ数年のうちに、二回あった。一回目の改正は、時効期間の延長である。それまでは殺人罪の時効は十五年間であったが、平成十七年一月一日を境として、二十五年間に延びた。この延長については、遡らない。つまり、平成十六年十二月三十一日までに起きた殺人事件は十五年間のままで、平成十七年一月一日以降の殺人事件が二十五年間となった。

二回目の改正は、平成二十二年四月二十七日をもって、殺人事件などの重罪については時効の制度それ自体が廃止になったことである。ただし、同時点ですでに時効となってしまったものについては、事件がよみがえって捜査が再開されることはない。

芳田香穂・せつ子殺害事件は、平成十六年以前の事件なので、時効期間は十五年間であって二十五年間には延びていない。そして、平成二十二年四月二十七日で時効は成立しているので、事件のよみがえりもないのだ。

「時効になっていても、再審の請求はでけます。たとえ被告人が死亡していても、遺族がいれば死後再審というもんがでけると聞きました」

「たしかに、再審や死後再審は、時効になった事件についてもでけます。せやけど、それをするのは、遺族や弁護人です。警察がするわけやないです」

警察は被告人を逮捕して、送検したのだ。その撤回はしない。

「わいは、警察が再審請求をしてもええと思いますのや。もし間違いがあったとしたら、訂正するのも警察の仕事とちゃいますやろか」

「制度上はそうなっていません。けど、個人的には、谷巡査の意見に反対やないです。明らかに無罪ということがわかれば……でも、少なくとも芳田香穂さんの事件については、明らかな無罪とは言えません。板内さんが『昔、あんな嘘をついた』と言い残しただけでは」

その言葉自体の存在も弱い。現場主任の男が、板内の耳元で聞いたというだけだ。

他に聞いた者もおらず、聞き間違いだと言われても反論はしにくい。

「わいは、板内の言葉を重視します。ずっと心の奥底にひっかかり続けていたのに、あえて自分を誤魔化すようにして抑え込んできたんです。今回、わいが当直の夜に、板内が死んだというのも因縁めいたもんを感じてなりませんのや」

「谷巡査。あなたのこだわりは、どこから来ているのですか？　馬木亮一の犯行には当時から疑問を感じていたのですか？」

「それを話すと、長《なご》うなります」

「かましません。朝までかかってもいいです。コーヒーを淹《い》れましょう」

願いを受け入れることはできなくても、話を聞くことはできる。

7

谷は、馬木の妹・澄江が捜査本部にやってきたときのことを、今でもはっきりと憶えている。

「本当なんですか？　絶対信じられません」

泣き腫《は》らした目で、アイシャドウもチークも剥《は》げ落ちていた。「職場のロビーに置いてあるテレビから、馬木亮一という名前を聞いて、びっくりしました。アナウンサーが、逮捕と言っているじゃありませんか。取るものも取りあえず、上司の許可だけを得てここまで来ました」

「落ち着いとくれやす。あんたの名前は？」

谷は、なるべく穏かに声をかけた。

「粟津《あわつ》澄江です。馬木亮一の妹です」

白いブラウスの上からクリーム色の厚手のカーディガンをはおっていたが、そのカーディガンのボタンが掛け違っていることに、彼女は気づいていない。あわてぶりが窺《うかが》える。

「兄はどこにいるんですか？　会わせてください」

「まあ、とにかく座っとくなはれ」

捜査本部は、四天王寺署の柔剣道場に設けられていた。廊下には長椅子がある。谷は、そこに澄江を誘導した。

マークしている馬木の身内のことは、捜査本部は調べていた。育児放棄した母親は、家庭裁判所から親権の剝奪を受けており、アルコール中毒で入院中であった。父親は馬木亮一が三歳のときに離婚して郷里の四国に帰ったきりである。

馬木亮一には、二つ年下の妹・澄江がいて、同じ施設で育った。高校を出た馬木は就職した春に、捜索の現場となったアパートを借りて、澄江もそこに住むようになる。澄江は商業高校に通っていたが、成績優秀で都市銀行に就職が決まる。兄妹の共同生活は約五年間続いたが、澄江は同僚の行員と結婚してアパートを出る。澄江は結婚相手の京都支店転勤に伴い、長岡京支店勤務となっていた。

「お住まいはどちらでっか？」

谷は、落ち着かせるように当り障《さわ》りのない質問から入った。

「京都市です」

「ほなら、わざわざ京都から」

「ええ。職場を抜けてきたものですから、長岡京からですけど」

澄江は手にしたハンカチを握り締めた。「そんなことより、兄に会わせてください」

「ちょっと待っとくなはれ。そう簡単に、面会はでけませんのや」

取り調べはまだ続いている。逮捕から四十八時間以内にいったん送検しなくてはいけないのだ。

「兄がやっただなんて、何かの間違いです」

谷のこれまでの経験でも、逮捕された容疑者の家族はそう言うことが多かった。

「お兄さんは、自白してますのや」

「兄は気が弱いんです。追及されたら、つい認めてしまうこともあります」

「以前に、電車の中で痴漢をしてますな」

「あれは、申しわけないことをしました」

澄江は泣き腫らした目を下げた。「兄は職場の健康診断で勧められた精密検査の結果が思わしくなかったり、密かに憧れていた取引先の女性が結婚することを知ったりして、ストレスが溜まっていたんです。最初は電車がカーブしたときに偶然触れてしまって、つい欲求を抑えきれなくなってしまったと言っていました。もちろん、許されないことです。だけど、痴漢と殺人とでは、全然違うと思います」

しかし今回の殺人は、乳首を切り取った性犯罪的な殺人です——と言いかけて、谷はやめた。目の前にいるのは、黒髪の清楚《せいそ》で美しい女性だ。

「痴漢事件のときも、こんなふうに駆けつけはったのですか」

「ええ。あのときは出勤前に、家に電話がありました。兄は、鉄道警察隊の詰所で、うなだれていました。被害者の女子高生に車内で『痴漢よ』と腕をつかまれて、兄は『ごめんなさい』と謝って、自分から次の駅で被害者とともに電車を降りたということでした。今回も、そんなふうにすぐに認めたのですか」

「そういう捜査上のことはお答えできませんのや」

谷が同席していたときは、否認していた。

「弁護士さんを探さなくてはいけませんね？」

「ええ、必要になると思います。どなたかアテはありますんか？」

「いいえ。痴漢事件のときは、素直に犯行を認めていたうえに、スカートの上からだったので軽微だということで、弁護士さんを付ける必要はありませんでした。市役所の法律相談にはいきましたけれど」

「妹さんもタイヘンですな」

「そんなふうに人ごとみたいに、言わないでください」

澄江はハンカチを握りしめた。「本当に、面会は無理なのでしょうか」

「一応は確認してきますが、ダメということならお引取り願えますやろか」

「着替えを渡すことはできますか？」

「下着の差し入れは可能やと思います。すぐにお渡しはできひんかもしれませんけど」

そう答えたときに、捜査員が二人早足で歩いてきて、捜査本部の扉を開けた。開けてすぐに報告の声を上げたため、廊下まで聞こえてしまった。

「鑑定の結果が出ました。ズック靴の血痕は、芳田香穂と芳田せつ子両名のものでした。乳首はやはり芳田香穂のものでした」

「ズック靴って、兄が履いていたものですか？」

「ええ、まあ」

「兄は、ズック靴は履きません」

「けど、スポーツセンター時代は体育館用のシューズを持ってはったんやないですか」

谷はスポーツセンターでの聞き込みに行っていた。

「仕事で必要だから使っていたんです。スポーツセンターを辞めたあと、すぐに捨てています。本当に、兄が使っていたものなんですか？」

「家宅捜索には行ってませんので、よう知りませんのや」

谷は腰を浮かして、馬木の妹が来ていることを三沢刑事に報告した。面会は、結局認められなかった。

谷がその次に澄江と顔を会わせたのは、二日後だった。澄江は、弁護士を連れてきていた。補聴器を付けたかなり高齢の弁護士だった。あまり辣腕《らつわん》という印象は受けなかった。

　弁護士の接見だけが認められ、澄江は待たされることになった。

「どないして弁護士を探さはったんでっか」

「主人が、銀行の仕事でお世話になっている弁護士さんのところにお願いに上がったのですけど、手がいっぱいで引き受けられないからと、あのかたを紹介されました」

「そうでしたか」

「主人は、あたしに同情してくれています。でも」

　きょうの澄江の目は、涙で腫れていなかった。「主人は、彼の両親から離婚を勧められているようです。人殺しとは親族関係を続けられないということでしょう。銀行勤めの主人にも傷がつきかねないという心配もあると思います」

「せやけど」

　事件と奥さんとは何の関係もありませんやろ――と言いたいが、夫の両親からすればそうではないことは理解できる。

「刑事さん。あたしは、兄の無罪を信じています。裁判を通して闘うつもりです。協力してもらえませんか」

「いや、そいつは」

谷は、首を振った。末席とはいえ。捜査本部の一員が被告人の味方をすることなどありえない。

谷は長椅子から立ち上がった。これで澄江との縁は切れたと思った。

馬木亮一は殺人罪で起訴され、捜査本部は解散となった。おつまみとコップ酒だけの簡単な慰労会が、捜査本部の会場で行なわれた。捜査本部長に就いていた刑事部長は上機嫌だったが、副本部長だった捜査一課長の挨拶はどこか歯切れが悪く感じられた。

馬木亮一の公判が開かれた。これといった事件を抱えていなかった谷は、三沢刑事に誘われて、その第一回公判に足を向けた。傍聴人席には、澄江の姿があった。最前列に座る澄江は、谷には気づいていなかった。長かった黒髪をばっさりと切って、軽くウェーブのかかったショートカットになっていた。

やがて法廷に現われた馬木は、ずいぶんとやつれていた。もともと顔色のいいほうではなかったが、拘置所の中での生活がさらに頬を青白くしているようであった。

公判が始まり、冒頭の罪状認否で、馬木は弱い声ではあったが、はっきりと否認した。

「僕は、芳田香穂さんを殺していません。彼女のおばあさんについても、殺してなんかいません。警察では、『おまえがやったんだろ』と繰り返し追及されて、無理やり犯行を認めさせられました。本当はやってないんです。でも、警察では聞き入れてもらえなくて」

裁判長は「自白については、のちに意見を述べる機会があります」と遮ったが、馬木は「もう少し言わせてください。何度も何度も『おまえしかいない』と机を叩かれて、家宅捜索で出てきたというナイフや靴を鼻先に突きつけられて、もうどうでもいいやという自暴自棄の気持ちになってしまったんです」と続けた。

隣に座った三沢が「裁判は長引きそうだな」とつぶやいた。

その夜、谷は馬木のアパートに足を向けた。

谷は家宅捜索を含めて馬木のアパートに行ったことがなかっただけに、現場を確認しておきたかった。

馬木の住んでいたアパートは、二階建ての軽量鉄骨造りだ。このあたりは、まだ近郊農家が少なくない。アパートの裏手は、ネギ畑だ。アパートとの間には、幅三十センチほどの農業用水路が流れていて、それが境界となっている。

その水路を跨ぐと、アパートのベランダが並んでいる。その東端にある馬木の部屋のベランダ下の地面から、ナイフとズック靴、そして乳首が入れられたビニール袋が出てきた。室内からではなかった点について、検察官は冒頭陳述の中でこう説明していた。

「被害者の肉体の一部を切り取り、それを言わば戦利品として自分の支配圏に置いておくという行為は、偏執狂的な犯罪者にしばしば見られる行動である。被告人は、被害者の女性としての象徴である乳首を、その命を奪ったナイフなどとともに残しておこうとした。それらは、被告人にとっては、被害者の身代わりと言えた。ただ、狭い室内に置いておくのはあまりにも身近で生々しすぎる。その心理が、ベランダの下という他の者が関与しないスペースへの埋葬という行動に差し向けたものである」

一応の筋は通っている。ただ、谷が接した限りでは、馬木亮一はそんな「偏執狂的」な性格には見えなかった。病弱であることや容姿に自信が持てないというコンプレックスから普通に女性と交際することが不得手で、料金を払えば会うことができて個室で二人っきりになれるという安易な方法に頼りすぎたあげく、ストーカーをしたというのは頷けるが。

谷は膝をついて、暗いベランダの下を覗いた。彼の部屋の一部分のようなスペースだが、厳密には彼の部屋ではない。こうして畑から足を運べば、誰でも辿《たど》り着ける。

「びっくりしました」

背後からかけられた声に、谷のほうがびっくりした。澄江がそこに立っていた。

「驚かさんでくださいよ」

谷は膝の土を払った。

「お姿を見かけて、誰かと思ったら、刑事さんでした」

「どこで見かけたんですか？」

「ここよりちょっとだけ駅に近い、別のアパートからです。本当は、このアパートを借りようと思ったのですけれど、大家さんに断られました。あたし、夫の家を出て、こちらに帰ってくることにしました。離婚したんです」

澄江は、左手を上げた。薬指から指輪がはずされているのだろうが、暗くてそこまでは見えない。「事件のあった夜に、兄をここで見かけたという人がいないか、探すために引っ越してきました。でも、そういう人は見つかりません。隣は空き室で、そのまた隣の人が『部屋の明かりが点いていたような気もする』という頼りない返事をしてくれました。でも、明かりだけなら無理ですよね。点けたまま、外出するってこともありますから」

「お仕事のほうは？」

「退職しました。銀行って、堅実さを求められます。殺人事件の被告人の妹が勤めているのはよくないって、暗《あん》に上司に言われました。駅前のラーメン屋さんでアルバイトをすることにしたんです」

「そら、タイヘンですな」

谷は言ってから、しまったと思った。捜査本部で同じ言葉を口にして、澄江から「そんなふうに人ごとみたいに、言わないでください」と抗議されていた。だが、今回は抗議はなかった。

「よかったら、そのラーメン屋さんに今から一緒に行きませんか。あたし、アルバイトに出かけようとして、刑事さんを見かけたんです」

ラーメンは谷の好物だった。彼女のほうも、客を連れてこれたら、アルバイト先にいい顔ができるのだろう。谷は、せめて彼女にそれくらいは協力してあげようと思った。

第二回の公判には、谷は行かなかった。高槻《たかつき》市や茨木《いばらき》市にある大きな邸宅を狙った連続押し込み強盗事件が発生して、谷の属する班はその担当となり、急に忙しくなった。澄江とも、あれからは会うことはなかった。ラーメンを食べたあとはそこで別れた。行く途中で、彼女の住むアパートは教えられたが、連絡先の交換はしなかった。

連続押し込み強盗事件の計画は用意周到に練られており、グループによる犯行であった。捜査は難航した。その間に、馬木の公判は終わった。そして、無期懲役の判決が下りたことを、谷は新聞で知った。

連続押し込み強盗は、手引きをしていた元庭師見習いの男が逮捕され、実行していた三人組のアジア系外国人が国際指名手配されたことで一段落を迎えた。三人組を逮捕できれば、背後で操っていた黒幕も検挙できそうだった。

谷は、澄江が働くラーメン店に足を向けた。制服制帽姿でかいがいしく澄江は働いていた。

「弁護士の先生を替えて、控訴します。前の先生は、やる気がありませんでした。せっかく谷さんからアドバイスをいただいたのに『そんないい加減な話をまともに聞いてはいけない。警察の罠かもしれない』と取り合わなかったのです」

ラーメンを一緒に食べたときに、谷は自分の名前だけは教えていた。

「アドバイスって、何のことでつか」

「先生の法律事務所に匿名で電話をくださったのは、谷さんでしょう？」

「でも、『名前は勘弁してほしいが、警察の者だ』という断りが電話の冒頭にあったと、受話器を取った事務員さんは言ってましたよ」

「知りまへんで」

「いや、わいやない」

「そうでしたか」

あの老弁護士は、自分のことがマスコミに取り上げられるのが嬉しいのか、裁判が始まるまではテレビや新聞のインタビューに答えていた。名前も出ていたから、電話帳を広げればその事務所の番号は容易にわかる。

「どんな内容のアドバイスでしたか？」

「目撃者の板内という男をもっと叩け、追及が甘いということでした」

「板内は公判で証人として出てきたんでっか」

「ええ。素人のあたしから見ても、先生の尋問はただ証言の内容を確認するだけの迫力のないものでした」

「もしかしたら、公判マニアが電話してきたのかも知れまへんな」

裁判の傍聴を趣味にしている連中がいるという話を、谷は聞いたことがあった。

その夜は、ラーメンを食べただけで谷は帰った。ただ、そのときの会話は、他の店員に聞かれていた。

連続押し込み強盗事件の捜査は、大詰めを迎えた。黒幕として実行部隊の外国人を使っていた日本人の兄弟のアジトを急襲して逮捕する計画が慎重に進められ、実行された。急襲は成功した。他府県にまたがっての余罪が出てきて、その事後処理に追われているときに、服役中の馬木亮一の病死を報道で知った。

谷はまたラーメン店に足を運んだが、澄江はアルバイトをやめたということだった。少し迷ったが、アパートに足を向けた。なぐさめの言葉をかけるだけで帰ろうと思ったが、それでは終わらなかった。澄江は「あれだけ頑張ったのに、こんなふうに終わってしまうなんて、ひどすぎる。もう何もかも嫌になった」と声を上げて泣いた。

8

古今堂の前で、谷は頭を掻いた。

「その夜、澄江の部屋に泊まってしもうて、そこからつき合いが始まりました。半年ほどして子供ができたこともあって、入籍しましたんや。結婚式は挙げませんでしたし、職場でも黙っていました。向こうがバツイチということもおましたけど、やっぱし事件関係者——それも被告人やった男の妹との結婚というのはタブーですやろから」

「こうして、僕にしゃべってしもて、ええんですか」

「そんなん、もうとっくにバレてますがな。結婚してしばらくして、上司に呼ばれました。『府警本部宛てに投書が届いたので調べてみたら、本当だったので驚いた。君が、被告人の妹に捜査情報を洩らしていた疑いが出てきたが、本当のところはどうなんだ』と聞かれました。『そんなことはしてまへん』と否定しましたけど、なかなか信じてもらえませんでした。有罪判決が出たあとラーメン屋でしゃべっていたことを、他の店員が聞いていたんです。澄江はわいに『アドバイスをいただいたのに』って、言うてましたさかいに」

「いったい誰がそんな投書を」

「たぶん、その店員やないですやろか。澄江のことを好きやったらしいんだす。嫉妬したのか、ようわかりまへんけど」

谷は、小さく息をついた。「上司からは別れてはどうかと持ちかけられましたけど、断りました。そうしたら、転任の辞令が出ましたんや。次の人事異動で所轄署の暴対係に転任となりました。それからずっと、所轄署をドサ回りですねけど、後悔はしとりません」

「お子さんは生まれたのですね」

「ええ、そのあともう一人、どちらも娘だす。かわいいもんでっせ。家庭は円満にいけてますねけど、四天王寺署管内でのあの事件のことは、わいの頭を離れたことがあらしません。澄江は、自分の兄のことは極力話題にしません。娘に『おかあさんは、きょうだいいるの？』と聞かれたときも、『いないの。だから一人っ子なの』と答えてきよりました」

「板内さんの転落死のことは、奥さんは？」

「新聞にも出とったから、知っとると思います。けど、板内が言い残した『きっと、バチがあたったんや。昔、あんな嘘をついたさかいに』という言葉は知りまへん」

「自分一人で調べたいと思って、僕に署内異動を申し出たのですか」

「ええ」

「調べてもし何かわかったら、死後再審をするつもりやったのですね」

「確証が得られたらその段階で、澄江に話して、死後再審をさせるつもりやったです」

谷と馬木は、血族ではない。死後再審の請求人は、澄江になるだろう。

「繰り返しますが、署内異動は無理です。お気持ちは、ようわかるのですが」

今度は、古今堂が机に手をついて頭を下げた。

第二章

1

「わっしょい」

「わっしょい」

とびきり元気のいい掛け声がアーケードまで響き、地上に跳ね返って再びアーケードまで届く。

「天神さんだぞ」

「わっしょい、わっしょい」

若い女性たちの声で、商店街全体が揺れているかのようだ。

見物客のみならず、店主たちも、居合わせた買い物客も、みんなが手拍子を送る。

ギャルみこしは二基出ている。それぞれを、四十人の女性たちが担当する。合計で八十人だ。白地に赤衿のハッピ、ブルーの帯、細いねじり鉢巻、というのが、彼女たちのユニフォームだ。担ぎ手の周りには、大きな赤いうちわを持った女性たちが囲んで、掛け声に合わせて扇《あお》ぐ。みこしから立ち上る熱気が竜巻のように舞うのが見える気がする。

「ギャルみこしって、すごいなあ」

古今堂航平は感嘆した。二基のみこしは、張り合っている。ぶつかる距離ではないが、熱気と掛け声は、衝突して競っている。

「では、ここでクイズを一つ」

古今堂の隣に立つ太子橋信八が指を一本出す。「みこし一基の重さは何キロか、知ってはりまっか？」

古今堂は、子供時代の親友・信八をギャルみこし見物に誘った。あさっての船渡御にひさしぶりにいっしょに行きたかったのだが、関係団体である中央区安全推進協賛会からの招待が入ってしまった。古今堂は、ギャルみこしを見たあと食事に行く提案をしてみた。信八は快く受け入れてくれた。

「かなり重そうやな。百キロくらいか」

「ブーッ。その倍の二百キロやで」

「そんなにあるんか」

四十人で割ると、一人当たり五キロの重さだ。それも、ただ担ぐだけではない。七月二十三日の正午スタートという真夏の暑さの中で、この天神橋筋商店街など約四キロを練り歩くのだ。

「オーディションでは、重さ七十キロの米俵を担ぐといった審査もあるそうや。わての持論では、男は筋力だけが女より強い。あとは、全部女のほうが上や」

「たしかに、平均寿命は五歳以上も差があるな」

「わては、食べもん屋をぎょうさん知っとるけど、食中毒を出してしもたときに、男の店主はうろたえてしもてどないもならん。きちんと対処するのは、店主のヨメさんや」

信八は、焼肉店やお好み焼き屋で使われる鉄板を洗浄する工場を守口市でやっている。「神様は、せめて筋力だけは男に、と配慮したのに、ああいう筋肉パワーまで持った女がようけいたら、さっぱりわやや」

一基目が通過し、二基目が近づいてきた。その先頭の真ん中に、塚畑由紀がいた。

「わっしょい、わっしょい」

八十三キロの体にはきゅうくつそうなハッピを着た由紀は、丸い顔に汗を光らせて、あらんかぎりの声を出している。前髪を鉢巻で留め、おでこを出していて、いつもの制服姿とはずいぶんと印象が違う。

「あっ、しょちょう〜っ」

由紀は、古今堂に気づいて大きく手を振った。

「しっかり、担がなあかんで」

古今堂は両手でメガホンを作った。

「あの顔、誰かに似とるなぁ」

信八は、由紀とは初対面だ。

「柔道の選手か？」

「いや、そやない」

信八は大げさに腕組みをした。

由紀は満面の笑顔で通り過ぎていく。

「ああ、そやそや。あのゆるキャラや。彦根城の」

「ひこにゃんか」

確かに似ている。

「ひこにゃんを三倍にしたら、そっくりや」

そう言う信八の小学校時代のニックネームは、アライグマだった。丸くて黒い瞳と突き出た口が特徴的だ。古今堂は、頭が大きくて背が低いことから、キューピーちゃんと呼ばれていた。


天神橋筋商店街にある小料理店に、二人は入った。信八が予約をしておいてくれた。ここからそう遠くない南森町《みなみもりまち》には四月に課長で退職した元署員が働く鮮魚料理店があるが、開店が五時からなので今回は見送ることにした。

「今の時期やったら、何ちゅうても鱧《はも》やで。大阪の天神祭や京都の祇園祭は、鱧祭と呼ばれることもあるんや。産卵期を迎えたこの時期は、旬やで。きょうは鱧コースを頼んであるんや」

奥の小上がり席に通された信八は、テーブルに置かれた箸を箸紙から取り出して割った。まだ何も料理は運ばれてきていない。こういう男を大阪では、「せわしないやつ」と言う。しかし憎めない男だ。箸をくるくると曲芸のように指で回して遊んでいる。

「せやせや。航平に頼みがあるんや。うちの町内の子供たちを前に、落語をしてくれへんか。ボランティアで」

古今堂は、大学時代は落語を実演するサークルに所属していた。児童施設や老人ホームなどを慰問で回り、落語だけでなくときには職員の手伝いもやり、その体験があったことで公務員になろうとも思った。

「かまへんよ。子供会の集まりか？」

「地蔵盆《じぞうぼん》というやつなんや」

信八の説明によると、彼の町内には子供たちを守ってくれる地蔵菩薩（いわゆるお地蔵さん）の祠《ほこら》が古くから置かれていて、地蔵菩薩の縁日でお盆の期間である旧暦七月二十四日に、町内の者が寄り合って地蔵菩薩を敬《うやま》い、子供たちのために催しをする慣習が続いてきた。京都市内や大阪市内を中心とした関西地方で主に行なわれている行事で、寺院の地蔵菩薩ではなく、路傍や辻にある地蔵菩薩を町内単位で手作りで祀るというのが特徴だ。

「航平が住んどった新興地には地蔵菩薩も地蔵盆もなかったはずや。広い農地を開発してでけた住宅地やからな」

「うん。なかったな」

引っ越した先の関東でもなかった。

「わての町内も昔は盛んやったけど、コミュニティがだんだん薄うなって、子供たちは家の中でテレビゲームで遊ぶようになり、親も忙しいということで、わてが小学校に入ったころからお地蔵さんへの読経だけで終わるようになってしもたんや。それを復活させようと、おととしから、わてらが頑張っているんや」

「落語をするんはいつや？」

「来月二十一日の日曜日や。もし事件が起きて大変やったら、そんときは遠慮せんとキャンセルしてくれたらええし」

「わかった。久々に落語がやれるんは、うれしいで」

「どうもお待ちどうさん」

店員が最初に運んできたのは、鱧の湯引きだった。白い鱧が反り返って花のようだ。赤い梅肉と黄色い酢味噌が色鮮やかに添えられている。

信八は、ずっと手に持ち続けていた箸を、待ちかねたように伸ばす。

「わては関東のことはよう知らんけど、東京では鱧はあんまし食べへんのとちゃうか」

「せやな」

「関西では、そこらへんのスーパーでも湯引きが並んどるけど、関東では料亭に行かんとありつけへんと聞いたことがあるで。主な陸揚げ漁港が西日本にあるということも影響しているのかもしれんけど」

信八は梅肉を付けて、美味《うま》そうに頬張る。「関東であまり食べられへん理由のもう一つが、鱧料理は骨切りという技術が必要なことや。修業を積まんと、骨切りはでけへん。鱧には硬い骨があるさかい、一寸——つまり三センチにつき二十六回の包丁を入れるのが理想やと言われているんや」

「そんなに細こう刻むんか」

「皮を切らんようにして、骨だけを切断するには熟練の腕が要る。下手にやると、身が壊れてミンチみたいになってしまいよる。わては、鱧はナマで買う。湯通しは自分でするけど、骨切りはようせんさかいに魚屋さんにやっておいてもらう」

「自分で湯通しするんか?」

「そのほうが美味《うま》いで。手順は簡単や。塩を一つまみ入れて湯を沸かし、ナマの鱧を切り身で入れて二十秒ゆがく。上げたらすぐに、氷水にいれてしっかり冷やすんや。この冷やしかたが足りひんと、身がモロモロになってしまいよる」

湯引きのあとは、酢の物が出てきた。

「鱧は捨てるところがあらへん。頭はええダシになるし、背骨は油で揚げて骨せんべいにでける。皮を使《つこ》うているのが、この酢の物や。皮をフライパンで炙《あぶ》ってから、ポン酢をかけて、そこに薄切りしたきゅうりを加えるんや」

そのあと、焼き鱧、鱧のてんぷら、鱧身の入った吸い物と続き、最後は鱧寿しが出てきた。

「締めはやっぱし、ごはんモノがええな。きょうは昼のコースやけど、これが夜のコースやったら鱧鍋で、ラストはぞうすいとなる」

「締めで思い出したけど、大阪締めというのがあるやろ」

小学校六年生のときに信八と船渡御を見に行って、彼から大阪締めのことを教わった。宴席では、三本締めがよく行なわれる。全員で三本締めをやってお開き、というパターンだ。プロ野球のキャンプの打ち上げなどでは、「よおー、ポン」の一丁締めも行なわれる。

大阪では、独自の手締めとして大阪締めがある。祝いごとの席や新年会などの最後になされることもあるが、とりわけ天神祭をはじめとする祭の場で盛んに行なわれる。

信八といっしょに船渡御見物をした場所は、大川に架かる銀橋《ぎんばし》という通称で呼ばれる銀色に塗られた大きな橋の上だった。正式名称は桜宮橋《さくらのみやばし》というようだ。大川が見渡せて、乗ってきた京阪電車の京橋駅からも近いということで、銀橋にしたのだが、人が多くて息苦しいほどだった。ただ、早めに出かけたので、最前列を確保でき、よく見えた。大川を行き交う船は大小さまざまなものがあったが、その中には川岸まで近づいてそこでいったん停まって、川岸の観客たちとエールの交換のようなことをしている船が何隻かあった。「あれは、大阪締めをやりあっているんや」と信八が教えてくれた。橋の上からも、肩が触れ合うほどの窮屈さの中で、それに合わせて手を打っている者もいた。大阪締めをやりあうことで、みんなが一体感を感じていることは子供心にもよくわかった。

「せやな。船渡御を招待された席で見るんやったら、大阪締めを覚えておいたほうがええかもしれんな」

「やりかたを教えてくれるか」

「ああ、かまへんで」

信八は、立ち上がった。「大阪締めは、三つの動作に分かれる。掛け声に合わせて、手拍子を二回、二回、三回と打つんや。やってみるで」

信八は声を上げた。

「打ちま〜しょ！」

チャンチャン
「もひとつとせ～！」
チャンチャン
「祝おうて三度！」
チャチャン　チャン
店に居合わせた他のお客さんや従業員がいっしょに参加したことに、古今堂は驚いた。それだけ大阪締めは、ツールとして定着しているようだ。
「ええか。最初の掛け声は、『打～ちましょ！』やのうて、『打ちま～しょ！』やぞ」
信八は得意顔で言った。

2

その二日後の月曜日。古今堂は、署長室で大阪締めを一人練習した。今夕はいよいよ船渡御だ。

由紀は土曜日の夜にメールをくれていた。

〝署長さん。きょうは、ギャルみこしを見にきてくれはって、ありがとうございました。暑かったけど、めっちゃめっちゃ楽しかったデス！　無事担ぎ終えたあと、みんなで銭湯に入って背中を流し合い、そのあと懇親会で盛り上がりました。みんな、ええ子ばっかしでした。明日は、京橋のコムズガーデンという広場みたいなところで天神祭のイベントがあるということで、参加は任意なんですけど行ってみて、もう一回みこしを担いできます。月曜日からは、警察学校の授業を寝ないでちゃんと受けてきます。船渡御も見に行きとうてたまらんのですけど、二十九日の授業最終日にテストがあるんで、がまんして勉強します。テレビ大阪で船渡御の生中継番組があるので、録画してテストが済んだら、ゆっくり見ることにします☆

追伸　みこしを担いだおかげで、体重が〇・五キロだけ減りました（笑）〃

由紀は来月一日の月曜日から、また中央署に戻ってくる。

古今堂はもう一回、大阪締めを練習した。

最後の〝チャチャン　チャン〃をする寸前で、電話が鳴った。警察専用電話だ。

「古今堂です」

「こちら府警本部の監察官室です」

低い声が受話器に響いた。「今から、そちらに伺うことはできますか？」

「ええ、かまいませんが」

夕方までは、会議などは入っていない。「どういう御用件でしょうか？」

「それは、お会いしてからにします。私は、監察官の岡元《おかもと》と申します」

相手はそう答えて、電話を切った。

監察官は警務部に属している。大阪府警内部の査察や賞罰を担当する常設のポストで、平たく言えば、警察官を取り締まるのが仕事だ。つまり、〝警察官の警察官〟である。

（いったい、何があったんやろか）

警察庁にも、監察官がいる。長官官房に属し、そのトップは警察庁首席監察官と呼ばれ、警視監という警視総監に次ぐ階級の者が就く。警察庁に監察官が置かれているのは、警察という組織の独自性が影響している。警察は階級組織だが、警視正以上の者はたとえ地元採用組つまりノンキャリアでも国家公務員となる。ノンキャリアで警視正以上になる人間は、きわめて少数だがいる。たとえば、大阪府警本部の刑事部の捜査一課長はノンキャリアの指定席だが、階級は警視正だ。彼らは、地方公務員として採用されているので、いったん退職したうえで国家公務員となる。そうなると、たとえ府警に勤務していても国家公務員だから、彼らの懲罰を大阪府がすることはできない。もし府警の捜査一課長に不祥事があったときは、府警本部の警務部監察官室ではなく、警察庁の監察官が担当することになる。こういう複雑さがあるのが、消防官と警察官の違いの一つだ。

古今堂は、今は大阪府警の中央署長であり、階級は警視だが、キャリア組は国家公務員として採用されているので、警察庁の監察官の担当となる。府警の監察官が出てくることはない。

したがって、警察庁の監察官が扱うのは、キャリアか警視正以上のノンキャリアということになるが、彼らが扱うことができない人物が二人いると言われている。警視監である警察庁首席監察官よりも階級が上の、警視総監と警察庁長官だ。この二人が不祥事をすることは実際はまずないだろうが、万一あったときには国家公安委員会が監察をすることになっている。国家公安委員会というのは、内閣法によって設置される国の行政委員会で、五人の委員と委員長から構成され、警察全般を監督する。公安という名が付くが公安警察だけでなく、刑事警察などにも及ぶ。委員長は、閣僚をもって当てられる。つまり、国家公安委員長というのは、警察担当の国務大臣のことである。

内線電話が鳴った。

「受付ですが、岡元さんというかたがおみえです」

「通してください」

府警本部は同じ中央区の大手前三丁目にある。あまり時間はかからない。

「どうも、失礼します」

署長室の扉を開けて姿を見せたのは、グレーの地味なスーツに身を包んだ五十歳前後の男であった。細身の体に、細い手指、細い首、そして黒ぶち眼鏡の奥の双眸も細くて神経質そうだ。古今堂の中学時代の数学教師によく似ていた。

差し出された名刺には、〝大阪府警警務部監察官　警視　岡元保義《やすよし》〟とあった。

「御心配でしょうから、初めに言っておきましょう」

岡元はソファに座るやいなや切り出した。「重大な案件なら、警視正であるうちの府警首席監察官が直接担当します。こちらから出向くということも、いたしません。つまり、憂慮する事態ではないということです。ただし、現段階では」

「うちの署員についての案件ですね」

「ええ、もちろんです。監察官の仕事というのは、防犯に似てましてね。不祥事は起きないのが一番なのです。起きたときは、最小限で留めることが必要です」

岡元は持って回った性格なのか、なかなか来訪の目的を言わない。「対応のしかたもケースバイケースで、所属長には何も告げずにこちらでやってしまうことも多いです。その場合は、処分が出てから、所属長は知ることになります」

「今回はそうではないということは、僕のほうで対応すればいいのですね」

「それで終息してくれれば、穏便《おんびん》に終わると思います。摘発と処分だけが、うちの仕事ではありませんから」

岡元は足を組んだ。「弁護士、それも刑事事件で腕利きの弁護士のところに通っている刑事がおります。警察にとっては天敵みたいな存在ですから、それだけでも問題です。調べてみると、その刑事はすでに解決した事件について、それが冤罪《えんざい》ではないかという妄想を抱いて動いておるようなのです」

古今堂の脳裏に、谷の顔が浮かんだが、口には出さなかった。

谷は進んで相談しに来てくれたのだ。そのことを、監察官に告げるべきではない。

「それは、いつごろのことですか」

「ほんのここ数日の動きです」

谷は引き下がってくれた、と思っていたのだが。

「その動きは、どういう経緯でわかったのですか」

「うちのセクションには、公安畑でならしたベテラン連中がいます。二十四時間態勢の潜入捜査をするのは年齢的にきつくても、尾行ならお手のものです。刑事畑の者よりもずっとうまくやります」

「監察が調べることになったきっかけは？」

「通報みたいなものです。うちには、市民からの投書や電話もありますから」

岡元は言葉を濁した。

「署員の名前を聞いていいですか」

「そのために、来ました。中央署刑事課の谷永作巡査です。くわしいことは、彼への査問でお聞きになれば、と思います」

岡元は、足組みを外した。「用件はこれだけです。善処なさることを期待しています」

「一つだけ、教えてください」

古今堂は立ち上がろうとする岡元に声をかけた。「今回のことは、うちの署では僕だけが聞いたのですか？」

「どういう意味ですか？」

「副署長や刑事課長は知らないのですか？」

「ええ。首席監察官の判断で、所属長である署長にだけ伝えることにしました」

岡元は立ち上がりながら、付け加えた。「これも、現段階では、ということですが」

岡元が帰ったあと、古今堂は刑事課に内線電話をかけた。谷は、四係の係長とともに外出しているということであった。暴力団の準構成員になった二十歳の若者の両親からの相談を受けて、組を抜けるように説得に向かったということだった。谷は今夜は当直ということなので、古今堂は船渡御が終わってから会うことにした。谷が一生懸命に説得をしている途中に電話で割り込むことになってはまずいし、係長に横で聞かれることになるのも避けたかった。

3

四時半を回ったところで、ダブルのスーツを着込んだ附田が署長室に姿を見せた。

「少し暑いですが、いい天気になりました。雨の心配はないです」

附田が胸にポケットチーフを入れているのを見るのは、初めてだ。彼も今夜の船渡御観賞会に招待されている。午後六時に、迎えの車が署まで来ることになっている。これも恒例のことだということである。

「平成九年だったと思いますが、台風が近畿地方を直撃する日と船渡御が重なりましてね。打ち上げ花火は中止となり、規模を縮小して行なわれたのですが、物足りないものでした」

附田は饒舌《じょうぜつ》だった。「古今堂署長が、観賞会に招かれるのはおそらく今年だけでしょうから、その一度のチャンスが悪天候ではアンラッキーです」

警察庁のキャリアは、採用七年目ぐらいで各都道府県本部の課長補佐もしくは署長となるが、その期間は通常は一年限りだ。

「きょうの参加者は、約二百人ということです。四月にあった古今堂署長の歓迎会のときより倍近くの多さです。船渡御というイベントを特等席の高みから見られるということが大きいと思われます」

「二百人が集まっても、見ることができるのですか」

「私も参加するのは初めてですが、前署長から『会場が広くて驚いた』と聞いています」

四月の歓迎会のときは区内のシティホテルだった。今回は天満橋にあるトウキチビルという建物の最上階が会場だと、招待状に書かれてあった。

「中央区安全推進協賛会の会長をしておられる那須野大蔵《なすのたいぞう》氏とは、四月の歓迎会でお会いになりましたね。那須野氏は、ナスノ興産の社長で、立志伝中の人物です」

「ええ、名刺交換をしました」

どのような話をしたかは、ほとんど記憶にない。赴任して三日目の夜ということで、まだ足が地に着いていなかった。「どのような会社なのですか?」

「主として警備業です。警備業といっても個人宅は対象にしていないのです。府下の商業ビルやオフィスビルと契約を結んで、ガードマンを派遣しています。とりわけ、中央区のビルは、その多くを警備担当しているようです。その関係もあって、数年前から中央区安全推進協賛会の会長に就いているわけです」

「きょうの集まりには、副署長も毎年招待される慣例になっているのですか?」

「いえ、そうではありません。去年までは、署長だけでした」

古今堂のような若い警察官僚の署長は、俗に〝若殿様〟と呼ばれる。それをサポートする副署長は〝お守《も》り役家老〟とも言われる。若殿に何かあってはいけないから、と自分も同行することを附田は、主催者側に申し出たのかもしれない。本音は、自分も船渡御見物がしたいということかもしれないが。

「では、車の迎えが来たらお知らせに参ります」

附田は軽く一礼して署長室を出ていった。附田は五十三歳と、古今堂の父親であってもおかしくない年齢だ。だが、ポストは古今堂のほうが上になる。

迎えの車は、六時きっかりにやってきた。ハリウッドの映画俳優が授賞式に乗りつけるようなリムジンだった。

「ナスノ興産の植嶋《うえしま》と申します。本日は御足労さまです」

運転席から、見事な銀髪の男が出てきて丁寧に頭を下げたあと、扉を開く。

「失礼します」

古今堂は、リムジンに乗り込んだ。附田が続く。シートの座り心地は特上だ。電話とパソコンが置かれていて、応接室と執務室をミックスしたような感じだ。

「では、出発いたします。よろしいでしょうか」

丁寧な口調でそう告げてから、植嶋はエンジンをかけた。

「もしかして、これは社長さんの社用車ですか？」

古今堂は、植嶋に尋ねた。

「そうでございます」

「社長さんの送り迎えはしなくてもいいのですか？」

「本日は必要ございません。本日の会場は、トウキチビルの最上階ですが、社長はその一階下をマンション風に改装してお住まいですから」

「そうでしたか」

「着いたらすぐおわかりになりますが、トウキチビルは北に大川を、南に大阪城の天守閣を望むことができます。私はお仕えしてかれこれ四十年になりますが、社長は太閤秀吉の猛烈なファンでして、天守閣が見える場所に住みたいという願望を若いころから申しておりました。住まいのあるフロアの下には、うちの本社オフィスが入っておりまして、社長は昼も夜も天守閣を思う存分に眺められております」

「もしかして、ビル名のトウキチというのは、木下藤吉郎と関係あるのですか？」

「さすが署長さんは頭の回転がお速いですな。秀吉の若いころの名前である藤吉郎から取ったものです」

中央署のある心斎橋とトウキチビルのある天満橋とは近い。リムジンは、壁面に千《せん》成瓢箪《なりびょうたん》のデザインがされた東西に長い高層ビルの前に着いた。千成瓢箪は、秀吉が幟《のぼり》に使っていたというシンボルマークだ。大阪府の府章にも使われているが、大阪府のそれよりも瓢箪の数が多くて、しかも一つ一つが反り返っている。

「では、中へどうぞ」

植嶋は正面玄関にリムジンを着けて、丁寧に扉を開ける。受付嬢が最上の微笑を浮かべて、頭を深々と下げてくる。

ビルの床には、千成瓢箪と五三の桐を模したタイルが市松模様に並んでいる。五三の桐は、豊臣の家紋である。徹底ぶりが窺《うかが》える。

「こちらになります」

植嶋に案内されてエレベーターホールに向かう。

最上階である十一階へは、専用のエレベーターがあった。

「では、またお帰りのときにお供いたします」

「帰りもですか」

「恒例のことです。署長さんは主賓ですから」

エレベーターの扉が開くと、植嶋は銀髪を下げて見送った。


十一階に着くと、ホールに着物姿の小柄な中年女性が笑顔を作って立っていた。右手には携帯電話を持っている。

「古今堂様と附田様ですね。那須野大蔵の娘の那須野智恵子《ちえこ》と申します。ようこそお越しくださいました。父が社長控室におりますので、どうぞ」

案内されて控室に入る。控室といえどもかなりの広さで、窓越しに大阪城の天守閣が見える。その部屋の中央で、那須野大蔵が恰幅のいい体躯を羽織袴に包んで立っていた。正月のような服装だが、十二分に冷房が効いているので、暑くはないようだ。春の歓迎会では、彼は七十三歳だと言っていた記憶がある。だが、とてもその年齢には見えない。髪はまだ大半が黒々としていて、太い眉と厚い唇が意志の強さをうかがわせる。

「やあ、四月以来でんな」

大蔵は、古今堂と附田に歩み寄る。ほんの少しだが、右足を引きずるように歩く。年齢のせいだろうか。

「本日はお招きくださって光栄です」

「まあ、どうぞどうぞ」

古今堂は附田と並んで、沈みそうなソファに腰を下ろした。大蔵の羽織の紋は、五三の桐だ。

「秀吉公がお好きだそうですね」

「好きと言うより、理想でんな。百姓の出身でありながら天下人にまで上り詰めた立身出世ぶり、〝鳴かぬなら鳴かせてみせようホトトギス〟という知略ぶり、そして何よりも大阪の地を日本の中心にしようとしたとこがよろしいでんな。大阪は日本を代表する大都市なのに、政治の歴史という面では奈良や京都、そして東京に大きく差をつけられとります。豊臣の天下が秀頼以降も続いておったなら、東京やのうて大阪が今も首都になっていたと思えるだけに、大阪人としては残念でなりまへんな」

中央区の法円坂《ほうえんざか》というところに難波宮《なにわのみや》史跡公園がある。飛鳥時代の一時期、ここに遷都がなされたことがあると言われているが、京としての存在は確認できていないという。その時期を除いて、大阪が政治の中心になったのは豊臣の大阪城が築かれていたときだけだろう。

「大阪維新の会が立ち上げる大阪都構想への府民の支持が高いのも、徳川家康に都の機能を東京に持って行かれた大阪人の怨念《おんねん》のようなものが底にあると思えますのや」

「さすが社長さんは見識がおありですな」

ゴマ擦りの得意な附田が、感心したかのような声を上げる。

「そんなことありまへんで。わしの学歴は高卒で、それも定時制高校を六年かかって出ましたんや。去年から就任した公安委員会に足を運ぶたびに、引け目を感じとります」

警察庁を管理するために内閣のもとに国家公安委員会が置かれるのと同様に、各都道府県警を管理するために都道府県ごとに地方公安委員会が設けられている。大阪のように、政令指定都市を抱える府県には五人の、そうでない県には三人の公安委員がいる。府警本部にとっては、公安委員会というのは監督機関のような立場になり、毎週一回府警本部で開かれる会議の動向も気になるところだろう。だが、署にとっては関わりはほとんどない。一般市民にとってはもっと関わりは薄い存在だ。運転免許証に、公安委員会という印刷がなされていなければ存在さえ知らないという市民も少なくないだろう。

「お父さん、中央区安全推進協賛会の副会長がおみえです」

智恵子が姿を見せた。

「じゃあ、僕たちはまたのちほど」

古今堂たちは立ち上がった。

「では、来賓控室のほうへ」

大蔵は、智恵子に案内を指示した。

今夜はとにかくVIP待遇だ。来賓控室のほうも、広くて豪華だ。ここからも、大阪城の天守閣がよく見える。

「十六年前のことですが、大阪でAPECが開催されましてね。大阪城エリアが会場と宿泊場になりました。お城が大阪のシンボルということもありますが、周囲を堀と川で囲まれているという警備上の理由が大きかったのです。水が守ってくれるという点は、現代でも戦国時代でも同じですから」

附田は相変わらず饒舌だった。

夏だけに、まだ陽は残っている。天守閣は鈍く光を放っている。その右手に大阪府警本部の庁舎が見える。その間に、外堀が淡青の水を湛《たた》えている。

「外堀の幅はかなりありますね」

「ええ。だいたい八、九十メートルほどあるそうです。水の深さも三メートルほどあるということで、テロリストもそう簡単には越えられません」


六時三十分となり、智恵子が「そろそろ開会となりますので、お願いします」と呼びに来た。

会場は、広いホールだった。とりわけ東西が長い。この建物は大川沿いに位置しているのだろうが、今はカーテンが引かれていて外は見えない。

集まった会員は、ゆうに二百人に達する。中央区に本店または大阪支店のある企業のトップというのが会員の資格条件ということだが、ずいぶんと多くのトップがいるものだ。その他に、黒のロングドレスを着たコンパニオンが十数名ほど壁側に控えている。

副会長が司会となって、開会となった。まず初めに、会長の大蔵がマイクの前に立ったが、日頃からの会員企業による防犯の取り組みに感謝するという趣旨のごく短いものだった。

次は、主賓である古今堂の番であった。

古今堂も短い挨拶にした。警察活動への協力の感謝を述べ、今後ともよろしくと結んだ。あとにも来賓が控えていたからだ。全国警備業協会の理事という人物が続き、そして近畿財務局と近畿経済産業局と大阪証券取引所という防犯とは直接関係がなさそうな機関の代表からの挨拶がなされた。これら三つの機関の共通項は、いずれも中央区に庁舎・建物があるということだ。中央区が、大阪の経済の中心地であることをあらためて思い知らされる。

再び那須野大蔵がマイクの前に立つ。

「船渡御の開幕まで、まだ少し時間がございます。その間を利用しまして、毎年恒例になりましたわが社員による天神祭のビデオを上映します。わが社で総合企画部長を務めております巻公太郎《まきこうたろう》が作成しましたビデオです」

会場のライトが落とされ、若い社員らしき二人の男によってスクリーンと映写機が用意された。窓にカーテンが降りていたのは、この時間のためでもあったようだ。

ビデオのタイトルが出る。

〝船渡御以外もスゴイ　天神祭〟

画面は、菅原道真を祀る大阪天満宮の境内を映し出す。

女性のナレーションが入る。

〈天神祭といえば船渡御を連想する人は多いですが、それ以外にも神事や行事は多くあります。まずは六月下旬の吉日に装束賜式《しょうぞくたばりしき》が行なわれます。祭で神童やその随身を務める少年など諸役に、宮司さんから辞令が渡されます。これが、天神祭の始まる日です〉

神童役の少年が、衣装を身につけて神妙な顔で宮司の話に聞き入っている。

〈諸役には、この日より葬儀に参列してはいけないとか、喧嘩や争いごとをしてはいけないといった禁止事項が言い渡されます〉

路上を少年がジョギングしている。

〈神童に選ばれるのは、西天満小学校の五年生または六年生の男子という慣行になっています。七月二十日以降は、牛肉や豚肉などの肉類を食さない、殺生をしないといった制約も加わります。蚊が飛んできても、ゴキブリが出てきても、殺せません。そ

の家族も同様なのです〉

〈そして、七月二十三日は、いわゆる宵々宮です。御羽根車《おはぐるま》巡幸などがあります〉

菅原道真が乗っていたのと同じ形とされる古式ゆかしい牽《ひ》き車が、当時を再現した装束を着た青年たちによって巡幸されていく。そして同じ日に行なわれるギャルみこしの威勢のいい光景に画面は切り替わった。ほんの一瞬だが由紀の姿が映し出されたとき、古今堂は声を上げかけた。

〈七月二十四日が、宵宮です。鉾流《ほこながれ》神事や催《もよおし》太鼓《だいこ》の宮入りなどが行なわれます〉

朝の大川で、神童が小さな和船に乗り、白木の鉾をゆっくり水面に流していく。龍《りゅう》笛《てき》の調べとあいまって、おごそかな光景だ。

〈かつては、この鉾が流れ着いた地点をその年の御旅所《おたびしょ》としたそうです。そのあと、自動車渡御が行なわれます〉

子供みこしや地車囃子《だんじりばやし》を乗せたトラックが、パレードをしていく。そして画面が切り替わって、催太鼓が映し出される。赤い布が背中に垂れ下がった頭巾をかぶった六人の男たちが、タイミングを合わせて太鼓を叩く。男たちと太鼓を乗せた台は、シーソーのように豪快に揺れながら、天満宮に入っていく。よく見ると、台の下には丸太がはさまれている。その丸太を軸にして、揺れながらもゆっくり進んでいく。男たちは巧みにバランスを取りながら、揺れる台の上でも太鼓を叩き続けている。絶妙の技だ。

〈七月二十五日はいよいよ本宮です。船渡御の前に行なわれるのが陸渡御です。催太鼓を先頭に、御羽根車や山車などが、約三千人の行列を作り、天満宮を出て南に向かって乗船場を目指します。陸渡御の続きが、船渡御になるわけです。陸渡御の映像は、今年のものを撮影していては、ビデオの編集に間に合いませんので、ここだけは去年の映像を使います。あしからず〉

丁寧なナレーションに、会場から笑いが洩れる。

画面は、激しく打ち出される催太鼓を映し出す。そのあとを、馬に跨った猿田彦《さるたひこ》と呼ばれる先導役や山車が続き、さらには獅子舞や花傘などさまざまなものが続いていく。

〈これだけ多くの人たちが、けっして一日ではない期間を、祭に携わっていくのです。まさに日本三大祭の称号にふさわしい規模です。大阪の誇りです〉

ナレーションは、そう締め括っていた。

古今堂は、拍手を送りたい気持ちだった。神童と同じ年齢の小学校六年生のときに、一度船渡御を見た以外は、天神祭に触れることがなかっただけに、知らない光景を数多く見ることができた新鮮なビデオであった。

だが、会場に居合わせた人たちの反応はあまりない。大阪人にとってはよく知られたことばかりなのだろうか。

照明が上がるとともに、司会役の副会長が「それでは乾杯に移ります」と告げる。コンパニオンたちがあわただしくグラスに入ったビールや水割りを配る。

「それでは、当会の発展とここにお集まりの皆さんのますますの御健勝を祈って」

大蔵の発声に続いて、「乾杯!」の唱和が響く。それと同時にカーテンが開いた。大きなパノラマが鮮やかに広がった。

北側の一面が、床から天井まですべてガラス張りになっていた。すぐ眼下に、大川が流れている。この天満橋のところで、大川は逆L字形に角度を変える。それまでの北↓南という流れが、東↓西となる。その逆L字形のほぼ付け根の位置にトウキチビルは建っているから、船渡御の全景が手に取るように眺められるのだ。

左手には、船渡御の乗船場が見える。そこが陸渡御の終着点でもある。右手には、大川に架かる川崎橋や銀橋を望むことができる。暮れなずむ川面には、すでに多くの大小さまざまな船が浮かんでいる。ゆっくり動いているものもあるが、多くはまだじっと留まっている。提灯を掲げている船もあれば、かがり火を焚いている船もある。

米粒ほどの大きさに見える乗船者の多くは、揃いのハッピや浴衣を着ているが、留まっている船には色とりどりの服も見える。それらは、おそらく観覧船だろう。船体の形もいろいろだ。普段は砂利を積む平べったい船の上に座敷風の板張りをあつらえたものもあれば、タグボートのような小さい船もあり、屋根の付いた屋形船も浮かんでいる。

このホールは広くて、横に長い。二百人が集まっても、全員が大川を見ることができる。前の人間の頭が邪魔になることもなく、肩がぶつかるほどの手狭さも感じなくて済む。空調も充分に効いているから、うちわを暑そうに扇ぐ者もいない。もちろん、うちわが触れ合ってトラブルになるということもありえない。ここから見える銀橋の上では、うだるような蒸し暑さの中で、足を踏んだ踏んでいないといった小競《こぜ》り合いも起きているかもしれない。

舞台の全景を見下ろしているうちに、陽は落ちて水面が暗くなってきた。そして、銀橋の近くから、船渡御の開幕を告げる花火がまるで噴水のように次々と打ちあがる。

(厚いガラスにブロックされて、音があまり聞こえへんな……)

信八と銀橋の上から見物したときは、爆発したのかと思うほどの大きな音がして、地響きすら感じた。一気にボルテージが上がったが、この天空のビューポイントには変化はない。

船渡御の先頭を行く催太鼓を載せた船が上流に向かって動き出す。打ち出される太鼓の音は、かすかにしか聞こえてこない。どんどこ船と呼ばれる手漕ぎの船も、大川の流れに逆らいながらも力強く上流をめざしていく。迫力ある櫓の音は、ここには伝わってこない。古今堂は、無声の大きなスクリーンを前にしているような錯覚に囚われた。さっきのビデオの続きを大画面で見ているかのようだ。せっかくのナマなのに、その迫力が伝わってこないのだ。新しい花火が上がる。しだいに暗くなっていく。

信八と銀橋で見物したときは、橋の上に飛んでくる蚊に食われた。ここではそれはない。けれども、どこか絵空事を見ているような印象が拭《ぬぐ》えない。提灯を高くかざした船が、川岸で動きを停めた。乗っている揃いの浴衣姿の男たちは、鉦を鳴らすのを止めて、沿岸の見物客と〝大阪締め〟を始めた。双方の手が、リズムよく揃って動く。

(せっかく大阪締めを練習してきたけど、使うことはなさそうや)

古今堂は寂しい思いになった。

会場のほうを振り向くと、半分近い人たちは窓際を離れ、立食しながら歓談を始めている。附田は握り寿司をおいしそうに頬ばっている。

ただ一人和服姿の智恵子と目が合った。智恵子は軽く微笑んで近づいてきた。

「署長さんは、船渡御をご覧になるのは初めてですか」

「これで二度目です」

「あたしは、毎年見ているので飽きてしまっていますわ」

「この下の階にお住まいなのですね」

「結婚していますので、森ノ宮駅のすぐ西にあるマンションに住んでいます」

大阪城の東南にあるのが森ノ宮駅だ。その西側なら、ぎりぎり中央区だ。

「お父さんの会社は、警備業でしたね」

「ええ。かつては不動産業をしていてビルを売り買いしていたのですけど、今は警備業が中心になっています」

「会社のほうでは、何か役職に就いてはるのですか？」

「いえ、あたしはあまり仕事に向いていないので、専業主婦をしています。こういった会合があるときは、父に求められて手伝いをしますが」

「おい、智恵子。副会長さんが『愛くるしいお嬢さんと話をしたい』と御指名だ」

那須野大蔵が笑いながら、ウイスキーグラスを片手に智恵子に声をかけてきた。智恵子は軽く会釈をして、古今堂の前を離れていく。

「やあ、これはこれは、主賓の署長さんからホステスを奪ってしもてすんませんな。もっとも、わしと顔の造作が似た娘やから、美人ホステスやおませんけどな」

大蔵は早くもかなり赤い顔をしている。

「お子さんは何人いやはるのですか」

「智恵子は……一人娘でんのや。いくつになっても、ついつい甘やかしてしもて、あきませんな。署長さんのほうはお子さんは？」

「いえ、まだ独身ですから」

「ほうでっか。ようモテはりますやろ」

「全然ですよ。百五十八センチのおチビですから」

小太りの初老の男が、大蔵に近づいてきた。古今堂の知らない男だ。

「社長、会社のほうは儲かっているようですな」

「いや、あきまへんで」

大蔵は、古今堂に背を向けた。

「去年は、乾杯の音頭はナスノ興産のホープである専務さんやったけど、今年は社長さん直々でしたな」

「専務はちょっと失敗をやらかしまして、謹慎中でんのや」

「コレの失敗ですか？」

小太りの男は小指を立てる。

「浮気は男のカイショでんがな。そんなもんで、怒りまっかいな。会社に損害を与えたよって、あきませんのや」

「おやおや、社長さんがお見立てになった優秀なお婿さんでも、失敗することがありますか？」

「失敗どころか大失敗や。やあ、どうもどうも」

大蔵はまた別の男に声をかけている。

古今堂が主賓というのは名前ばかりだ。防犯の団体というのも、看板だけに近い。経済官庁の代表が招かれていたように、財界関係者による船渡御観賞会なのだ。その主役は、もちろん那須野大蔵だ。

古今堂は、大川のほうに向き直った。船渡御は佳境《かきょう》に入り、華やかな花火が次々と打ちあがり夜空を色鮮やかに染めていた。

御鳳輦奉安船《ごほうれんほうあんせん》が、ゆっくりと眼下を通過して大川を上っていく。菅原道真の神霊が宿るとされる鳳《おおとり》をいただいた御車を載せた船だ。この船と、鳳神輿《みこし》奉安船と玉神輿《たまみこし》奉安船の三隻が、船渡御の主役船だ。

この御鳳輦奉安船については、銀橋の上で印象に残っていることがある。人垣の最前列で押されながら見ていた古今堂の右横が信八で、左横は日焼けした肌を出したランニングシャツ姿の中年男だった。中年男はしきりにタバコをふかしていたが、観覧客を乗せた船が橋の下を通るたびに、欄干にタバコを叩きつける。当然、灰は船に向かって落ちていく。観覧船は屋根の付いているものもあるが、付いていないほうが多い。

「おじさん、あかんのとちゃう?」

古今堂は我慢できなくなって言った。

「何がや?」

「何がって、タバコの灰」

「ガキが偉そうなこと言うんやあらへん。あの連中はゼニがあるから、涼しい船に乗れて、楽しい思いをゆったりしとるんや。おまえらガキは将来は乗れるかもしれへん。けど、わしにはずっと無理や。せめて灰ぐらい落とさんとやってられへん」

中年男は、やめようとはしなかった。

ところが、御鳳輦奉安船がやってきたとき、中年男の態度は一変した。タバコを欄干で押し潰して消すと、両手を合わせて拝み出したのだ。他の人たちも、信八たちも神社の拝殿にお参りするときの仕草をする。急に周りは静かになり、すれ違う船の鉦の音も止んだ。川岸と船で交換される大阪締めも、このときだけはなされない。敬虔《けいけん》な空気が流れた。

騒ぐだけがお祭りではない。信仰心がちゃんと基底に根づいていることを、古今堂は知った。

しかし――

この会場では、御鳳輦奉安船を拝む者はいなかった。観覧船の乗客よりもさらに恵まれている人たちがここには集まっているのかもしれない。敬虔な空気はまったくなかった。

あまり充実感のない二時間が終わった。ホロ酔い加減の附田とともに、智恵子によって再び来賓控室に案内された。大阪城の天守閣は、ライトアップで美しく映《は》えている。

「つまらないものですが、きょうのお土産です」

智恵子は紙袋を差し出した。大阪のみならず全国的に有名な高級クッキー店のロゴの入った紙袋だった。

「お送りは、ご自宅までさせていただきましょうか」

「いえ、僕は署のほうで結構です」

古今堂は、附田のほうを向いた。

「私もそれでかまいません」

附田の官舎も、そう遠くないところにある。

「やあやあ、本日はわざわざ来てくれはって、どうも」

那須野大蔵が控室に姿を見せ、握手を求めた。「またよろしかったら、遊びに来てください。わしの家はこの下ですから」

そう言い残して、大蔵は出て行った。肉厚の手だった。

古今堂は、ソファに背中を持たせかけた。署に帰ったら、附田に感づかれないようにいったん裏手の官舎に帰り、そこから当直の谷のところへ足を運ぼうと考えた。今夜は谷とじっくり話したい。

智恵子の携帯電話が鳴った。

「植嶋さんですね。お送りをよろしくお願いします」

智恵子にエレベーターホールまで丁寧に送られた。

一階では、ベテラン運転手の植嶋が立っていた。

「花火が終わって、観覧客のほうもどっと帰り出しています。道路が渋滞していると思いますが、御容赦ください」

植嶋はリムジンの扉を開けた。

たしかに人が多かった。来るときはバラバラでも、終わるときは一緒だ。

信八と見に行ったときは、銀橋から川岸に下りて、立ち並ぶ屋台でイカ焼きとフランクフルトを買って、食べながら京阪電車の京橋駅まで歩いた。予定時刻よりも帰宅が遅くなり、おまけに口の端にイカ焼きのソースが付いていて、母から叱られた。母は屋台で物を買うことを禁じていた。「屋台は不衛生だから、もう二度とダメです。太子橋君とも遊んではいけません。朱に交われば赤くなるって、前にも注意したはずです」と母は通達を出した。屋台禁止は守ったが、信八とはそれから何度も遊びに行った。

「船渡御のほうは、よくご覧になれましたか？」

「ええ」

「楽しんでいただけましたか？」

「そうですね」

楽しくなかったとは言いにくい。「ビデオがよかったです。神童になる男の子の生活ぶりといった知らないことが出てきました」

「いやあ、私は今年のビデオはまだ見ていないのですよ。秋に開かれる社員懇親会で上映される予定だそうですが」

「智恵子さんにも、いろいろお世話になりました」

古今堂は、大蔵が他の招待客としていた会話を思い出した。「智恵子さんの御主人が、会社の専務さんなのですか」

「ええ。那須野仲彦《なかひこ》専務です。なかなか有能なかたですが……」

植嶋はそこで口をつぐんだ。那須野大蔵は、会社に損害を与えて謹慎中であることも言及していたが、それを知らない植嶋としては、部外者にそこまで話すのは不適切と考えたのだろう。

そのとき、附田が姿勢を変えた。そしてベルトに付いているホルダーから携帯電話を取り出した。マナーモードにしていたようだ。

「もしもし……え、そうなのか」

附田の顔が険しくなった。「今、帰り道だ。もうすぐ着く。署長は一緒だから、報告しておく」

附田は携帯電話をしまい込んだ。

「何かあったのですか？」

古今堂は、植嶋に聞こえないように小声で訊いた。ナスノ興産にとっては古今堂は部外者だが、中央署にとっては植嶋は部外者だ。

「当直長からです。大阪城の外堀で死体が見つかりました」

附田もごく小さな声で答えた。

4

今夜の当直長は、会計課長の黒崎二郎《くろさきじろう》だった。

黒崎は、大阪城公園の地図を机の上に広げていた。古今堂と附田の顔を見るなり、黒崎は報告を始めた。

「船渡御見物を終えたあと、大阪城公園の南外堀のほうへ歩いていった高校生カップルが第一発見者です。外堀に浮かんでいる男性を見つけて、救急のほうに連絡したのです。消防のレスキュー隊が石垣を下りて外堀に飛び込んで、男性を引き揚げてくれたのですが、すでに死亡していました。交番の警官を向かわせ、刑事課の一条係長がたまたま残業していましたので、一係の部下を連れて行ってくれました」

黒崎は、大阪城の地図を古今堂と附田のほうに向けた。現在の大阪城の天守閣のある本丸部分は、縦長の長方形をしている。その周囲に内堀が作られている。内堀の外側に梅林や豊国神社や西の丸庭園が設けられている。さらにそのぐるりを囲むように、外堀が設けられている。外堀は、ほぼ円形だ。その円周は、およそ四キロぐらいだろうか。

「遺体が見つかったのは、このあたりです」

黒崎は地図の上に、シャープペンシルの先を置いた。外堀に架かる橋梁は四つある。天守閣から見て、おおむね北東・北西・南東・南西の四方になる。それぞれ、青屋門、京橋口、玉造口、大手門という名称が付けられている。その玉造口のすぐ西にある外堀部分を、黒崎のシャープペンシルは指していた。

「ここだと、一番櫓《やぐら》のすぐ近くだな」

附田が言った。

「ええ。お詳しいですね」

「以前に内部が一般公開されたときがあって、見に行ったことがある。玉造口から大手門にかけて、かつて南側に七つの櫓がずらりと並んでいたそうだ。今では一番櫓と六番櫓だけが残っている」

櫓というのは、城の要所に設けられた見張り台のような場所である。矢蔵と書くこともある。戦国時代の大阪城は、北の方角は淀川などで守られているので、攻め口は南しかなかったという話は、古今堂も聞いたことがある。真田幸村が真田丸を築いたのも南側だし、家康軍が陣を張ったのも南側だった。

電話が鳴って、黒崎が受話器を取った。

「黒崎だ……応援か。わかった。差し向ける……そうか、免許証が……どういう字を書くんだ？」

手にしたシャープペンシルで、地図の余白に書き込みをしていく。

黒崎は、〝那須野〟と書き込んだ。古今堂は目が釘付けになった。

「仲がいい、というときの仲だな」

続いて〝仲彦　四十五歳〟と続けた。

那須野智恵子の夫、すなわち大蔵からすれば婿となる男は、確かそんな名前だった。

「現場に着いた刑事課一係長から応援要請です。今夜は天神祭から流れてくる人間が多くて、野次馬がどんどん集まってきているそうです。それから、置かれていたバッグの中に運転免許証があって、ホトケさんの名前がわかりました」

「バッグが現場に置かれていたのですか」

「ええ。遺書はなかったようですが」

「この人物は、僕が知っている男性かもしれません。面識はないんですが」

古今堂は、附田のほうを向いた。「さっきまで行っていた那須野さんの会社の専務をしている人と同じ名前です」

「え、そうなんですか」

「当直者をできるだけ投入してください」

古今堂の頭には谷のことが浮かんでいた。彼との話し合いはそれが済んでからだ。

「それから、府警本部にも連絡して現場鑑識などの応援要請をお願いします。僕は那須野さんのところへ行ってきます。黒崎課長は連絡要員として残ってください」

「私も、署長と一緒に行きましょうか」

附田が腰を浮かした。

「副署長は現場の指揮をお願いします。那須野大蔵さんのところへ寄ってから、僕も現場に向かいます。運転免許証の写真を、転送してもらうことはできますか？」

「一係長に携帯電話で撮らせて転送するという形なら」

「それでいいです。僕の携帯に転送してください」

古今堂は、タクシーを拾って、一人でトウキチビルに向かった。古今堂は車の免許を持っていない。

「あら、署長さん。お忘れ物ですか」

智恵子はまだ会場に残っていた。

「いえ、社長さんは？」

「父は、副会長さんたちと北新地へ二次会に行きましたが」

「連絡を取ってくれはりますか？」

「父は、飲みに行ったときに連絡が入るのを嫌がるんです。あたしでは、対応できないことなのですか？」

「いえ、そういうわけやないですけど」

もしも智恵子の夫なら、彼女が受けるショックは大きい。できるだけ、和らげる方法を採りたい。そのためには、大蔵に先に確認してもらうほうがいいと古今堂は考えていた。

「まさか署長さんも、『女では一人前の人間として扱われへんのや』と言う父と同じ時代錯誤の考えの持ち主ではないでしょうね」

さっきまでの顔とは違う表情を、智恵子は垣間《かいま》見せた。

「この写真ですねけど」

古今堂は携帯の画面を差し出した。細面の男の顔が映っている。

「これは、うちの主人です」

「今夜はどこかに出かけると、言うてはりませんでしたか？」

「聞いてません。あたしが家を出たときは、まだいましたけれど」

「申しわけないですが、今から同行してもらえませんやろか」

「どこへ行くのか教えてください。警察署長さんがこうしておみえになるということは、よくないことなんでしょう」

「まだ確定したわけではあらしません。落ち着いて聞いてください」

少し迷ったが、古今堂は事情をなるべく客観的に告げた。

「そんな……」

智恵子はその場にしゃがみ込んだ。後片付けをしていたコンパニオンが驚いて駆け寄る。

「お父さんに連絡したほうがいいのじゃありませんか」

古今堂は手を差し伸べようとしたが、智恵子は首を振って拒否した。そして、自力で立ち上がった。

「いいえ。あたし、一人でも行けます」

タクシーで行くことを提案したが、智恵子は「自分の車で行きます」と言った。植嶋は、那須野大蔵たちを北新地の行きつけの店へと送り、次の移動に備えてそちらで待機しているということだった。

「大丈夫ですか？」

古今堂は、気が動転していては事故を起こすのではないかと懸念しながら、智恵子が運転するレクサスの助手席に乗った。

「これまで無事故です。ドジはしませんわ」

智恵子は気丈そうに言った。和服のままだ。

「御結婚して、何年になるんですか」

「もう十七年になります」

智恵子は、トウキチビル地下一階にある駐車場からレクサスを発進させた。ハンドルさばきは、やや不安定に思える。

「お子さんは？」

「いません。父は孫の誕生を望んでいたので、不妊治療も受けたのですけど授かりませんでした。だけど、生まれていても女の子だったら、いないのと同じでした。父は『男の孫を頼むぞ。女に、ガードマン会社の社長が務まるわけがないんだから』と、口癖のように言っていました」

「ガードマンには、女性の人もいやはるやないですか」

「現場は女でもできるが、彼らを統率して非常時には泊り込むといったことは、女には無理だと父は言います」

船渡御帰りの人は、まだまだ多い。

渋滞する交差点を曲がると、ライトアップされた天守閣が見えた。ライトアップは十一時までされている。船渡御を見物したあと、まだ帰りたくない気分なら大阪城に足を向ける人も少なくないだろう。その中の高校生カップルが第一発見者となった。野次馬が今も集まってきていることは、想像にかたくない。

「何だか、むなしいです。父の命じるままに主人と結婚して、子供ができても男の子でなければいけないと注文を出されて。お金の面では不自由はしませんでしたけど、あたしの人生は存在しなかったような気がすることもあります」

「恋愛結婚ではなかったのですか」

「命令でした。政略結婚ですよね。父の会社の後継ぎになる人と結婚することが義務づけられていました」

「逆らうことは考えなかったのですか」

「好きな人がいるとか、もっと自分の容姿に自信が持てていたなら、そうしたかもしれませんけれど、どちらでもなかったですから」

「御主人は、お父さんの部下だったのですか」

「元々は銀行員でした。父の会社の取引担当をしていました。父が引き抜いたわけです」

「現在は専務さんなのですね」

「ええ」

「実は、お父さんと他のお客さんとの会話を聞くとはなしに聞いてしまったのですけれど、専務さんは現在謹慎中だそうですね」

「恥ずかしいですわ。でも、経済新聞などには記事が載ってしまったので、もう隠しようがないです。うちの会社は五ヵ月前に大きな損失を出してしまったのです。これから経済発展が期待できるのは中国だと主人は考え、向こうでの不動産投資を積極的にしようとしたのです。うちは元々は不動産業でして、香港にも支店を持っていたのです」

「かつて不動産業をしていたというのは、社長さんから聞きました」

「父は商才だけはある人で、高度成長期には株で儲けて、不動産業に転じたときはバブルの波に乗って、バブルが続かないと見るや警備業を始めたのです」

「すごいですね」

切り替えの速さで蓄財をしていったことで、あの立派なトウキチビルが建ったのだろう。才知で伸びていったところは、彼が尊敬する秀吉に似ているかもしれない。

「うちの主人は、婿養子という負い目があったのか、父に自分の力を見せつけたいという気負いがありました。これからは中国でバブルが起きると考えて、投資話に乗りました。父に言ったら反対されるとわかっていたので、独断でやったのです。ところが、その投資話は中国人の詐欺師が仕組んだものだったのです。主人は数十億円の損失を会社に与えてしまいました。創業以来初の赤字転落です。回復には、時間がかかるでしょう」

「それで謹慎ですか」

「ええ。主人は頭を丸めたのですが、それでは父は許してくれませんでした」

大阪府庁の前を通過して、森ノ宮駅の方角に向かう途中で、制服警官二人の姿が見えた。交番勤務の中央署員だ。

古今堂は、助手席側の窓を下げた。

「御苦労さんです」

「あ、署長」

制服警官は敬礼をした。

「身元確認に来ました」

「中へどうぞ。あの道を北に進んでください」

ここから先の大阪城公園の中へは、マイカーは普段は乗り入れできない。

北に二百メートルほど進むと、パトカーや警察車両が見えた。投光機の明かりも見える。府警もすでに到着しているようだ。府警本部は大阪府庁に隣接しているので、トウキチビルからよりも近い。

野次馬はかなり集まっている。投光機が着いてからは、さらに増えたかもしれない。祭の流れだけに、酒の入っている者もいれば、写真を撮る者もいる。車を降りた古今堂と智恵子は、野次馬を掻き分けるようにして前へ進み、張られていたロープをくぐった。ロープを上げてくれたのは、谷だった。

「こっちです」

附田が誘導する。「おつらいでしょうが、確認をお願いします」

遺体に掛かったブルーシートを、附田がめくった。短髪が水に濡れた中年男は、顔面蒼白で紫がかった唇をしていた。痩《や》せているが、かなりの長身だ。濃紺のチノパンにクリーム色のポロシャツ姿で、全身がぐっしょりだ。

「主人です」

短くそう言うと、智恵子は横を向いた。しかし涙は流さず、さっきのようにしゃがみ込むことはなかった。


投光機によって、玉造口の橋梁が照らされている。かなりの幅のある橋梁だ。中央はアスファルトの車道になっている。車道だけで六メートルほどある。一般車の乗り入れはできないが、植木剪定《せんてい》や清掃のための業務車両は通行できるのだろう。車道の両側には舗装された歩道が一メートルほど造られている。車道と歩道の境界には、みかん箱くらいの大きさのコンクリート製の直方体ブロックが、飛び石状にずらりと並んでいる。普段は車は通らないから、天守閣に向かう観光客は広い車道のほうを通っ

ている と思われる。

歩道の外には、ぽつんぽつんと松などの樹木が植わっている。間隔は一定しないが、だいたい五メートルおきだ。この樹木帯は未舗装だ。そして、その外側に生垣が作られている。高さは一メートルほどで、幅は五十センチほどある。生垣はよく手入れされていて、高さも幅も揃っている。

「あの部分を見てください。あそこから飛び込んだものと思われます」

刑事課の一係長が、懐中電灯の光を向けて生垣の一ヵ所をさらに明るく照らす。古今堂は、智恵子を附田に任せて、一係長に案内してもらった。鑑識はこれからということで、車道からの観察である。

きれいに整えられた生垣が、幅五十センチほど壊れている。強引に体を前へと押しつけて生垣を無視するように進入したなら、こういう壊れかたになるだろう。生垣の先に柵が見えるがこれは低い。四十センチくらいの高さだろう。

「柵の先は、外堀です。かなりの深さのある水が湛えられています」

「石垣も高そうですね」

「ええ、さっき橋梁の横に回って覗き込んでみたのですが、石垣は水面まで五メートルはあると思えます」

「免許証の入ったバッグはどこにあったのですか？」

「回収しましたが、この歩道の上です」

生垣の壊れた部分からまっすぐ線を伸ばした歩道の上を、一係長は白手袋で指し示した。「バッグと携帯電話は、きちんと揃えて置かれていました。こんなふうに」

一係長は両方の手のひらをピタッとくっつけた。

「第一発見者は？」

「高校生ということでもあるので、連絡先を聞いたうえで帰しました。彼らはこの堀の南側を歩いていて、堀に浮いた死体を見つけたそうです。最初は、死体ではなく、人形か何かだと思ったそうですが」

堀の南側は、野次馬たちが集まっているあたりになる。「他の目撃者は、今のところ出ていません。いつもなら、デート中のカップルや散策する人間がいたかもしれない時間帯ですが、何しろ年に一度の船渡御の夜です。みんな、そっちへ行っていたでしょう。ここは、花火は見えなくて、打ち上がる音だけがする場所だと思います。そういう中途半端な場所が好きな者は、まずいませんよ。第一発見者の高校生カップルは、花火がすべて終わる少し前に大川をあとにして、ここにやってきたそうです。男の子のほうが正直に言ってくれました。祭で気分がハイになっていたので、ひとけのないところに連れて行って彼女との初めてのキスをしようともくろんで、こっちまで足を延ばしたそうです。死体を発見したために、計画は果たせませんでしたが」

一係長は微苦笑を見せた。

「係長の見立ては、どうですか？」

「鑑識はこれからなのですが、現段階では自殺だと思いますね。橋の袂《たもと》に近い場所で生垣を押してみたのですが案外と脆《もろ》くて、押し進むのは容易でした。勢いをつけて生垣に押し入って、低い柵を跨いで、そのまま外堀に飛び込んだと思えます。生垣の壊れた幅は一人分ですし、争ったようなあとも見つかりません。バッグと携帯電話がきちんと揃えてあったことも、自殺の根拠になります」

「検視は終わったのですか」

「ええ。府警の検視官によると、死因は溺死と推測できるということでした。目立った外傷はほとんどなかったそうです。念のため、解剖に回したほうがいいのではないか、ということでしたが」

「僕もそのほうがいいと思います」

府警本部の鑑識課員がやってきて、手際よく準備を始めた。

古今堂は、智恵子のところに戻った。こういう現場で和服姿というのはミスマッチであった。

「こんなときになんですけど、二、三点お訊きしたいことがあります」

「何でしょうか？」

気丈に振舞ってはいるが、頰は涙で濡れていた。

「仲彦さんは、泳ぎはどうでしたか？」

「あまり得意ではなかったですね。新婚時代に一度プールに行ったことがありますが、あたしのほうがよく泳いでいました」

「まったくダメということやなかったのですね」

「ええ、カナヅチではありませんでした」

「携帯電話は、どんなふうに持ってはりましたか？」

「どんなふうにって？」

「いつもポケットの中に入れていたとか、ベルトに提げていたとか」

「バッグの中です。主人は外出するときは、いつも同じセカンドバッグを何とかの一つ覚えみたいに持っていて、そこに入れていました。セカンドバッグなんてもう時代遅れだからやめたほうがいいって言ったんですけど、そういうところは主人は頑固でしたね」

「ここへはよく来てはりましたか」

「近くですが、それほどでもありません。あまり散歩をするほうではなかったです。犬も飼っていませんでしたし」

「失礼な質問かもしれませんけど、女性関係のほうは？」

「わかりません。あたしに気づかれないように、適当に遊んでいたかもしれません。父からは、『遊びや浮気のことには、とやかく口出しするな』と言われてきました。一般的な妻との感覚とは違うかもしれませんが、もともと愛し合って結婚したわけではなかったですから」

智恵子は頰を拭った。「半分くらい仮面夫婦のような関係でしたが、ああして死体をまのあたりにすると辛いですね。主人は自殺なんですか、それとも」

「事故死ということは考えにくいです。誤って落ちるような場所ではありませんから。自殺なのか他殺なのかは、まだ確定はできません。調べてから結論を出していくことになります。御協力いただきたいのです」

「どういう協力ですか？」

「たとえばですが、この現場では、遺書は見つかりませんでした。でも、もしかしたら御自宅の部屋に置いてはるかもしれません」

「わかりました。もし出てきたなら、必ず連絡します」

5

中央署に戻ったときは、深夜十二時近かった。

蒸し暑い現場に長くいた古今堂は、官舎でシャワーを浴びてから、署の刑事課に足を向けた。副署長や一係長は、当直ではないので帰宅していた。

「谷さん。少し話をさせてもろてもいいですか」

「わいのほうも、頼みごとがありますねん」

谷は当直中なので、官舎のほうではなく会議室を使うことにした。

「署長はんは、神や仏の存在を信じてはりまっか？」

谷は、いきなりそう訊いてきた。

「僕は特定の宗教の信者やないですけど、信心がまったくあらへんわけやないですね」

今夜も、二百人が集まったトウキチビルの会場で、御鳳輦奉安船をただ一人だけ拝んでいた。

「わいは、これまで全然信じたことがおません。けど、今夜は考えが改まりましたな。神は、おりますな」

「何があったのですか？」

先に、谷の話を聞くことにした。

「大阪城の現場に行って、野次馬整理が一段落したところで、顔見知りの鑑識課員がおりましたので、彼の車まで挨拶に行きましたんや。そんときに彼が遺留品として丁寧にビニール袋に入れ直しとった運転免許証を目にして、引っかかりを覚えました。那須野仲彦——那須野という姓やのうて、仲彦という名前のほうです。かなり珍しい名前だす。生年月日を確認すると、わいが調べたいと思うていた竹田《たけだ》仲彦という男と同じ四十五歳だした。竹田仲彦の高校時代の友人に会ったことがあるんですけど、彼は『あいつは、銀行員になったあと、ナスノ興産という会社に転職して出世していると聞いた』と話していました。それでナスノ興産の本社へ行って照会したんですが、『竹田仲彦なんて社員はいない』と言われてしまいました。そんときは、改姓した可能性なんて思いもよらへんかったんです。そいで、署長が一係長と現場に行ってはる間に、奥さんに尋ねてみたんです。那須野仲彦の旧姓は竹田で、かつて新都銀行に勤めてたということだした。仲秋の名月の日に生まれたんで、仲彦と名づけられたことも話してくれました」

「谷さんが、その竹田仲彦を調べていたのは、どういういきさつですか？」

「そら、まあ、ちょっとした事件がらみでんな」

「どういう事件ですか？」

谷は、薄い頭頂部を掻くだけで答えない。

「頼みごとがあるって、谷さんは言うてはりましたね」

「ええ。お願いがあります。わいを、今夜の事案の担当にしてもらえませんやろか」

谷はまた机に手をついて頭を下げた。「今回は、管轄外でも、時効成立後でも、あらしません。うちの署が調べることができるはずです」

「頭を上げてください。事情を聞かないことには、判断はできません。竹田仲彦は、谷さんが前に官舎で話してはった天王寺区の殺人事件と関係あるのとちゃいますか」

谷は頭を上げて、息を吐いた。手は机についたままだ。

「実は……大阪ビジネスパークで転落死した板内照男のこと、わいなりにもうちょっと調べてみましたんや。天王寺区の殺人事件のときは、板内は利害関係のない第三者とされとりました。わいを含めて、事件との関わりを疑う捜査員はおりませなんだ。

そいで、板内の目撃証言は、状況証拠として重視されました。もちろん、ナイフなどの物証の存在も大きかったですけど」

「板内のことを、もうちょっと調べたというのはいつのことですか」

「すんまへん。先週だす。署長はんには、釘を刺されましたのに、その釘を抜いてしもうた結果となりました」

谷は再び頭を下げた。「板内が『きっと、バチがあたったんや。昔、あんな嘘をついたさかいに』と言い残したことを、つい女房に話してしまいました。毎日顔をつき合わせとって、黙ってるほうが無理ですのや。女房にとって、兄の馬木亮一の逮捕は、人生を変えてしまう出来事だした。控えめながらも、『できるものなら、今からでも不名誉を晴らしたい。子供たちのためにも』と言いよりました。わいにとっても、馬木は義理の兄貴だす」

「どう調べたのですか」

「管内で転落して亡くなった板内の今の住所はわかってましたさかい、そこからスタートして辿っていきました。板内は、天王寺区の殺人事件のときは、隣の生野区で町工場をやっとりました。板内の父親から受け継いだ従業員二人だけの零細工場だした。業績はようはなかったのですけど、潰れるほどやなかったんです。女房にも工場の作業を手伝わせて、何とか食うてました。板内の持っている溶接技術はなかなかのもんやったそうでっけど、無類の競艇好きが大きな欠点だした。たまには大穴を当てても、結局は大きなマイナスをしょい込んでしまいました。一発逆転を狙《ねろ》うて、金を借りてつぎ込んで、失敗するという悪循環に陥りよりました。あげくの果ては、ややこしい金融屋のところに走ってしもて、下手したら工場や機械を取られてしまうというところまで追い込まれていたんです。これは、もっとあとになって工場を辞めた従業員が、『今だから話せる』と前置きして、打ち明けてくれましたんや」

そのときは立場上話せない、ということはレアケースではない。事情を警察に訊かれても、別のことを言うこともある。だが、周辺調査のような場合は、それで調査済となってしまう。

「板内が、天王寺区の殺人事件から九年後に離婚することになった女房にも話をきくことがでけました。板内の工場は、羽振りの良かった父親の代から、取引銀行は新都銀行やったのです。金融屋からの借金を知った女房は、縋《すが》るような思いで新都銀行に泣きついたそうです。けど、大阪支店の担当者は『もうすでに工場と機械を抵当に、運転資金を目いっぱいお貸ししています。担保もなしに、追加融資はできません』とつれなく断りました。住まいは借家で他に担保にでけるもんはなく、『長いつき合いやから、助けて』と泣いて頼んだのに、一円も融資されなんだそうです」

「その担当者というのが、もしかして竹田仲彦ですか」

「いえ、竹田仲彦は前担当者だした。その半年ほど前に、銀行を辞めてナスノ興産に入社しとります。けど、ちょくちょく銀行に出入りしていたことは当時の大阪支店員から確認でけてます。そいで、板内の女房が泣きついたんが、天王寺区の殺人事件が起きる約二週間前ということだした。ところが板内は、金融屋からの借金を返しましたのや。女房が知らん間に。板内は『競艇で当てた。競艇の損失は、競艇で返すのが、わしの流儀や』と説明したそうですけど、信じられへんかったそうです。そのあと、板内は工場の操業を続けたんですけど、性懲《しょうこ》りものう競艇で損をし続けて、とうとう工場を畳み、ヨメさんにも愛想をつかされるんです。せやけど、そんときは窮地を脱しよりました」

「偽証の見返りを得た、ということですか」

「そう考えると、辻褄《つじつま》が合います」

「借金は、どのくらいの額だったのですか」

「それはまだ調べてるとこだす。その金融屋はもう潰れてしまいましたし」

「谷さん」

古今堂は次の言葉に迷った。沈黙が続き、谷はそれに耐え兼ねたように「はい」と返事をした。

古今堂は、監察官が来たことまで話したほうがいいかどうかを悩んでいた。一般論からすると、谷が監察対象になっていることは明らかにすべきではないだろう。もし谷があくまでも調査を続けるつもりなら、監察がマークしていることを知って、警戒を強めることになる。

「谷さんは、再審の準備も始めてはりますね」

「…………」

谷はそこまでわかっているのか、という表情を見せたものの黙っている。

「弁護士事務所に通ってはるところを、監察が摑んでいます」

古今堂は、隠さないほうを選択した。

「監察が……もしかして、署長はんからの具申《ぐしん》が府警本部になされたのでっか？」

「いえ、違います。この前の官舎での話は、自分の腹に収めたままです。監察のほうから言ってきたのです」

あのとき、谷は自分の妻のことを含めて正直に話してくれた。自分をさらけ出すことで古今堂の情に訴えて、補充捜査担当を認めてもらおうという愚直な作戦を彼は採ったのかもしれない。しかし、谷の願いを聞き入れることはできなかった。そのあと、谷は引き下がらなかった。彼なりのやりかたで一人で調べた。四係としての業務をこなしながらだから、谷の捜査能力はかなり高い。

「最初に、神や仏のことを言いました。天王寺区の殺人事件のときは府警本部で当直やって、今夜の事案でまた当直やったことに、偶然やない縁《えにし》を感じてしかたないんです。神が、わいに捜査をやらせようとしとると思えてならへんのです」

「谷さんは、今夜の事案をどう捉えているんですか？」

「確証はあらしませんけど、自殺とは思えへんのです。大阪城の外堀が深いということは、たいていの大阪人には常識ですやろ。せやけど、外堀での自殺件数というのはきわめて少ないいんとちゃいますか。わいは一件も知りまへん」

「しかし、過去の件数だけでは」

「きわめて少ないのは、理由があります。自殺は、思い切らなでけしません。かつて家庭用のガスで一酸化炭素中毒になった時代は、ガス管をひねったものの、途中でやめたというケースがようありました。じっと時間が経つのを待っている間に、怖くなるんです。電線をセットした十円玉を胸に貼り付けてタイマーで時間が来るのを待つという方法も、実行完遂者は少ないです。自殺の決意を持続するというのは、エネルギーが要ります。せやから、飛び降りや首吊りといった一瞬ででける方法が多いんだす。入水自殺では、川の流れが速いところや、潮の激しいところが選ばれやすいです。堀や小さな池では、溺れてしまうまでに泳ぐという自己防衛本能が働いてしまいかねません。自分で手足でも縛っていたならともかく、外堀のような流れのないスペースなら、つい決意が揺らいで石垣まで泳いでしまうわけだす」

「他には根拠はありませんか」

それだけだと弱い気がする。智恵子の話だと、仲彦はまったくのカナヅチではなかったが、水泳はあまり得意ではなかったということだった。微妙なところではないだろうか。

「今のところ、あらしません」

谷は頭を掻いた。「感情論が先行して根拠が少ないところがあなたの欠点です、と弁護士さんにも言われました」

「弁護士さん?」

「馬木の死後再審のことを相談した弁護士さんだす。嘘をついたからバチが当たった、という板内の言葉だけでは弱いし、板内が廃業の危機を脱したという状況だけではダメだ。もっと強い再審理由が必要やといわれました。そやさかい、今回の事案の担当になってもっと探りたいんです」

「谷さん。お気持ちはわかります。義兄の冤罪を、奥さんのためにも子供のためにも晴らしたいという姿勢には迫力も感じます。でも、その姿勢があるからこそ、僕は願いを聞き入れるわけにはいかへんのです」

「なんででっか？　今夜の件は、管轄外でも、時効でもおません」

「せやけど、谷さんの身内が絡んでます。義理のお兄さんが被告人やったのですよって。そうなると、熱心な捜査は一歩間違えば私情捜査になってしまいます。公正で公平な警察という信頼を失いかねません」

「私情を入れたりはせえしません」

「人間は、神や仏ではないんです。いざとなると、そうはいかへんもんです」

「古今堂署長は、わいがこれまで接してきた署長とは一味違う人情家やから、認めてくれはると思うてたんでっけど」

谷は横を向いた。

「監察がマークしていることを忘れんといてください」

谷は高い捜査能力を持っていると思う。人間味もある男だ。それだけに、私情捜査をしたとして退職に追い込まれる結果となることは避けたい。彼が「かわいいもんでっせ」と言っていた娘が二人いる身なのだ。

「監察が怖いなんてびびってたら、刑事はでけしまへん」

「こらえるべきところは、こらえてください」

「免職になっても、どないかなります。クビになって、別のとこに拾うてもろた先輩も何人もいてます」

「谷さん。監察がどういうきっかけでマークするようになったのか、心当たりはないですか」

警察用語で、〝捜査の端緒〟というものがある。事件によって、捜査のきっかけはさまざまだ。別件の押収資料からアシがつくとか、匿名のたれ込み電話があったとか、共犯者の自首でわかったとか、千差万別と言ってもいい。

「それはわかりまへん」

谷が疑おうと思えば、古今堂が通報したと勘繰ることもできるかもしれない。

「調べてみることはできるんとちゃいますか。それやったら、身内の絡んだ私情捜査にはなりませんやろ」

6

那須野仲彦の遺体解剖結果が、翌々日に出た。

死因は、溺死であった。肺に溜まった水は、外堀のものと成分が合致した。胸部にわずかに内出血が見られた以外は、外傷はほとんどなかった。死亡推定時刻は、七月二十五日午後七時三十分から八時三十分の間であった。

現場の鑑識からの報告も上がってきた。

車道および舗装された歩道からの靴跡採取はできなかったが、生垣が壊された部分の土からは、一種類の靴跡が十数個採取された。靴跡は、松の木などが植えられた樹木帯から生垣の壊された部分へとまっすぐ続き、生垣の先にある低い柵の頂上部を踏みつけるように付いていた。すなわち、歩道の方向から、樹木帯↓生垣↓柵の上と直進していた。柵の向こうは、外堀である。靴跡は、前の部分が後ろの部分より強く踏み込まれており、勢いをつけて走り込んだということが推測できた。

その靴跡は、那須野仲彦が死亡時に履いていたローファータイプの紐なし革靴と底の紋様が完全に合致し、サイズも同じ二十六センチであった。他の靴跡は、樹木帯の土からも生垣の下の土からも柵の上からも検出されなかった。

靴跡以外には、注目できる鑑識結果は出なかった。現場周辺には、血痕は見当たらなかった。柵からは、指紋らしい指紋は採取できなかった。

仲彦が持っていた携帯電話の当日の送受信は一件のみ。午後四時過ぎに、会社からかけられたものだった。代表電話番号であったので、発信した部署などの詳細はわからなかった。


署内で開かれた会議は、附田副署長が進行役を務めた。出席者は、附田のほか、古今堂、宮本刑事課長、刑事一係長、同係員三名、刑事総務係長、そして当直長だった黒崎会計課長である。

「これらの報告をふまえて、現場にすぐに向かった一人でもある刑事一係長の意見はどうかね？」

「現場でも申し上げましたように、自殺だという感触を私は得ていましたが、それが確信となりました」

一係長は立ち上がると、ホワイトボードの前に立った。「現場百回という一般人にもよく知られた言葉がありますが、現場は雄弁です。大阪城の外堀に架かる玉造口と呼ばれる橋梁が、今回の現場です。橋梁の長さは約七十メートルで、幅は生垣などを含めると十メートルくらいです。橋の東側も外堀なのですが、下は空堀のようになっています。それと対照的に、西側はすぐ真下に深く水がたたえられています。ちなみにインターネットで調べたところ、外堀の中でも、この一番櫓付近は最も深い個所の一つで、水深は三メートルを超えるという記事がありました」

一係長はホワイトボードに、玉造口の橋梁と外堀の略図を描いた。

「高校生カップルによって水死体が発見されたのは、橋梁から数メートルの地点です。大阪城の外堀と内堀は、周囲の寝屋川や大川よりも高い場所にあるので、川から水が入ってくることはなく、加わるものはほとんどが雨水という閉鎖水域です。したがって、川のような流れはありません。死体もほとんど動いていないと思われます」

一係長は、水死体の浮かんでいたところに×印を書いた。「橋梁は、車道を中心に、歩道、樹木帯、生垣、柵がサンドイッチ状に並んでいますが、生垣が壊れていたのは橋梁のほぼ真ん中部分の西側です。そこをさらに西に延ばすと、水死体の浮いていた個所になります」

一係長は、生垣が壊れていた箇所に○印を書き入れ、○印から×印に向かって一本の矢印を書いた。

「鑑識の報告の中で、私が最も注目するのは、靴跡です。一種類の靴跡が、勢いよく生垣を突き破り、柵の頂部に足をかけています。柵の頂部の靴跡は、この×印と○印の線上にありました。他の靴跡はありませんでした。それが、水死した那須野仲彦が履いていたものです。争った形跡もなく、血痕もなかったのです」

一係長はフェルトペンを赤に持ち替えた。「それともう一つ根拠があります。運転免許証の入ったバッグと携帯電話が、きちんと揃えて置かれていました。×印と○印を結んだ延長線上の歩道です」

一係長は、歩道に△印を書き込み、線を延ばした。

「バッグからも携帯電話からも、那須野仲彦以外の指紋は出ませんでした。彼がここに置いて、意を決していっきに生垣に突っ込み、柵の上に乗ってダイブした——それ以外の説明は、この現場から出てきません。自殺と断定して間違いありません」

「刑事課長の意見はどうですか？」

「それで異存はありませんな。係長に一つだけ確認ですが、生垣が壊れていた幅は何センチくらいだったのかね？」

「五十センチあるかないかです。一人分のサイズです」

「じゃあ、誰かに力ずくで押されて、生垣から外堀に落とされたという可能性はないな」

「それはありえません。他にも根拠があります。誰かに押し込まれたということなら、当然抵抗します。抵抗の痕跡、たとえば落ちる前に柵を摑んだ指紋が残っているでしょう。靴跡が那須野仲彦のものだけということもありえないです」

「他に、意見や質問はないですか？」

黒崎課長がやや遠慮がちに訊いた。

「私は現場に行っておらず、刑事分野は専門ではないですが、柵の上に乗って堀に飛び込んだという点は、どうしてなんでしょうか。普通は、柵を跨いで乗り越えてから飛び込むと思うのですが」

「それは、城の堀だということが理由です。運河なら、水面からはほぼ垂直に岸が造られていますが、城の石垣というのは敵の侵入を防ぐために斜めに反り返っています。玉造口の橋梁というのも土台は石垣です。傾斜があるので、いったん柵を跨いでからでは、飛び込む勢いが削がれて、石垣に体をぶつけて痛い思いをしてしまいかねません。水泳選手のように柵の上からいっきにダイブすれば、それは避けられます。現場に近いところに住んでいた那須野仲彦は、何度も現場を通っていて、そういうことも知っていたと思われます」

古今堂が手を挙げる。

「解剖報告にある胸部のわずかな内出血は、いつでけたのでしょうか？」

「飛び込んだときに水面に打ちつけてできたと考えられます。柵の上から水面までは五メートルほどありますから」

「では、自殺の動機はどうなんでしょうか」

古今堂はさらに訊いた。

「それについては、自分たちが調べました」

一係の係員が手帳を見ながら答える。「那須野仲彦は、ナスノ興産の専務という要職にあります。創業者社長である那須野大蔵の娘婿《むすめむこ》として、銀行員から転身して入社しました。ナスノ興産には副社長は置かれておらず、那須野仲彦が次期社長に就くというのが、社内での異論のない定説でした。ところが、那須野仲彦は中国での不動産投資に失敗して、会社に数十億円という大損害を与えてしまいました。それも、那須野仲彦の独断での取引ということでした。那須野大蔵社長は、それに激怒して那須野仲彦を謹慎処分として出社停止としました。次期社長という定説は覆《くつがえ》り、系列子会社に出向という噂も出始めていたようです。那須野仲彦は順風満帆で来ただけにショックは大きかったと思います。加えて、那須野仲彦の夫婦仲は元々冷えていて、今回の失敗でいっそう悪くなったという聞き込みも得ました、那須野仲彦としては、自暴自棄になってもおかしくない状況だったと思われます」

「遺書はなかったんですね。会社にそれだけの損失を与えたんやったら、詫びもしくは弁解のひとことがあってもおかしくないと思うのですけど」

「署長」

刑事課長が言葉を挟んだ。「自殺者は千差万別です。精神的に追い込まれた場合は、遺書がないというケースも多々あります。発作的に自殺するという場合もあります。そういう事例を、これまでに私は何件も経験しています。天神祭で楽しそうにはしゃいでいる連中が大勢いる夜でした。自分だけがどうしてなんだ、とやりきれなくなって衝動的に、ということも充分ありえますすでしょう」

「自分もそれには共感できます」

一係長が頷く。「私事を言って恐縮ですが、あの夜は、うちの女房は近所のおばさん仲間と天神祭観賞クルーズなるものに出かけ、大学生になったばかりの息子は初めてできたというカノジョと船渡御見物に喜んで出かけていきました。家で一人だけの留守番はつまらないので、書類整理の必要もあったんであの夜は残業していたんですよ。残業することは、あの日の朝に決めました」

「衝動的残業というやつだな」

刑事課長はガハハと笑った。

「それでは、そろそろ結論を出したいですが、他に意見や疑問はありますか？」

附田副署長が一同を見回した。「自殺だという一係長の詳細な見解に対して、私も異議はありません。現場の状況、遺体解剖報告、鑑識報告、のどれとも整合性は欠きません。那須野仲彦は自殺――そう断定して、府警本部に報告してよろしいですな。では、刑事総務係長、報告書を作成しておいてください」

「わかりました」

「以上で終わります」

附田が言い終わらないうちに、古今堂が「終わらんといてください」と止めた。

全員の目が、古今堂を向く。

「結論を出すのは、もう少し待ってもらえませんやろか」

「どうしてですか？」

附田が意外そうな声を上げる。

「まだ少し検討してみることはあると思えます」

「たとえば、どういうことですか？」

「それは……わかりません」

谷のことは、ここでは言えない。

「署長、失礼ながら、それでは理由になりませんな」

「けど、結論を急がなくてはならない理由もないと思います」

「それはそうですが、これだけ明白なものを」

附田は眉を寄せた。

「署長」

刑事総務係長が、眼鏡のズレを指で直す。「現場を管理する大阪市から、『生垣が壊されて一日半になり、不細工なので、そろそろ修復したい』と、午前中に電話で要請がありました。『きょう中に結論が出るでしょう』と伝えておいたのですが」

「その件は、僕のほうから連絡しときます。とにかく、今少し、結論は保留にしてください」

「お言葉ですが、それはちょっと納得できませんな」

刑事課長も、不満そうな声を上げる。

「綸言《りんげん》汗の如し、という格言があります。公的機関がいったん判断を出したなら、撤回はまずできません」

「そういう難しい格言をおっしゃられても」

刑事課長は横を向いた。

「とにかく、全責任は僕が取ります。みなさんには、迷惑はかけません。このことは記録に残しておいてください」

古今堂は、会議の書記役をしていた刑事総務係長に言った。

「じゃあ、結論はいつまで延ばすのですか?」

附田が食い下がる。

「近いうちに、もう一度このメンバーで集まってください」

「近いうち、というのはいつですか」

「具体的にはまだ言えませんが、そんなにお待たせしません」

「府警本部から催促があったなら」

「そんときは、僕が対応します。よろしくお願いします」

「そうですか」

附田は渋々といった顔つきになった。役職が下なのだから、二十五歳近く年上でも従うことにする——そう言いたげであった。

7

会議を終えた古今堂は、庶務係で自転車の鍵を借りる。塚畑由紀の机はまだ空席だ。今ごろは、終了テストを二日後に控えて緊張した顔で、警察学校の授業を受けているだろう。

きのうは、全署長が府警本部に集まる定例会があった。そのあとは五つの方面ごとに作られているブロック署長会議に出た。中央署は、第一方面に所属している。会議は長引いて、署に戻ったときは陽が落ちていて古今堂は行動をあきらめたのだ。

古今堂は、出かける前に署長室から大阪城天守閣事務所に電話を入れて生垣の補修を一、二日だけ待ってほしいと伝えた。大阪城は、大阪市が管理運営の主体となり、ゆとりとみどり振興局というところが所管していた。補修方法を聞いてみると、生垣は壊れた個所だけではなく、その左右にあたる部分も手を加えないといけないということであった。

官舎にいったん戻って、半袖のポロシャツとチノパンに着替える。色は違うが、那須野仲彦の死亡時と同じ服装だ。この恰好だけだと、ちょっと散歩に行くといったように見える。だが、考えてみれば白装束を着て自殺行に出かけるという人間は、まずいない。服装は、あまり自他殺の判断材料にはならない。

古今堂はカメラを持って自転車に乗り、大阪城公園に向かった。今年も、猛暑と言われた去年に負けず劣らず暑い。さらには、今年は東日本大震災にともなう原発事故による節電という事態になった。関西でも点検停止中の原発の再稼動は見送られ、とても去年のようには電力が使える状態ではなくなった。中央署でも、署内のエアコンの設定温度は二十八度とし、扇風機が活躍している。

大阪城公園の手前で自転車を降りる。平日の盛夏の昼下がりだけに、人影はまばらだ。それでも、緑が多くて高い建物がないので、風は涼やかだ。こういう空間が、大阪市内の中心部にあるのは貴重だと思う。京都における御所、東京における皇居に相当するのが、大阪城と言えるだろう。豊臣秀吉が大阪人の間で敬意を持たれる理由は、こんなところにもあるのかもしれない。秀吉の築城がなければ、市民の誰でもが自由に入って憩いを得ることができるこの広いスペースはなかっただろう。

南外堀沿いに歩くと、石垣の高さを実感する。観光客が電車で大阪城を訪れる場合は、たいていは二つのコースだ。一つは、ＪＲ環状線の大阪城公園駅から降りて大阪城ホールを横切って青屋門に架かる橋梁から外堀を渡る。もう一つは、京阪電車か地下鉄の天満橋駅から大阪歯科大学付属病院や追手門学院の近くの道を抜けて、京橋口に架かる架橋から外堀を渡る。いずれにせよ、この南外堀は見ないことになる。

玉造口に架かる橋梁に着いた。生垣の破損部分には、ロープが渡され、その前に道路工事でよく見かける大きなコーンが置かれている。

古今堂は、カメラで写真を数枚撮った。それからコーンをどけて、ロープを解いた。左右を見てみるが通行人はいない。悪いことをするわけではないが、目撃者がいたらびっくりさせることになるだろう。

「よしっ」

古今堂は気合を入れると、両手を頭の後ろに持っていった。腹筋運動をするときの、両手の置き場所だ。そして、生垣の壊れた箇所の隣に向かってダッシュした。一係長がホワイトボードに矢印を書いた方向だ。

「痛い」

生垣は案外とあっさり突破できたが、太ももと脇腹に痛みが走った。生垣のすぐ先にある柵は低い。古今堂は柵を摑んで、勢いを止めた。外堀は真下だ。

身長百五十八センチでしかも足が短い古今堂でも、この低い柵の上に乗ることはできただろう。那須野仲彦は長身で、足も長かった。そして、乗った勢いで水泳選手のようにダイブすれば、外堀に飛び込める。

古今堂は歩道方向に戻って、太ももと脇腹を見た。生垣の破片がチノパンとポロシャツを突き破って、血がほんのすこし出ていた。出血までしなくても、生垣のかけらが服に突き刺さっている箇所が五つ以上あった。手を頭の後ろに回していなかったら、腕や手も傷ついていたかもしれなかった。

(遺体解剖報告書には、こういう傷の記載はなかった)

那須野仲彦の水死体とは、古今堂も対面していた。チノパンもポロシャツもぐっしょりと濡れていたが、破片が突き刺さっていたり、服が破けていた箇所はなかったと思う。

(どうしてなんや?)

生垣は、古今堂が突っ込んだことで、壊れた幅はほぼ倍になった。二日前に壊れたのは一人分の幅であることは間違いなかった。

生垣を修復する大阪市に対して心の中で詫びながら、古今堂はロープを張り直し、コーンを置いた。壊れた部分の左右も修復するということだから、手間や費用には大きな差が出ないかもしれないが。

(靴跡は、那須野仲彦一人だけのものやった)

コーンを置きながら、古今堂は下の土を見た。古今堂の靴の跡がくっきりと残っている。もしも、誰かに突き落とされた場合には、靴跡は一人分ではないし、生垣ももっと壊れているはずだ。この事実は、動かしがたい。

（靴跡か……）

谷がこだわりを持つ十七年前の天王寺区の事件も、靴跡が有罪根拠の一つになっていた。

十七年前に、板内照男は証言をした。そのころの板内は、競艇好きがこうじて、工場経営がピンチになっていた。メインバンクの新都銀行は追加融資を断ったが、その前担当者がここで死んだ仲彦であった。しかし板内は、妻も知らないどこかから資金を調達して、危機を回避した。

（二つの事件には、つながりがあるのやろうか）

古今堂は、停めていた自転車のところに戻り、サドルに跨った。次の目的地は、中之島方面であった。

船渡御の舞台となった大川は、天満橋の少し下流で土佐堀川と堂島川に分かれて、さらに下流で合流する。その中洲が、中之島だ。

堂島川に架かる田蓑《たみの》橋を渡ると、地上二十四階建て地下三階建ての黒っぽい大きなビルが視界に入る。かつては阪大病院があった場所で、大阪中之島合同庁舎というのがビルの正式名称だ。人事院なども入っているが、その大半を使っているのが法務省だ。その中でも、大阪地検と大阪高検が多くのフロアを占める。

古今堂は、警察手帳をチノパンのポケットから出した。制服姿、せめてスーツ姿ならともかく、破れの入ったチノパンでは、警備員に誰何《すいか》される可能性は高かった。

古今堂が十七年前と聞いたとき、古今堂は少し引っかかったことがあった。古今堂は十二歳、中学一年生でまだ大阪にいた。派手にマスコミが報じていたことは、もちろん記憶に残っている。父親の古今堂莞爾《かんじ》は検事をしていて、大阪に七年間いた。仕事のことは家族に話さない父であったから、どの事件を担当していたのかは聞いたことがない。ただ、七年のうち、最初の三年は堺支部にいて、残りの四年は大阪地検の刑事部にいたのは確かである。

担当していたかどうかを知るには、公判記録を閲覧すればわかる。料金はかかるが、コピーも可能である。

少し待たされたが、閲覧ができた。

古今堂莞爾の名前は、主任検事の欄にはなかったが、補佐検事として並んだ四人の中にあった。

（谷巡査とは程度の差があるが、僕も事件関係者やな）

古今堂は、苦笑しながらコピーを申請した。

中央署に戻ると、古今堂は谷を会議室に呼んだ。きのうの彼は当直明けでオフだった。

「わいが、ちょろちょろ動いてるんやないかと御心配でっか？」

「心配は心配ですけど、大人の谷さんの行動を束縛することはでけしません。きょうは、これをお渡ししようと思うて来てもらいました」

古今堂は、公判記録を二部ずつコピーしてきた。その一部を谷に渡す。一部といってもかなりの厚さになる。「公判記録を読むだけなら、身内の捜査にはならへんと思います。それで、何か気がつかはったら、僕に教えてもらえませんやろか」

「おおきに。けど、ぎょうさんありますな。こういうカタイ書類は、ほんま苦手ですねけど、せっかくやから気ばって読ましてもらいますワ」

「谷さんは捜査の最前線にいやはったわけですけど、そのためにかえって全体が見えてへんかったかもしれません。読んでくれはったら、何か収穫があるかもしれませんん」

「わかりました」

「公判記録と交換にというわけやないですけど、谷さんが持ってはるこの事件の資料をコピーさせてもらえませんやろか」

「コピーしてどないしはるんでっか」

「僕も考えてみたいのです。僕なら、谷さんの奥さんとは無関係です。今回の大阪城外堀の水死案件と関連する範囲内で、僕が調べることは可能やと思います」

「署長はんは管理職で、警察の権威を守る立場だす。警察が過去に出した結論を、進んで自ら調べることはできませんやろ」

「署長は、署員も守らなくてはあかんと思うてます。監察がマークしている谷さんには動いてほしくないんです。せやけど、じっとしてろというのが酷《こく》なこともわかります。その分、僕が動いてみたいと思うてます」

「変わったおかたでんな」

「よう言われます」

「資料というても、大半は新聞記事とわいがヘタな字で書いたノートですけど、それでよかったらお持ちします」

谷は公判記録を自分のほうに引き寄せた。「署長はん。実はきのう当直明けやったんで、出かけましたんや。事件絡みやおません。東住吉区のほうに中学生の甥がおりまして、夏休みになったら冷やし中華をごちそうして野球のグローブを買《こ》うてやると約束してたんです。そいで、甥っ子の家まで迎えに行ったんですけど、ちょっと早《はよ》う着いたんで、近くの長居公園で時間を潰していたら、けったいな視線が背中に張り付いていることに気づきました。署長はんから監察のことを教えてもろてたから、アンテナが張れていたのかもしれません。知らんふりして長居スタジアムのほうに歩いていったら、男が一人あとを付いてきよりました。かなりの年配で、六十五歳くらいでしたな。お世辞にも、巧い尾行とは言えしまへんでした。監察なら、公安経験者が尾行をしますよって、ヘタなやつはおりませんし、あんな年寄りもおりませんやろ。わいは長居公園のほうへ戻って、まだ付いてきよる男を『何者やねん』とどやしつけてやりました。男は飛び上がって逃げよりました。逃げ足だけは速かったでんな」

「尾行者の正体はわからなかったのですね」

「ええ。けど、推測はでけます。おそらく興信所のもんですな。わいのことを前から探っていて、行動していることがわかったんで監察に告発したんやと思いますのや」

監察官の岡元は、その端緒となる情報の出所を教えなかった。訊いたが、答えなかった。

「興信所やとすると、依頼者がいるわけですね」

「そこが大事なポイントやと思います。依頼者は、新聞で板内照男の転落死を知ったのですやろ。転落死となると、板内照男に関する捜査が行なわれます。十七年前のことが、何らかのきっかけで明るみに出ないとも限らんと警戒したのやと思います」

「ということは、依頼者は」

「十七年前の事件の真犯人だす」

少し論理の飛躍がある気もするが、否定もできない。

「ただ、事件は公訴時効になっています」

「刑事上は時効成立でも、民事上の時効は二十年やさかい、まだ成立してまへん。それに、たとえ刑事上は時効になっていても、地位のある人間——たとえば政治家なら、真犯人であることが明らかになったら、社会的に抹殺されてまいます。脅威に感じて当然だす」

「それは言えますね」

もし犯人が警察官の場合なら、たとえ時効になっていても、退職は免れない。

「わいは、しばらくはおとなしゅうしていることに決めましたんや。きょうもろた公判記録は読みますけど、行動はしばらく控えます。興信所に依頼するのもカネがいりますよって、こっちが動かなんだら、いずれは尾行は止みます。外へ出ても、きのうみたいに関係ないとこしか行かなんだら、依頼者は監察への告発が効いたと考えて、警戒を解くんとちゃいますやろか。動くのはそれからでもええと思います」

「動くのはやめてください。お願いします。そのかわり、僕ができるだけのことはしますから」

8

その翌日、古今堂はトウキチビルに向かった。

那須野大蔵に会って、仲彦の遺体解剖が終わったことを報告するとともに遺体の返却の段取りをするという名目で、仲彦についての情報を少しでも集めておきたかった。

大蔵が住むというフロアの一階下にある応接室に通された。畳敷きなら三十畳ほどある広いスペースだ。室内はすべて落ち着いた濃い茶色で統一されている。一枚板の棚には高価そうな陶磁器が数個並んでいる。その上には、竹林の七賢人を描いたと思われる幅広の絵が掛かっている。ここだけ見ると、まるで美術館の展示室のようだ。

窓から下を眺めると、大川がゆったりと流れている。三日前の船渡御の賑わいがまるで嘘のようだ。砂利船が一隻だけ、黒い煙を上げながら上流に向かっている。この高さから見ると、甲板の様子がよくわかる。

「お待たせしました」

扉が軽くノックされ、中肉中背の体軀をスリーピースに包んだ男が現われた。年齢は、四十歳前後といったところだろう。精悍な顔立ちは、映画『ロッキー』の一作目を演じたころのシルベスタ・スタローンに似ていた。

「アポなしで訪ねて、すみません。中央署で署長をしております古今堂と申します」

名刺を差し出す。

「署長さんが直々におみえでしたなら、たとえアポなしでも、社長はお会いしたと思います。公安委員を務めている身ですから、警察のことには優先的に協力いたします。しかし、あいにくですが、きょうとあすは東京に出張しております。私でよければ、代理で伺います」

彼は、〝総合企画部長　巻公太郎〟と記された名刺を差し出した。古今堂は勧められて、窓際の豪華な応接セットに腰を降ろした。

「もしかして、巻さんはこの二階上で行なわれたパーティで上映されたビデオを作らはったかたですか」

名前の紹介がなされていた。

「憶えてくださっていたのですか。そいつは光栄ですな」

「とても興味深いビデオでした。天神祭は船渡御ばかりがとかくスポットライトを浴びますけど、それ以外にもさまざまなことが神事として行なわれているという視点に、共感を覚えました。とりわけ、神童とその家族が一定期間殺生ができず、蚊も殺せないということは大阪人でも大半が知らないのやないでしょうか」

「ますます光栄ですな。署長さんは大阪人ですか？」

「多感な成長期に大阪にいました。自分では、大阪人やと思うてます」

「私がパーティで上映するビデオを担当するのは二年目なのですが、署長さんには去年のビデオも見てほしかったですな」

「どういうビデオですか」

「天神祭と、社長が大好きな豊臣秀吉との関わりを扱ったものです」

「それは、見たかったですね」

このトウキチビルを挟んで、大川と大阪城があるが、両者の関わりは古今堂も知らない。

「船渡御の先頭を航行する催太鼓は、かつて秀吉によって寄進されたという記録があります。もちろん、現在使われている太鼓ではありませんが」

「秀吉が寄進したことで、先頭を行く特権が与えられたのでしょうか」

「かもしれません。私も調べたのですが、はっきりしませんでした。それから、船渡御の主役船は、御鳳輦奉安船・鳳神輿奉安船・玉神輿奉安船の三隻ですが、玉というのはなかなか枯れないと言われているタマネギの花のことなのです。枯れないということから永続を表わします。あとの二隻に祀られている鳳は、御承知のように最高の格を持つめでたい鳥です。その鳳が唯一止まり木にすると言われているのが、桐なのです。秀吉が家紋とした桐ですよ」

「博学ですね。恐れ入ります」

「いえ、こういう歴史的なことが好きなだけです。ところで、きょうお越しの御用件は？」

「すみません。おもしろいのですっかり聞き入ってしまいました。きのう、那須野仲彦専務の遺体解剖が終わりました。今はまだ医科大学のほうで保管してもらっています。いつ、どちらのほうにお返ししたらよいかと思いまして」

「そうですか。智恵子さんのところに電話をしてきますので、ここで少しお待ちいただけますか」

巻は立ち上がった。「それと、お構いもしませんで失礼しました。コーヒーを持ってこさせます」

「あ、いえ。結構ですよ」

断ったが、巻が出て行くとしばらくして、制服姿の若い女性がアイスコーヒーを運んできた。長いほつれ毛が印象的な美人だった。

「巻のほうから、『去年の船渡御パーティの上映映像を御覧になりますか？』とお訊きするようにと言われていますが」

「ええ、見たいです」

「パソコンに取り込んだものなので、少し見にくいかもしれませんが」

「かまいません」

いったん引き下がった彼女は、ノートパソコンを手に戻ってきた。そして手馴れた動作で、フルスクリーンで動画を再生させた。

三日前に上映されたビデオに勝るとも劣らず、よくまとまった内容だった。

「ありがとうございます。おもしろかったです」

ほつれ毛が印象的な女性は、動画が終わるまで後ろで控えて待っていてくれた。そして、ノートパソコンを閉じると、一礼して部屋を出て行った。
二、三分して、巻が戻ってきた。
「お待たせしました」

「いえ、ビデオを見させてもらっていたので、退屈しませんでしたよ」

「専務の遺体引き取りの件ですが、智恵子さんはあさっての三十日に、ごく身内だけで密葬をとり行ないたいという意向でした」

「わかりました。僕のほうから、医科大学に連絡しておきます」

「それから、東京の社長とも連絡を取りました。来週にでも社葬をしたいということでした。それで、これは社長から『訊いておいてほしい』と言われたことなのですが、専務の死因は何だったのですか」

「溺死でした」

「自殺ということですか」

「それは、まだはっきりしないんです」

「どういう意味なのですか」

「自殺と断定できる材料がまだ不足しています。遺書のようなものがあれば決定的になるのですが、もし社内で出てきたなら連絡いただきたいのです」

「そうですか。では、社長にそう伝えておきます」

「巻さんから見られて、自殺の動機のようなものは、何か思い当たらはりませんか？」

「さあ。私は、ポストも下でしたから……中国での不動産投資の失敗くらいしか頭に浮かぶものはありません。その件は御存知ですよね」

「ええ」

「次期社長と目されていた人でしたから、後継者になるというプレッシャーもあったのかもしれませんが、内心の微妙なことは本人しかわからないと思います。私が言えるのは、この程度です。お役に立てずに、申しわけないですが」

9

中央署に戻ると、古今堂は刑事課三係の堀之内《ほりのうち》信次《しんじ》を会議室に呼んだ。古今堂一人で動ける量には限度がある。サポート役が欲しかった。来週になれば由紀も戻ってくるが、もう一人か二人は必要だ。古今堂はまず堀之内に声をかけることにした。四月に起きた事件でも、堀之内の世話になった。彼は、窃盗犯を扱う三係だが外回りに出ることも多く、融通はきくと思えた。

堀之内は、担当している盗品調査の件で質屋からの回答電話を待っているところだったので、古今堂は先に会議室を開けて待つことにした。

廊下から、覚えのある声が聞こえてきた。二人だ。

扉を少し開けると、附田副署長と宮本刑事課長が立ち話をしていた。

「キャリアさんは、頭でっかちやから、本当に困るよ」

「暗記力があるからテストのお勉強はできるかもしれないけど、現実の事件への対応力は暗記力とは別物ですからね」

「そうなんだよ。車の免許で言えば、いくら学科が満点でも、実地の運転がヘタではどうにもならない。それなのに、キャリア制度は学科の優秀者が実地も優秀だというおかしな前提に立っている」

「お飾りのお客さんとして何もしないのが、一番いいんですけどね」

「一年署長、という言葉を知っているか？」

「いえ」

「可愛いタレントが制服を着て振り込め詐欺防止キャンペーンなどを一日署長としてやるだろう。署長と名がつくが、実際はタレントには何の権限もない。若殿様のキャリアは、それが一年に延びただけなんだよ」

「それで、一年署長ですか」

「そういうことを自覚してくれると、私のようなお守り役家老も助かるんだがね」

「若殿様は、二月の失敗案件を知っているんですか」

「たぶん、知らんだろう。われわれの恥にはなるが、いずれ話しておこうと思っている」

「このままだと、本年二回目の赤っ恥になりますからね」

廊下の向こうから堀之内がやってきたことで、幹部二人の立ち話は終わった。

「ええ。わしにでけることなら、なんぼでもしますで」

堀之内は、協力を快諾してくれた。古今堂にとっては、警部クラス以上の幹部よりも巡査階級の者たちのほうが頼りになる存在だ。

「さっそくですけど、ナスノ興産という会社について情報を集めてほしいんです」

「あの警備会社やったら、ＯＢがようけ再就職しとります。知り合いの先輩もおりますから、まかしといてくれやす」

「そんなに再就職者が多いのですか」

「ええ。ガードマンというのは、警察官とダブることの多い仕事ですさかいに。その中でも、わしら盗犯担当や防犯分野のＯＢがぎょうさんいっとります」

「よろしくお願いします」

10

その翌日の金曜日。早めに出勤して署長室で、天王寺区での事件の公判記録を読んでいた古今堂のところへ、附田がやってきた。

「おはようございます。朝から張り切っておられますな。署長室に電気が点いていたので、お伺いすることにしました」

「副署長のほうも、早いじゃないですか」

「なかなか寝付けないまま、朝を迎えてしまいました。実は、心配事がありまして」

附田は、そこで言葉を切った。「少し長い話になってもよろしいですか」

「ええ」

古今堂は椅子を勧めた。

「刑事課長の宮本は、署長が赴任なさる少し前の三月半ばに刑事課長補佐から課長になりました。宮本の前の刑事課長は、運転免許試験場に転任となりました。定期異動ではありましたが、左遷の異動です。御存知でしたか?」

「いえ。赴任前のことは、よう知りません」

「じゃあ、その理由も」

「はい」

「二月の節分が過ぎた夜に、千日前に近い管内で火災が発生しました」

附田は、事件の概要を説明していった。

二階建て木造住宅の一階奥から出火した。夜中の一時過ぎだった。一階の表部分は店舗用に造られ、火事の約一ヵ月前まで花屋であった。花屋の元店主と妻と長女の三人が住んでいたが、その長女から一一九番に助けを求める通報がなされたのだ。

消防車が駆けつけたときは、一階から火と黒煙が上がっていた。二階で寝ていた長女は、自力で隣家の屋根づたいに降りていたが、妻のほうはまだ二階に取り残されていた。消防隊員が梯子《はしご》を掛けて上がり、妻をすんでのところで救出した。しかし、一階にいた夫のほうは焼死体で発見された。長女は二階の道路側の部屋を使い、妻は奥の間に寝ていた。一階の道路側が元店舗のスペースで、夫はその奥の部屋に寝ていたということだった。

「たまたま火災発生当夜は、刑事課長が当直長でして、彼は妻と長女が搬送された病院に聴取に向かいました。二人とも症状は軽かったのですが、注目すべき証言をしました。妻のほうは、『寝ていたら、下の階でドンと物が落ちるような音がして目を醒ましました。物音は続かなかったので、起きずに寝ました』と言いました。娘はもっと注目すべき発言をしました。『寝る前に、窓の施錠を確認したとき、電柱の陰に妙な男がじっと突っ立っていました。黒いコートを着て、ソンブレロをかぶっていました』と」

「ソンブレロ、ですか?」

古今堂は訊き直した。

「ええ、メキシコの男が使う大きな帽子です。少し行けば千日前という繁華街ですが、そういう恰好で歩いている男を見かけることはまずありません。ところが、その次の夜に、燃えた花屋から五百メートルほど離れた場所で、目撃されたんです」

午後九時ごろ、十歳の少年が自分の住むマンションの向かいにある自動販売機でオレンジジュースを買おうとしていたら、いきなり後ろから空き缶を投げ付けられた。振り向くと、黒いコートを着てソンブレロを深めにかぶった小柄な男が自転車に跨っていた。男はすぐに自転車を走らせて去っていった——気味悪さを覚えた少年の母親が交番に届けた。

「同じ夜に、自転車に乗ったソンブレロ男は、近くで再び目撃されました。午後十一時ごろです」

目撃したのはアパートに住む男子大学生であった。彼は空き缶を投げられたわけではなく、アパートの前でじっと停めた自転車に跨る姿に気味悪さを覚えただけである。ソンブレロでまったく顔が見えないので、よけいに得体が知れない思いがした。男子大学生はそれだけでは警察には届け出なかったが、帰宅してしばらくして、外で物がはじけるような音がしたので覗いてみた。そうしたら、アパートのゴミ置き場で火の手が上がっていたのだ。あわててアパート備え付けの消火器を使い、消防にも通報した。そして、警察の事情聴取に、不審なソンブレロの男のことを話した。

刑事課長は、二晩連続の火災に注目した。共通項は、ソンブレロの男以外にもあった。灯油が使われていて、火の回りが早かったのだ。

「刑事課長は、連続放火事件と考えました。放火となると、近隣の住民は強い恐怖を感じますんで、一刻も早い解決を警察に求めます。中央署は大阪府警に捜査本部の設置と規模の大きい応援を求めました。捜査の重点は、一件目の放火に置かれました。花屋の元店主に火傷を負わせて殺すことが主目的で、二件目のアパートのゴミ置き場は陽動作戦ではないかという推測が立てられました。ただ、元花屋の主人は恨みを買うような人物ではありませんでした。大学を出たあと商社マンとして東南アジアに赴任し、会社が合併したことを機に脱サラをして、千日前の近くにあった親が遺してくれた家で花屋を開きました。繁華街から離れていることもあって、あまり繁盛はせず、店主は坐骨神経痛を患《わずら》って店を閉めました。しかし、花屋時代も商社マン時代も悪い噂はなく、トラブルもありませんでした」

そして三度目の放火が起きた。二つの現場から少し離れた公園の身障者用トイレから、昼前に火が上がった。過去二回と同じく、灯油が撒かれていた。燃えていたのは、身障者用トイレの床とソンブレロの帽子だった。壁に赤チョークで〝オレハツカマラナイ〟と定規を引いたような字で書かれてあった。

「夜に人員を多く投入して警戒していたところ、昼間にやられました。警察は何をやっているんだという批判も強くなりました。ソンブレロを燃やしたことから、壁の落書きは犯人の終結宣言とも受け取れました。われわれは、あせりました。手がかりはほとんどつかめていなかったのです。ところが、ひょんなことから糸口が見つかりました。それも兵庫県警のほうから」

神戸市内の警察署に、一人の女性がためらいがちに現われた。女性は、手紙を持っていた。亡くなった花屋の元店主と高校時代の同級生だったという女性は、「どうか、うちの夫には内緒にしてください」と念を押しながら手紙を差し出した。不倫をしていた元店主からの別れの手紙であった。消印は、元花屋が燃えた日だった。

「花屋の元店主は、自殺だったのです。手紙を投函してから、火を放ちました。〝脱サラしたものの、商売はうまくいかず、神経痛を患い、おまけに半年前にクラス会で再会して焼けぼっくいに火がついた神戸の女性との不倫を妻に感づかれてなじられた。神経痛は回復の見込みが立たず、この先新しい商売をしていく展望も気力もなかった〟という趣旨のことが書かれていました。彼は、妻と娘との生活に辟易《へきえき》していました」

若いころの彼は、気鋭の商社マンだった。東南アジアでの販路拡大の最前線で活躍し、業績も上げていた。広い邸宅を借り受け、人件費の安い現地の家政婦を何人も雇った。わがままな妻と娘はそのリッチな生活にすっかり慣れてしまった。会社の合併により、海外赴任者が余って大阪の本社に帰ることになった妻と娘は、連日不満を口にした。彼は退社して退職金を元手に、合併でリストラになった同僚たちと商事会社を設立して高収入を得ようとしたが失敗した。実家を花屋にして開業したが、長時間店を開けても儲からなかった。それどころか赤字となっていった。妻と娘は「花屋なら手伝う」と言っていたが、二回ほど店頭に立っただけでやめてしまった。

「男の哀歌ですな。彼が残した遺書によると、妻と娘はアルバイトすらせずブランドもので身を飾り、二人はやたら仲が良いのに、彼との関係は冷え切っていたわけです」

そんな彼は、クラス会で再会した人妻と不倫に陥る。彼女とは高校三年生のときにお互いに好きになり、交際を始めたものの、二人とも受験勉強が忙しくなって自然消滅したという淡い思い出があった。彼のほうは彼女との再会に期待して久しぶりの同窓会に出たのだが、彼女のほうは念頭になく生命保険のセールスレディとして勧誘が誰かにできれば、という参加動機だった。彼は保険の話に熱心に耳を傾け、後日会うことになった。二人とも、若いときに見込み違いの結婚をしたことを知る。彼女は、大学で知り合った理系の学者志望の男と結婚した。博士課程まで進んだが、学者にはなれず、それでもあきらめきれないで指導教授の私費助手を低報酬で続けている。二人の息子を養っているのは、主に彼女だった。彼のほうは、東南アジア向けのプロモーションビデオに出てもらった日本人モデルの美貌に惹かれて結婚したが、浪費癖があることをあとで知ることになる。出産後はいっさい仕事をせず、生まれた娘の性格は母親そっくりであった。

「男は、生命保険に入ることで親密となり、不倫関係となるわけですが、保険加入を妻に知られます。女のほうも帰宅が遅くなりがちなことに夫が不信を抱き、会うことが難しくなってきます。メロドラマなら、男に女が寄り添って心中となるわけですが、現実は男が女に遺書代わりの手紙をしたため、家に灯油を撒いて自殺をします。男が灯油を撒いたのは確実に死ぬためだったのか、あわよくば憎い妻子を巻き込んでやろうという意図まであったのかは、わかりません。遺書にもそれは書かれていませんでした」

「男が生命保険に入ったのは、亡くなる半年前でしたね」

古今堂は確認した。

「そうなんです。加入一年未満の自殺では、保険金は下りません。それで、強欲な妻と娘は、一計を案じたわけです。命からがら火災からのがれたあとで、搬送先の病院で相談して考えたのですから、太い神経をしていますよ」

黒いコートをはおってソンブレロをかぶった小柄な男は、娘の扮装であった。

その次の夜に、子供に空き缶を投げつけ、男子大学生に姿を見せることで、存在を印象付けようとしたのだ。そして、妻のほうがゴミ置き場や公園のトイレに火を放った。

「中央署としては、とんだ失態となりました。殺人事件と判断して、捜査本部の設置を府警に要請して、結果的には自殺であることがはっきりしたのです。しかも、その自殺の証拠である遺書代わりの手紙は、大阪府警ではなく兵庫県警が入手したのです。赤っ恥もいいところです」

「せやけど、放火の犯人は検挙でけたやないですか」

「アパートのゴミ置き場を燃やし、トイレの床を焦がしたのは、非現住の建造物の放火罪にしかなりません。殺人に比べたらずいぶん軽い罪です」

放火罪は、人が住んでいる建物に対して行なった場合と、そうでない場合では法定刑が違ってくる。

「マスコミからは、大量の捜査員と費用を投じて税金の無駄使いと叩かれ、市民からは無能な中央署と小バカにされました。そのことの繰り返しは、もうしたくありません」

附田は詰め寄るように言った。

「しかし、もし逆のケースだったらどうでしょうか。他殺だったものを、自殺として犯罪を見逃してしもうたら、もっと小バカにされるのやないですか」

「二月の失態では、犠牲者が出ました」

「犠牲者？」

「当直長であり、捜査の陣頭指揮も執った刑事課長です。府警としては、カラ騒ぎをしてしまった中央署の誰かに詰め腹を切らさんことには収拾がつかなんだのです。さっきも言いましたように、刑事課長は運転免許試験場に島流しとなりました」

「今回の大阪城の外堀水死体案件については、責任は僕が取ります」

「署長、そう単純にはいかへんのとちゃいますか」

附田は、険しい表情を見せた。「署長は、警察庁からの大事な預かりものです。預かりものに傷をつけてしもうたら、府警本部が叱られます。せやから、切腹するのは署長やのうて、お守り役である私やと思います」

第三章

1

土曜日の朝、古今堂は地下鉄で新大阪駅に向かった。

新幹線で、日帰りの帰省をするためだ。

みどりの窓口を出てきたときに、古今堂は視線を感じた。駅建物のどこかから自分に注がれている視線だ。

（谷さんが言っていた尾行か……）

古今堂は、みやげ物売り場のほうへ足を運んだ。レンジで温めるタコ焼きを買ってみる。母は大阪が好きではないから喜ばないだろうが、父がどう反応するかはわからない。

釣り銭を受け取りながら後ろを振り向いてみた。黒い人影が、さっと柱の陰に隠れたように思えた。

もし尾行なら、谷が言っていたようにあまり巧くない。

古今堂は改札口を抜けた。もしさらに尾けてくるようなら追い込んでやろうかとも考えたが、もう視線は感じなくなっていた。

（尾行やとして、いったい目的は何なのや？）

谷がこだわる十七年前の事件が絡んでいるのだろうか。谷は、真犯人が興信所を使っているのでは、と推測していた。


ほぼ三ヵ月ぶりの東京だが、懐かしさはこみ上げてこなかった。乗り換えのために山手線に乗る。

東京駅に着いて、まず感じるのはエスカレーターの右側を人々が空けていることだ。大阪では左側が空けられる。このことについて、太子橋信八がおもしろい説を教えてくれた。

東京は、江戸という武家社会の都市がベースになっている。武士は脇差を左腰に差し、とっさのときは刀を抜く。すなわち、刀を抜くには、右側が空いている必要がある。だから右側を空ける。それに対して大阪は商人文化の街だ。商人は、風呂敷包みを右に抱える。大事な商品や証文の入っている風呂敷包みをひったくられないように、風呂敷包みを持たない左側を空けるというのだ。

ただ、エスカレーターという乗り物は、片側を全員が空けると荷重バランスが崩れ、また走ることによる振動で不具合を誘発したり緊急停止になったりするおそれがあるということで、社団法人日本エレベータ協会は、〝片側を空けない〟ことを提唱している。古今堂がいたころの警察庁でも、危険防止のためにその呼びかけを国民向けにしてはどうかということが検討された。ところが、思わぬ異議が刑事局から出て立ち消えになった。駅のエスカレーターは、最も盗撮の多い場所であるが、それを鉄道警察隊が検挙するには現認が求められる。たとえば、前に立つミニスカートの女性に向けた携帯電話が動画モードになっているといったことを確認しないと逮捕できない。その現認には、エスカレーターの片側が空けられていて鉄道警察隊員が盗撮犯を追い抜けることが必須なのだ。

昼どきということもあり、駅構内のファーストフード店が賑わっている。

古今堂が、中学二年の途中で関東に引っ越したときは、言葉使いの違いでイジメにあったことがある。その最たる物がファーストフード店の呼び名であった。ハンバーガーのマクドナルドは、信八たちとは普通に「マクド」と呼んでいた。ところが関東では「マック」であり、笑われた。ケンタッキーフライドチキンは関東では「ケンタ」だが、大阪では「ドチキン」だった。牛丼を食べに行くことを信八たちは「牛をしばきにいく」と言い、ハーゲンダッツに立ち寄ることは「ハゲに寄る」だった。それらの言葉はすべてからかわれて、一時期クラスメートから「ドチキン」という綽名《あだな》も付けられた。関東の生活で大阪弁を使わなくなってしまったが、この春の赴任で復活した。

「どういう風の吹き回しだ。お盆前に帰省とは」

父の莞爾は、書斎でゴルフクラブの手入れをしていた。きのうの夜に電話をして在宅を確かめたとき、日曜はゴルフなので土曜の午後しか空いていないということだった。

「ゴルフの腕は上がった？」

「毎週のように行っていれば、上手くもなるさ。純然たる遊びで行っているんじゃない。これも営業活動だ。今夜も顧問先企業の会長と食事だが、これも仕事の一環だよ。弁護士といえども、自営業だ。顧客を摑んでおくには営業活動が必要だ」

「勉強している時間は少なくなるね」

書斎にある本は、埃《ほこり》をかぶっているように見える。検事時代の父はそんなことはなかった。

「改正法などの勉強は、うちの事務所の若い弁護士がやっている。法律事務所の所長は、いい顧客からの仕事を取ってくるのが最大の役目だ。経営が赤字になれば、弁護士事務所だって倒産するんだ。給料とボーナスが天から降ってくる公務員とは違うさ」

父は検事を退官したいきさつを話そうとはしない。一度訊いたことがあるが適当にはぐらかされた。

「けど、公務員だって、休みの日に自主的に仕事をすることだってあるんやないの？」

検事時代の父はそうだった。日曜日の官舎に、ベテラン刑事たちを呼んで、非公式の捜査会議をしていたこともある。

「きょうの航平も、仕事が目的の帰省ということか？」

「まあ、そうやね」

「だったら、早く本題に入ってくれないか」

「この事件について、調べているんだよ」

古今堂は、公判記録の写しを取り出した。かなりの重さになるが、持ってきた。

父の莞爾は、手にしてパラパラと頁を繰った。

「もうほとんど忘れてしまっている。十七年前のことだし、主任検事でもなかった」

関心なさそうに言ったが、目は調書から離してはいない。「この事件を警察が再捜査しているのか？」

「まだそこまではいっていない。ただ、公判でもポイントになった板内という証人が、嘘の証言をした可能性が出てきた」

公判が始まり、被告人の馬木亮一は警察における自供を撤回した。取調室でしつこいくらいに「おまえがやったに決まっている」「おまえしかいないんだ」と責められ続けて、認めたほうが楽になるし、正式な裁判はあとで開かれるのだから、と考えたというのだ。弁護人は自白の任意性を争ったが、取り調べの様子を録音したテープもなく、決め手に欠いた。検察にとって、有効打になったのは、板内の証言だった。殺された孫娘から警察へ助けを求める通報があったので、犯行時刻ははっきりしていた。そのわずか十分ほど前に、被害者宅の様子をストーカーのように窺っていた馬木が目撃されていた。状況証拠とはいえ、強力なものだった。板内は公判でも「被告人に間違いないです」と証言し、馬木は「彼女の家を覗いたことはあるが、あの夜ではない」という自らのストーカー行為を認める発言をしていた。

「再捜査をしてどうするつもりなんだ？　時効になっている事件じゃないか」

莞爾はようやく公判調書から視線を離した。

判決では、板内証言だけでなく、犯人しか知りえない〝秘密の吐露〟が有罪の根拠とされていた。馬木は、被害者の女子大生とその祖母の刺殺方法について、「お婆さんが孫の香穂を守ろうと手を広げた。邪魔なので、胸や腹などを数回刺した。そのとき、奥から警察に助けを求める声が聞こえてきた。廊下を急ぎ、電話のフックを押さえて止めた。そして逃げようとする香穂の背中を二回刺した」と警察で供述した。被害者が刺された箇所や回数については、警察はマスコミにいっさい発表しておらず、もちろん報道もされていなかった。女子大生は背中を二回、祖母は腹や胸などを数回という供述は、遺体の状況と一致しており、〝秘密の吐露〟と裁判で認定された。家宅捜索で出てきたナイフとズック靴を加えて、「被告人以外には、犯人像は考えられない」と判決は述べていた。検察の全面的勝訴であった。

「目撃者の証言が揺らいだということになると、話は違ってくるよ」

〝秘密の吐露〟は、この事件では案外と脆い。遺体の受傷状況を知っている捜査本部なら、そのような供述誘導が可能なのだ。弁護人はそのことを指摘しなかったが。

「そういう検証は、警察の仕事ではないだろう。警察の恥になることを、進んでやってどうするんだ。マスコミや世間に叩かれるだけだ」

予想された莞爾の言葉だった。

「もし、仮に誤りだということがわかったなら、それを訂正するのも警察の正義だし、勇気じゃないかな」

谷から話を聞いて以降、悩んだ上で出した結論だった。「非難を浴びたとしても、きちんと撤回することで、長い目で見れば警察は信頼されると思う」

「航平は若いな。若いというより青いな」

莞爾は公判記録の写しを返した。

「相撲の行司にも似て、警察はどんな場合であっても結論を出さなくてはならない。ぐずぐずしているわけにもいかない。けど、人間のやることだから、差し違えもあるよ」

古今堂は公判記録の写しを受け取った。「もしも、誤った人物が有罪になっていたのでは、殺された被害者も浮かばれないと思う」

「ますます青くさい」

莞爾は横に置いていたゴルフクラブを再び手にした。「そんなことで、警察組織の中で官僚としてやっていけるのか、心配だな」

「僕なりのやりかたでやっていくしかないと思っている」

「まあ、もうすぐ三十歳になる人間の生きかたをとやかく言う気はないが」

「一つだけ教えて欲しい。もし板内が嘘の証言をしていたことが公判の途中でわかったとして、有罪の判断は覆っただろうか」

「仮定の質問には答えられんな」

莞爾はゴルフクラブを握って立った。書斎の壁側には練習用のミニパターコースが設けられている。そのために、書棚が二つ廃棄になった。

ゴルフの練習を始めるということは、もう出て行ってほしいという父のサインなのだ。古今堂はやむなく立ち上がった。

「これはあくまでも一人ごとだが」

莞爾は小声でつぶやくように言った。「検察が起訴した被告人の有罪率は九十九パーセントを超える。裁判員制度が始まってからはその数字は動いているかもしれんが、今の私は民事しかやらないからどうでもいい。ただ、検事をしていた時代は、裁判は勝って当たり前だった」

ドアノブに手をかけた息子のほうを見ずに、父親はパターコースの前に立つ。

「その公判記録は、平成六年の事件だったな。大阪地検は、平成二年から三年にかけて発覚したイトマン事件を全力で捜査し、そのあと結局は立件に至らなかったがイトマン事件に関わった可能性のある大物政治家への捜査に秘密裡に取り組んだ。刑事部の検事が何人も特捜部への応援に行き、非常事態同然の態勢がとられた。刑事部では、公判担当と捜査担当といった分担も充分にできなかった」

イトマン事件は、大阪市に本店のあった総合商社・伊藤萬をめぐる特別背任事件で、戦後最大の不正経理事件とされている。「天王寺区の殺人事件の主任となった検事は、今の航平よりも若かった。主任としての初陣だった。普通なら若すぎるのだが、イレギュラーな時期だった。私たちベテランが補佐に付いたが、勝算があったから若い彼が主任になったとも言える。裁判官が三人で組む部には、それぞれの個性がある。量刑に厳しい地獄部もあれば、寛大な天国部もある。有罪の認定についても、その部なりの癖がある。その事件の担当になった部は、警察への信頼が強い裁判官が揃っていた。容疑者への取り調べにおいて警察が強制や偽計《ぎけい》を加えることはない、という前提に立った判決がこれまで下りていた」

「だから、被告人がたとえ公判で自供を取り消しても、罪逃れの苦肉の策としか捉えないってことか」

「人間は、誰にでも運不運がある。どういう刑事が担当するか、どういう裁判官に当たるか、どういう弁護士に守ってもらえるか……そういうめぐりあわせは、どうしようもない。さあ、もう一人ごとは終わりだ」


帰りの新幹線の中で、塚畑由紀からメールが届いた。

〝署長さん、きのう、やっとのやっと終了テストが終わりました☆

きのうの夜はみんなで打ち上げに行って（注↓未成年なので、お酒は飲んでませんヨ）、きょうはついさっきまで、寝ていました。月曜日からは、警察学校に行かなくっていいので、シアワセです！　署長さんのお手伝いをめっちゃ頑張るので、ちょっとだけ期待していてくださいネ〟

古今堂はデッキに出て、由紀に電話をかけた。

「メールおおきに。講習とテスト、おつかれさん」

「あー、ホンマくたびれました。じっと座っているのって、うちには向かへんです。それから、ギャルみこしのときは、来てくれはってありがとうございました」

「こっちも元気をもろたで。それで、さっそくなんやが、一つ頼まれてもらえへんかな」

月曜日には、由紀は署に出勤する。だが、いくら署長秘書が彼女の役割の一つだとしても、いきなり外回りの仕事をしてもらうのは目立ちかねない。

「ええ、どうぞ」

「天満橋にあるナスノ興産という会社の情報を得てきてほしいんだ」

「どういう会社ですか」

「主に警備業をしている」

「ほなら、女性ガードマンになって潜入しましょうか。ガードマンの採用テストやったら、自信ありますよって」

「そこまでどっぷり入るのはまずいよ。向こうの女子社員と知り合いになるまでをやってくれたら、あとは僕も出ていくから」

堀之内は、警察ＯＢの社員ルートから情報を得ると言っていたが、まだ収穫の報告はない。由紀には別ルートからのアプローチをして欲しい。

「わかりました。さりげなくですね。やってみます」

2

翌日の日曜日に、古今堂は十七年前に天王寺区の殺人事件となった家に向かうことにした。少し迷ったが、制服を着込んだ。この時期は盛夏服となる。

街中での制服姿は、とにかく目立つし、視線を受ける。初めて制服を着て歩いたときは、市民から見られることを痛いとさえ感じた。そんな職業は少ない。

署の裏手から広めの道路に出てタクシーを拾ったが、日曜日というせいもあるのか、三人の市民から声をかけられた。「すんません。十五分ほどあそこに車を停めます。レッカー移動せんといてくださいね」と出前姿の若者が頭を下げる。「くいだおれの人形って、どう行けばいいんですか」と観光地図を持った夫婦連れが尋ねてくる。そして、犬を連れた散歩中の老人が「あんた、若いのに、ずいぶんと上の階級章を付けているね。本物なの？」と疑いの混じった目を向けてきた。

公判記録によって、被害者の芳田せつ子・香穂宅のあった所在地はわかっていた。古今堂はそこに向かうタクシーの車中で後方を振り返った。尾けてくるような車はなかった。きのうの新大阪で尾行に気づかれたと方針転換したのか、それとも優秀な尾行者に替わったのか、あるいは尾行など初めからなかったのか、判断はつきかねた。

住居表示板がきちんと出ている地域だった。タクシーにはゆっくりと走ってもらった。それでも古今堂は、一度は通り過ごしてしまった。公判記録には、板内証人に尋問するために使った芳田宅とその隣の駐車場を撮った写真が付けられていた。通り過ごしたのは、写真にあった駐車場に新しい家が建っていたためだった。十七年の歳月はいろんなものを変えていたが、旧芳田宅は平屋建てのままで、外観も大きくは変わっていなかった。

古今堂はタクシーを降りた。旧芳田宅には、北岡という表札が掛かっていた。狭い玄関先には、植木鉢やプランターがいくつも置かれている。新しく建った東隣の二階建ての家が境界ギリギリまで迫っているので、旧芳田宅の側面はほとんど見ることができない。

北岡の表札の出た家から、じょうろを持った小柄な男が出てきた。目の前に立つ警官の制服姿を見て、彼はきょとんとした顔を見せた。

「この家を買ったのは、十一年前です。二人の人間が殺された現場だということは知っていましたよ。同じ天王寺区内の賃貸ハイツに住んでいて、事件の起きた当時は新聞などで派手に取り上げられていましたからね。できれば、そういう家は避けたいですよ。霊が取り憑いていたりしたら、嫌ですからね。でも、その思いを消してくれるくらいに、売り値が安かったんですよ。女房を説得してここを買いました」

自動車教習所の教官をしているという北岡は、古今堂を家の中に入れてくれた。これは、制服を着てきた効果だったかもしれない。制服姿の警察官には、雨でも傘をさしてはいけない、あるいはバスや電車の中では立っていなくてはいけないといった規制もつきまとうが、協力が得られやすいという利点もあるようだ。

「改装はしはったんですか」

「ええ。床、天井、壁といった内装は、すべて変えました。外装も少し手を加えました」

「部屋の構造は？」

「和室を洋室にしました。できれば、全部建て替えたかったのですが、一馬力の薄給では先立つものがありません」

北岡は苦笑した。

「部屋の間取りは、購入当時と同じなんですね」

「ええ」

「すみませんが、廊下を見せてもらえますか」

「いいですよ」

古今堂の入れてもらった応接室は、玄関から最も近い部屋だった。ここを出たところにある上がりかまちで、祖母の芳田せつ子が腹や胸を刺されて死んでいた。上がりかまちから廊下はまっすぐ奥に続いていく。廊下は家屋の左側に位置していて、曇りガラスばかりなので外は見えない。

「この廊下は何メートルほどありますか」

公判記録は、実況見分調書とは違うので、こういったことは載っていない。

「鰻の寝床の家ですから、かなり長いですよ」

会話が聞こえたのだろう。一番奥の部屋から、十歳くらいの男の子が顔を出した。

「わ、すげえ。本物のおまわりさんがうちに来てる」

男の子はびっくりした声を出した。北岡が、入ってなさいと手振りをして、男の子は部屋に消えた。

メジャーを借りて、測らせてもらった。廊下は長さ二十一メートルあった。

古今堂は、公判記録の記述を思い出した。警察での供述で、馬木は「お婆さんが香穂を守ろうと手を広げた。邪魔なので、胸と腹を数回刺した。そのとき、奥から警察に助けを求める声が聞こえてきた。廊下を急ぎ、電話のフックを押さえて止めた。そして逃げようとする香穂の背中を二回刺した」としていた。

警察に助けを求める声を聞いて、この廊下をダッシュして電話のフックを押さえるのに何秒かかるだろうか。馬木は警察に助けを求める声だと認識してから、走っているのだ。しかも、どの部屋から声が聞こえているのか、簡単にはわからないだろう。それなのに——芳田香穂による一一〇番通報はたった五秒で切れていた。

（もしそれが可能だったとすれば……）

さっき男の子が話し声に気づいて部屋のドアを開けた。そういったことはありえただろう。祖母は悲鳴を上げ、香穂は何事かと開ける。それを見て犯人は廊下を進み、電話をかける香穂から受話器を奪う。それなら、五秒で電話を切ることはできたかもしれない。しかし、これだと、助けを求める声を聞いてから廊下を急いだとする馬木の供述とは食い違う。

（もう一つ疑問がある）

午後十時過ぎという時間帯で、祖母と孫娘という女所帯が、どうして馬木を家に入れたのだ。昼間の、しかも制服だったから、北岡は入れてくれたのだ。

3

官舎に戻ると、堀之内からの留守電メッセージが入っていた。

「ナスノ興産の社長のこと、先輩たちに訊いて概略が摑めました。また連絡させてもらいます」

着信は十五分ほど前だった。

古今堂は、すぐに堀之内に連絡をとった。

「すみません。無理を言って」

「いえいえ、私にとっては先輩と会える久しぶりのええ機会でした。そいで、那須野大蔵社長のことですけど、裸一貫から大出世を遂げた人物でんな。豊臣秀吉のことを崇拝しとるそうでっけど、リトル秀吉みたいな印象を受けます。ちょっとメモ帳と老眼鏡を取ってきますさかいに待ってくれはりますか」

千成瓢箪と桐の紋が市松模様に並ぶトウキチビル一階のタイルが、古今堂の瞼《まぶた》に浮かんだ。大阪城の天守閣がパノラマ状に見える場所に居を構えたのも、秀吉のことを強く意識しているからに違いない。

「お待たせしました。那須野大蔵は、大阪府南部にある現在の千早赤阪村《ちはやあかさか》で農家の四男として昭和十三年に生まれとります」

守口市での小学校時代に、千早赤阪村には遠足で行ったことがあった。大阪府下で唯一の村であり、のどかな田畑が広がる穏かな風景が印象に残っている。遠足では、村営のロープウェイに乗って金剛山まで登った。

「農業をやっていた父親は、昭和十七年に応召され、ボルネオで戦病死しています」

「ということは、大蔵社長は四歳で父親を亡くしたのですね」

「ええ。ほとんど父親の記憶はあらへんでしょうね。父親を失って、小さいころから畑仕事をしたという苦労話は、社員訓示で何度もするそうです。中学を出た大蔵少年は、梅田のお初天神の近くにあった料理旅館で住み込みの小僧として働きます。安い給金でしたが、嫌な顔をせずあらゆる雑用をやったそうです。将来的には、料理を覚えて板前になるつもりやったそうですが、株の売買をなりわいにしている常連客に働きぶりを認められます。大蔵少年はいわゆる株屋の弟子となり、定時制高校へも通わせてもらう生活が始まります。これは社員訓示のときの話なんで、どこまでほんまのことかわからしませんけど、その常連客に名前を憶えられたきっかけは、雨の日に何も言われなんだのに黙って彼の靴の泥を落として磨いたことやったそうです」

織田信長の草履《ぞうり》を胸で温めたという秀吉の逸話と似た部分がある。

「定時制高校を六年かかって卒業したあと、本格的に株の世界に大蔵少年は入るようになります。もう大蔵青年ですね。自分が目をつけた株の売り買いをするようになり、しだいに才覚を出して儲けるようになります。師である株屋が急死してからは、そのあとを継いで高度成長に乗って、利を伸ばします。大蔵社長の優れたところは、たとえ業績が上がっていっても、いつまでもそれに固執しない柔軟性があることですな。高度成長時代に株で儲けても、それが続くとは限らないと今度は不動産業に重点をシフトし、バブルの風に乗ってトウキチビルを建てるのですが、不動産からもまた軸足をはずして、警備業を本業としていきます。そういう機敏さがあったので、バブル崩壊もうまく切り抜けられたわけです。私が、得た情報は今のところ、以上です」

「ありがとうございます。充分参考になりました」

こうした経歴を聞くと、那須野大蔵という男が体全体から発する迫力とオーラの源泉が垣間見える気がする。苦労と努力という水で練り上げられた土台の上に、どっしりとした城郭が築かれているのだ。採用試験の成績だけで入った霞が関のエリートキャリアたちからは、そんな力強さは感じたことがない。彼らは与えられた命題をこなすのは得意であるが、マニュアルにはない緊急事態が起きたときは、どう対処したらいいのかオロオロすることも少なくない。三月に起きた震災と原発事故への対応のときに、その思いを強くした。

4

「おはようございます」

由紀は丸い顔いっぱいに笑みを浮かべて、庶務係全員の机の上を雑巾がけしていた。

「おはようさん。元気そうやね」

「三ヵ月ぶりに中央署に戻れて、めっちゃ嬉しいんですよぉ。警察学校の教官からは『前にいた所属に戻れるとは限らないぞ』って脅しをかけられていたんで、ホッとしてますぅ。あ、署長室のほうも拭いちゃいますね」

由紀は雑巾をくるくると回した。庶務係には、すでに出勤している署員が何人もいた。古今堂は彼女の気遣いを感じた。

「よろしく頼むよ」

由紀をさりげなく室内に入れる。

「まだルートは開拓中です。かんにんです」

「そんな早いとこなんて思うてへんから、じっくりやってくれたらええんや」

「けど、一つ足がかりはでけているんです。ギャルみこしにいっしょに出た子たちとは、練習から本番、そしてそのあとみんなで銭湯に入って打ち上げまでして、すっかり仲良くなってアドレス交換をしたんですけど、その中に天満橋のイタリアンレストランにウェイトレスとして勤めている子がいるんです。訊いてみたら、ナスノ興産の女子社員がお客さんとしてちょくちょくランチを食べにくるということで、その知り合いの中でおしゃべりさんが来たら連絡してくれることになっています」

「手回しがええな」

「彼女は平日しか勤務していないんで、きょうからメール待ちです。もし連絡が入ったら署長さんにも連絡しますね」

「よろしく」

由紀は、署長室の大きな執務机の雑巾がけを始めた。その机上の警察専用電話が鳴る。さっき官舎を出るときに署長室に切り替えたばかりだ。

「はい、古今堂です」

「百々《どど》だ。久しぶりだな」

百々篤司《あつし》は、大阪府警本部警務部で統括理事官をしているキャリアの警視正だ。古今堂の四期先輩だが、出身大学は違う。百々は東大だが、古今堂は早稲田だ。古今堂の同期は十六人いたが、東大が十人で京大が四人、私学出は古今堂だけで、あとの一人は地方国立大学出身だ。どの入庁年度も、ほぼ似たような割合となっている。

「早い時間帯に申しわけないが、今すぐこっちまで来て欲しい」

「ずいぶん急ですね」

「だから、申しわけないと言っている。私の理事官室で待っている」

「用件は何ですのや」

およその察しはついたが、あえて尋ねてみた。

「来たらわかる。今すぐだ」

百々はそう念を押して、電話を切った。

「お出かけですか？」

由紀は雑巾を持った手を止めたままだ。

「府警本部から呼び出しだ」

「じゃあ、庶務係の誰かに車を出すように伝えます」

「いいよ。自転車で充分や。せやせや、よかったら、これを食べておいてんか」

古今堂は、新大阪駅で買ったタコ焼きを由紀に渡した。父親に出すタイミングを逸した。母親は生け花の会に出かけていて不在だったし、弟は大学院の自主ゼミに行っていた。

「うわー、ええんですか。大好物ですぅ。共食いだって、みんなに言われますけど」

由紀は丸い顔を、さらに真ん丸にして喜んだ。

背広に着替えたあと、自転車のキーを持って一階に降りたところで、「おはようございます」と背中から女性に声をかけられた。

京阪神新聞の記者・花井《はない》るり子《こ》だった。二十四歳の美貌の女性で、既婚者ということだがサツ回りを嫌がらず、仕事熱心だ。

「署長さんに会いに来たんですけど、お出かけですか？」

「ええ」

「きのう、なんばでお買い物をしていたら、信号待ちのタクシーに乗っている署長さんをお見かけしました。日曜日に制服姿だなんて、いったいどこに行かれたんですか？」

「そうでしたか。見られてましたか」

「お仕事だったんでしょうが、お一人でしたね」

「いや、まあ」

古今堂は、るり子の観察力の良さに感心しながら、「すんません。急いでますんで」と自転車置き場へと早足で向かった。


「古今堂君は、中央警察署の中では最高位にいる。しかし、大阪府警の一員だ。そして、警察庁に採用された国家公務員でもある」

百々は、能面を連想させる白いのっぺらぼうな顔をしている。表情を変えることなく、唇だけが動く。「日本の警察組織を守るという重大な職責が、われわれ警察キャリアにある。自明のこととして君は理解していると思うが、どうなんだ？」

「公務員としての自覚はあるつもりです」

毎月もらっている給料は、税金から出ている。自分の雇い主は、国民だ。百々は、雇い主は国家だと言いたそうだ。だが、国家の主権者は国民ではないのか。

「用件はわかっているな」

「いいえ」

察しはついていても、聞いておきたい。百々が彼一人の判断で、呼び出しをしたとは思えない。どこからどういうふうに百々に伝わり、誰が百々に指示を出しているのか。

「大阪城の外堀に浮いていた水死体を、署の全員が自殺と考えたのに、古今堂君は保留にしたそうじゃないか」

全員ではない。谷は古今堂よりも疑っている。だが、百々にとっての署の全員というのは、管理職である課長以上の全員ということかもしれない。

「慎重に判断したほうがいい、と考えたまでです」

「明白なものを、あえて先に延ばす必要はない」

「明白と言えるほど材料は揃っていない、と思っています」

「どうしてだ？　他殺だと考える根拠をここで言いたまえ」

「他殺だと判断したわけではありません。ただ、自殺と断定するには充分ではないと考えました。まず一点目として、遺書がありません。二点目として、堀に飛び込むところを見た目撃者も出ていません。三点目として、泳ぎは得意ではないにしろまったくダメではなかったということでした。そういう人間が、水の流れのない堀に飛び込むという方法を採るでしょうか。防衛本能から石垣に泳ぎ着いたら、自殺は頓挫《とんざ》します。川や海のほうが確実です。大川は船渡御でしたが、大阪なら他に川はたくさんあります」

生垣を壊したときに受けるはずの服の破損がなかったことも、自殺否定方向の根拠だが、あえて言わなかった。

「強い思い切りのないとっさの自殺だったのではないか」

「思い切らなくては、生垣を突っ切って柵の上からダイブするということはできないと思います」

「古今堂君は、理屈だけは一人前だな」

百々はあきれたように言った。しかし表情は変わらない。

「圧力があったのですか？　公安委員さんから」

「誤解のないように言っておこう。圧力などない。ただし、要請はあった——自殺か他殺か、早くはっきりさせて欲しい。もし他殺なら、すぐに捜査本部を立ち上げて一刻も早い犯人検挙に結びつけてほしい。初動捜査が遅れれば、それだけ未解決事件になる確率は高くなると。公安委員さんらしい冷静な要請だ。たとえ公安委員でない一般市民でも、当然の思いではないかね」

「それは同感です」

「いつまで保留にするつもりかね。ナスノ興産は、社葬を今週の土曜日に執り行なうそうだ。日曜が友引ということで、土曜になったそうだ。それを区切りに、会社としての新体制をスタートするということだ」

「頭には入れておきます」

「古今堂君。わかっていると思うが、自他殺の判断は、所轄署の専権事項ではない。所轄署のほうで判断できないなら、府警本部のほうでやる。それだけのことだ」

「府警本部のほうの見解は、自他殺どちらなのですか？」

「府警本部は所轄署にとって上級庁だ。上級庁が下級庁の見解を質《ただ》すことはあっても、逆はない」

百々は抑揚のない口調で言ったあと、「きょうの用件はこれだけだ」と付け加えた。

5

「すまんな。わざわざ来てもろて」

古今堂は、太子橋信八に頭を下げた。

「かまへんで。わても航平には地蔵盆の落語を頼んでるんやよって、お互い様や。あ、前も言うたように、地蔵盆のほうは忙しいんやったらキャンセルしてもさしつかえないさかいな」

「いや、それまでにはケリをつけたいと思うてるんや」

百々に言われなくても、いつまでも保留にできないことはわかっている。

府警本部を出たあと、古今堂は署に戻る前に自転車をすぐ目と鼻の先の大阪城公園に向けた。

玉造口に架かる橋梁の生垣の壊れは、まだ未補修だった。

古今堂は、生垣を見つめながら、破れた自分のチノパンとポロシャツを思い出していた。どちらも、普通の生地でできていた。溺死した那須野仲彦が着ていたものもそうだった。しかし、服の中にはもっと丈夫な生地でできているものもあるだろう。それなら、あの生垣を壊しても破れないかもしれない。そう思ったとき、信八のことを思い出した。

大阪に赴任した古今堂は、その二日目に守口市にある信八の工場を訪ねた。彼の父の代は電機メーカーの下請け町工場だったが、今は焼肉店などが使う鉄板の洗浄工場になっていた。水と油にまみれて働く信八は、分厚くて丈夫そうな作業服を着ていた。どういう生地なのかと携帯電話で尋ねた古今堂に、「きょうはヒマやから、実物を見せたってもええよ」と言ってくれた。古今堂は無理を頼むついでに、玉造口まで来てもらった。

「ごっつそうな生地やな」

鮮魚店の主人がよく着用している防水加工の前垂れを、ペンキ職人が着るサロペットにしたような外観だ。

「鉄板の角をぶつけてもそう簡単にいたまへん特注品や。厚手のナイロンオックスという生地やそうや」

「他にも丈夫な服て、あるんやろな？」

「テント生地や帆布を使うたもんとか、トラック用の幌と同じ素材のもんとか、いろいろあるそうや。トビ職さんの作業着や登山服の中には、ほんま頑丈にでけてるもんがあるで」

「すまんけど、ちょっと着させてもらえへんか」

「ここでか？」

夏にしては涼しい日であったので、ジョギングする人や散策者がときおり通りかかる。

人が途切れるのを待って、古今堂は信八の服で生垣に向かって走り込んだ。突っ切ることはしなかったが、容易に生垣は壊れていき、服の生地は無傷だった。

「協力してもろておおきに。なんぞ奢らしてんか」

「せやな」

信八は鼻の頭の汗を拭った。「昼飯には早いさかい、レーコーをよばれるワ」

レーコーという呼びかたも懐かしい。冷《れい》つまり冷たいコーヒーでレーコーというわけだが、これも関東では絶対と言ってもいいほど通用しない。古今堂の子供時代は、大阪のおっちゃんたちは頻繁に使っていた。

「京橋に珈琲道《こーひーどう》という通好みのコーヒー専門店があるんや」

「ほな、そこへ行こ」

信八も、バイクを大阪城公園南側の駐車場に停めているということなので、そこまで歩くことにした。

「航平よ。またクイズを一ついこか。ＪＲ大阪環状線って、ほぼ全線が高架なんやけど、ほんの一部だけ、高架やのうて地上を走っているとこがあるんや。どこやと思う？」

「わからんな。全部高架やと思てたな。けど、信八がこの場所で問題を出すということは、大阪城の近くやな」

「まあ、正解にしとこか。大阪城の東側——つまり、大阪城公園駅の前後は地上を走るんや。その理由はわかるか？」

「うーん」

大阪城の天守閣を見えやすくするためなら、高架にしたほうがいいはずだ。

「答えは、軍事上の理由や。環状線の東側は、城東線という名で戦前から市民の足やったんやけど、大阪砲兵工廠のすぐそばを通る。軍事機密ということで、大阪砲兵工廠には長い塀が設けられ、その塀のある部分については高架にはされなんだのや。大阪環状線はその歴史を今も受け継いで、走っているわけや。大阪環状線の駅は十九駅あるけど、高架駅でないのは大阪城公園駅と天王寺駅だけや。天王寺駅は乗り換えの線が多いさかいに高架になってへんそうや」

「そうなんか」

「お上の意向というのは強いんや。戦前は有無を言わさんかったし、今でも国が決めたことは強い。航平は国の役人の一員やから、かえってその強さに気づかへんかもしれんけどな」

信八は指を一本立てた。「もう一つクイズをいこ。天王寺駅で思い出したんやけど、それに関連してカルトっぽいクイズやで。天王寺駅のステーションプラザに、サンマルクカフェ南海天王寺店というベーカリーカフェがあるんやけど、なんで南海という名称がついているんか、わかるか?」

「えらいむつかしいな」

「天王寺駅の一階コンコースには、南海そばという立ち食い店もでけてる。南海て言うたら、何を連想する?」

「南海電鉄やな」

中央署の管内の最南端に位置する南海なんば駅は、大阪屈指のターミナルだ。

「その南海電鉄が関係あるんや。かつて天王寺駅には、南海電鉄が乗り入れていた。以前は天下《てんが》茶屋《ちゃや》駅から天王寺駅を結んでいたんや。サンマルクカフェ南海天王寺店は、南海電鉄系列の南海商事がフランチャイジーになってるんで、その名残りということや」

天下茶屋というのは個性的な地名だが、豊臣秀吉が関わる。住吉大社に参拝したあと、天下人の秀吉がここにあった茶屋に立ち寄って千利休に茶を点《た》てさせたという逸話が由来になっている。

「南海電鉄の乗り入れが廃止になったのはいつごろなんや」

「天下茶屋から途中の今池町までが昭和五十九年、今池町から天王寺までが平成五年や。ちなみに、南海電鉄の旧天王寺駅舎跡地には、現在では天王寺ミオという商業ビルが建っとる」

平成五年なら古今堂は、守口市に住んでいた。ただ小学生にとって、大阪南部のことはかなり遠い存在で、記憶にない。

「わての高校時代の同級生が南海電鉄で働いているんやが、彼に言わせたら南海電鉄はずっと大阪市に泣かされてきた。今池町・天王寺間の廃線も、地下鉄堺筋線の延伸で路線がほとんど重なったことが原因や。大阪市は、その露払《つゆはら》いとして南海の天王寺線が国道と交差していることを理由に高架化を求めてきたそうや。高架にしたら採算なんか取れる路線やないんや。南海電鉄は、地下鉄の谷町線の延伸で平野線も廃線してる。それでいて、堺筋線ができるずっと以前に、なんばから地下で梅田に乗り入れる申請をして大阪市に蹴られているそうなんや。私鉄が許認可権を持つ市に太刀打ちでけるわけがあらへん、とその同級生はなげいとった。国ほどやないかもしれんけど、市や府といった自治体も権力があるよってな」

府警も、府の一翼だ。その判断は、公的な判断ということになる。

6

署に戻った古今堂は、由紀に声をかけた。

「中央署で字のうまい人間は誰やろ?」

「毛筆ですか」

「いや、看板を立てたいんや」

玉造口の生垣の壊れたところに、〈七月二十五日夜に外堀に人が飛び込んだところを目撃されたかたは通報してください〉という立て看板を設けたい。交通事故現場では、こういった立て看板がよく使われている。

「それやったら、会計課の丸本《まるもと》さんがええんとちゃいますか。実家の弁当屋さんで、特売セールの手書き看板をうまいこと書いてはったことがあります」

さっそく、丸本良男《よしお》に書いてもらうことにした。看板は交通課にあった古いものを利用して上から模造紙を貼った。

情報提供を求めている呼びかけ者は、〝中央署〟ではなく、〝中央署署長〟と書くことにした。立て看板は、同じものを二枚作った。

由紀に手伝ってもらって、まず一枚目を生垣が壊れた現場に設置する。生垣の補修の邪魔にならない位置を選んだ。

「これで、目撃者が出てくれたらええんですけどね」

「実は、あまり期待していないんや」

船渡御という大阪の夏を飾る一大イベントのあった夜である。通行者がいた確率は低い。

「ほなら、なんで立てるんですか？」

一つは府警本部に対するアピールだ。中央署の署長は、たとえ圧力を受けてもまだ自殺とは断定していないという意思表示だ。だが、それは副次的な目的だ。主目的は、他殺事件だとしたらどこかにいる犯人に対する〝まだ捜査を続けているぞ〟というメッセージだ。犯人は現場に戻るという習性があるから、立て看板を目にすることもあるだろう。これでは安心できないとボロを出して墓穴を掘ってくれたら、もっけの幸いだ。

「柔道二段の塚畑巡査に訊きたいんやけど、軽量の僕を投げ飛ばして、この生垣を越して、外堀に放り込むことはでけるか？」

「えーっ、どうでしょう。巴投《ともえな》げやったらでけるかもしれません」

自分の体を真後ろに倒して、相手を押し上げるようにして頭越しに投げる技が、巴投げだ。

「投げの起点は、あの車道や」

「それは無理です。外堀まで距離がありすぎます。男子の重量級でよほど怪力の選手なら可能かもしれませんけど……投げる対象が、署長さんみたいなおチビやなかったらそれでも無理やと思います」

那須野仲彦は、痩せてはいたが長身だった。巴投げをかけて一発で、というのはむつかしそうだ。

「ほなら、場所を変えてここならどうや？」

古今堂は、高校生カップルが仲彦の水死体を見つけた南外堀の側に移動した。外堀を挟んだ北の場所に、豊臣秀吉を祀る豊国神社がある。水死体は、ここから見て右手奥になる玉造口の橋梁のほぼ下に浮かんでいたという。

「そうですね。可能かもしれません」

由紀は地面に視線を落とした。「靴跡はなかったんですか？　せやから、大きく投げ飛ばしたということを想定してはるんですか」

「靴跡はあったんや。せやけど」

古今堂は、信八の協力を得て、一つの仮説を得ていた。

生垣に突っ込んで壊したのは、仲彦ではない――丈夫な生地の服を着た犯人だ。そう考えれば、仲彦のチノパンやポロシャツがいたんでいなかった理由は説明がつく。南外堀から仲彦を投げ飛ばすように堀に落としたあと、犯人はあえて生垣に突っ込んだのではないか。それで、犯行現場がごまかせる。

「犯人は、那須野仲彦の革靴を履いて生垣に突進して、柵の上から堀にダイブしたと思うんや」

採取されたのは靴跡だ。だれが履いていたかまでは特定できない。だが、壊れた生垣周辺や柵の上に鮮明な靴跡があったために、そこが仲彦が飛び込んだ地点であると引きずられてしまった。

「そしたら、水死体は靴を履いていなかったんですか」

「いや、那須野仲彦は靴を履いていた。飛び込んだ犯人は、先に外堀に投げ入れた仲彦を押さえつけて溺死させて、ぐったりしたあと自分が履いていた靴を水死体に履かせればいい。流れのない堀の中なら困難な作業やない」

「ということは、投げ入れる前には仲彦の靴を脱がせていたんですか？」

「そうなる。犯人が一時的に仲彦の革靴を履いていたというのがトリックやった」

由紀は、外堀に近づいて淀んだ水面を覗き込んだ。

「水死体は引っ張って動かすことができますから、浮いていたとこが那須野仲彦の入水した地点だとは限らへんですね。けど、南外堀って横にめっちゃ長いですから、投げ込んだ場所なんてどこやわからへんですね」

南外堀に沿って柵は造られているがそんなに高くはない。柵の手前は土になってい て、樹木もところどころ生えている。

「だけど、水死体の浮いていたところからそう遠くない地点に投げ込んだと思うんや。那須野仲彦を溺死させたあと、犯人は石垣を登る必要がある。仲彦の靴を履いたということは、自分の靴を脱いでいる。仲彦のバッグと携帯電話も揃えなあかん」

「事件当夜は、南外堀のほうも鑑識されてたんですか」

「いや、現場は玉造口の橋梁と考えられたから」

「あれから丸一週間が経ってますから、いろんな人がここを通ってしもてますね」

「そうなんや。せやけど、もう一度生垣の壊れたところを含めて鑑識をしてもらおうか、と思うている」

谷は、鑑識課に知り合いがいると言っていた。「それから、もう一つの立て看板はここに置きたい」

古今堂と由紀は、立て看板を高校生カップルが見つけた付近に設置した。

由紀は、その作業を終えたあと、考え込んだ。

「仲彦さんの体重はどのくらいやったんですか」

「確か、五十八キロやった」

遺体解剖書にはそう書かれていたと思う。

「うちは、靴を履き替えたという署長さんのアイデアをなるほどと思うんですけど、もしそうやとしたら犯人像は、ものすごい怪力の持ち主になりますね。ウエイトリフティングの最重量級の選手や巨漢レスラーなみの体格やないと、でけへんと思います。たとえ、南外堀からでも、大人の長身の男を投げ込むのは大変です。そして、その前に靴を脱がす必要があります。溺死させたあとは、石垣を登らんとあきません。それも、目撃者が出ないうちに短時間に」

「せやな」

確かに、超人的な体力がいる。少しジムで鍛えているといった程度では無理だろう。

7

「署長、尾行してた男をとっつかまえました」

谷の興奮気味の声が受話器に響いたのは、火曜日の正午前だった。

「今、どこですか」

署長室で、古今堂はなるべく平静に答える。

「谷町六丁目だす。息子を暴力団から抜けさせたいという親の要望が先週あったんで、いろいろ骨を折ってたんですけど、ようやく組のほうが了解しよりました。そいで、若者を組事務所から引き取って、親のところに届けましたんや。四係長も一緒やったんですが、けったいなやつが後ろにくっついていたんで、撒いたうえで後ろに回って確保しました。泥棒を捕まえてみたら我が子なり、というやつでんな」

谷の声は、まだ上擦っている。

「どういう意味ですか？」

「てっきり、興信所の連中やと思うていたら、四係長が知ってる男だした。北淀川署の防犯係におった元刑事ですワ」

「なんで元刑事が？」

「口を割りよりません。ただ、四係長の話によると、北淀川署時代に逮捕行為の行き過ぎを問題にされて停職処分を受けて、結局依願退職したそうです。大麻を所持しとったバーテンを捕まえる際に、タックルをかけたところガードレールの支柱に頭をぶつけて、バーテンが死んでしもうたそうです。退職後は、ナスノ興産に拾うてもろたそうです」

「…………」

谷の話を聞きながら、古今堂は自分の迂闊《うかつ》さに気づいた。

堀之内から、警察ＯＢがかなり雇われていることを知らされていたのにもかかわらず、その警察ＯＢから那須野大蔵に関する情報を得てくれるように頼んでしまっていた。古今堂が那須野大蔵をマークしていることは、大蔵に筒抜けだったわけである。

「この男は『ただ、歩いていただけだ』と尾行を認めよりません。もちろん、誰に頼まれたといったことも、しゃべらんのです。署までしょっぴいてやりたいのですけど、四係長は『後ろに付いていたというだけでは、犯罪にならん』と言いますんや。連行したら、あきませんやろか」

そのとき、署長室の扉が開いて、由紀が上気した顔を覗かせた。

「署長さん。ビンゴです。天満橋のイタリアンレストランに、ナスノ興産のおしゃべりそうな女子社員がランチに来たそうです。たった今です」

由紀は、携帯電話のメール画面を振ってみせる。

情報が重なるときは、重なるものだ。

古今堂は、由紀に手のひらを向けて、待ってほしい旨を伝える。

「谷さん、公務執行妨害が成立しない限り、僕も連行は無理だと思います。相手が黙秘している以上は、どうしようもあらへんです」

「せやけど」

「尾行者の所属組織がわかっただけでも、収穫です。こちらも動きがあります。またあとで話をしましょう。尾行者は解放してください」

谷にそう伝えると、古今堂は由紀とともに署長室を出た。


堀之内が車で来ているということなので、天満橋まで往きだけ送ってもらうことにした。

「そのウェイトレスさんは、君が女性警察官だと知っているんやね」

「ええ」

「じゃあ、女性社員には、警察の人が話を訊きたいと伝わっているやろね」

「警察やってこと、伏せといたほうがよかったですか」

「いや、その必要はない。もう向こうはこっちが動いていることを把握しているんやから」

「署長はん」

ハンドルを握りながら堀之内が言った。「老婆心ながら申し上げますねけど、ナスノ興産の社長は公安委員会のメンバーだす。気ぃつけてやっとくれやす」

「あの……公安委員会って、警察学校でも習ったんやけどようわからへんのです。警察の中立性を保つために市民の代表が民主的管理をする委員会、っていうふうにテキストには出てました。丸憶えしましたけど、意味はわかってません」

「確かにわかりにくい存在やな。警察が暴走することがないように、チェックをするということになってるけど、現実は週に一回集まって、警察からの定例報告を聞いて、了承する形式的な会合に終わっている。公安委員会が、何か警察の行動を具体的に差し止めたことなんて一度もないはずや。そういうクレームを言わない委員を選んでるさかいな」

「選ぶのは誰なんですか？」

「国家公安委員会なら国会、大阪府公安委員会やったら府議会の承認がいるけど、その原案を作るのは、それぞれ警察庁と大阪府警や。お手盛り同然ということちゃ」

「市民の代表っていうけど、選挙があるわけやないんですね」

「代表というのも、あらかじめ決まった業界からの代表や。五人の公安委員がいる場合やったら、法曹界、マスコミ界、学界、企業経営者、労働組合出身者の五つから各一名というパターンが多い。府県によっては法曹界や会社経営者が二名という場合もある」

こういう選びかたに対しての問題点は指摘され続けているが、改まる気配はない。法曹界、マスコミ界、学界といった警察を批判する天敵になりかねないところから委員を選んでおけば、公安委員会がクッションになってくれて批判を受けにくい効能があると言われている。つまりは、公安委員会が御用委員会のようになってしまって、警察とのもたれ合いになってしまっている、ということである。

ただ、このことは公安委員会だけの特性ではない。各省庁や自治体が置くさまざまな委員会や審議会が形骸化してしまっていることは否定しがたい。

「公安委員さんの月給ってどれくらいなんですか？」

「大阪府は、委員長が約三十万円で、委員が約二十五万円やったと記憶している。国家公安委員会に比べたら低いで」

「けど、うちの月給より全然多いですよ。週一回の会議だけなんでしょ。危険もあらへんし」

由紀は丸い頰を膨らませる。「あ、あそこのお店です」

トウキチビルのすぐ南に、イタリアンレストランはあった。

堀之内に降ろしてもらって急ぎ足で店内に入る。昼休みの時間は限られている。


「追加注文しても、奢ってもらえるんですか」

いかにも〝お局様《つぼねさま》〟という雰囲気の女性だった。三十五、六歳くらいだろうか。太めの体型で、化粧はかなり濃い。青色のアイシャドーは、茶色のボブカットに似合っていない。同じ制服を着ていても、トウキチビルの応接室でアイスコーヒーを運んできた若い女性とは着こなしが違う。

彼女はミートソースパスタとポテトのチーズ焼きを食べていたが、ミルフィーユとアランチャータをオーダーした。古今堂と由紀もベーコンカルボナーラを頼んだ。

「会社での所属はどこですか？」

「経理部です。でも、警察のかたが何の用なんですか？」

「那須野仲彦専務が亡くなった事案について調べています。会社では、自殺なのか他殺なのかといった話は出ていますか？」

「自殺なんでしょ。不動産投資で大きな損失を出してしまったことは、経理部だけではなく、全社的に有名です」

「次期社長候補という線は、それで消えたんでしょうか？」

「社長の信頼をなくしましたからね」

「仲彦専務に代わる次期社長候補の本命は、誰ですか？」

「巻という部長が有力じゃないかという社内の下馬評です」

ミルフィーユが届いたことで、彼女は食べるスピードをアップさせた。

「他にライバルはいないんですか？」

「そりゃ、うちの経理部長を筆頭に何人もいるけど」

「巻部長は、若すぎませんか？　四十そこそこでしょう」

「ちょうど四十歳だったと思います。でも、那須野仲彦専務だって巻部長より五歳ほど上というだけで、あまり変わりませんでしたよ」

「そうですね」

「巻部長をまずは副社長にして、社長が鍛えていくんじゃないかって噂です」

「経理部長さんは、巻部長より年上なんでしょ？」

「もちろんです」

「おもしろくないでしょうね」

「でも、那須野社長の意向は絶対です。ワンマン会社ですから」

「仲彦専務の場合は、娘婿というつながりが社長との間にあったわけですが」

「これはごく一部の噂だけど、社葬が終わって一段落したら巻部長と社長のお嬢さんが婚約するんじゃないかって」

「巻部長は独身ですか」

「ええ」

彼女はミルフィーユも平らげた。

「かなりのイケメンですが、仕事もできるし、ようモテるでしょうね」

「狙っていた女は多かったかもしれないわね。婚約の噂が本当ならいい気味だけど」

〝お局様〟は初めて笑顔を見せた。そして唇にクリームを付けたまま「ごちそうさま」と立ち上がった。

8

「急いで駆けつけたわりには、あまり成果はあらへんかったですね」

由紀は、がっかりした様子でイタリアンレストランを出た。それでも、連絡してくれたギャルみこし仲間のウェイトレスにお礼を言うことは忘れなかった。

「いや、そうでもないで。那須野仲彦が社長の信頼をなくしていたことは、社内でもみんな知っていたことがわかった」

古今堂はタクシー乗り場に向かった。「もしも那須野仲彦が殺されたとして、その殺人の動機のある人間は誰やろか？」

「さっき話に出ていた巻という部長さんやないのですか。次期社長がいなくなって、本命になったわけですから」

「けど、那須野仲彦は会社に大損失を与えて、社長の信頼をすっかりなくしたんや。あえて殺さんでも、すでに仲彦は落伍《らくご》しとったんや」

「そやけど、また復活するって可能性があったんやないですか。殺したなら、もうその可能性はなくなります」

「そこまでやるやろか。もしせやったら、那須野仲彦の実力をほんまに恐れていたことになるな」

「新たな娘婿になるということも、亡くならないと実現せえへんでしょうし」

「その噂の真偽を確かめてみたいな」

古今堂は、仲彦の遺体確認を智恵子に求めて、彼女の運転するレクサスに乗った。そのとき、智恵子は父がセッティングした政略結婚を悔いていた。彼女は再びその轍《てつ》を踏むだろうか。

「どないして確かめるんですか」

「会って話を聞くんや。これから寄ってみる」

智恵子の住所は、遺体確認をしてもらったときに聞いてある。古今堂は手帳に写し取っていた。


大阪城を挟んで、トウキチビルとほぼ対角線の位置にあるマンションだった。ここからなら、玉造口の橋梁までは徒歩で五分ほどだ。

「豪華なマンションですね」

由紀は溜息まじりに見上げる。十階建ての白亜のマンションだ。建物自体の敷地はそんなに広くはないが、周囲に緑の空間がぜいたくに設けられていて、駐車場も自走式だ。エントランスは二重扉になっていて、セキュリティもしっかりしている。

古今堂は集合インターホンを押した。部屋の号数からすると、最上階の十階だ。

一度押したがすぐには反応がなく、もう一度押そうとしたら「どなた？」と声が返ってきた。

「中央警察署の古今堂です。突然に申しわけないですが、少しお話をさせてもらえませんか？」

「少し待っていただけますか」

「ええ、もちろん」

智恵子が小さい声で何かを言うのが聞こえた。古今堂に対して言ったのではないようだ。

古今堂と由紀はエントランスの二重扉が開くのを待った。

「塚畑巡査は、お父さんに指示された相手と結婚できますか？」

「え、どうしてそんなことを訊くんですか？」

由紀は丸い頬を赤らめた。

「家のため、親のためだ、って説得されたら」

「やぁー、どうでしょう。たぶん、いやきっと、無理です」

「見返りにこういう豪華なマンションに住めるリッチな生活が与えられても？」

「見返りを言われたなら、もっと嫌です。たいして稼げへんですけど、うちは自分の力で生活したいです。定年まで働ける仕事やと思うて警察官になったんですから」

二重扉の向こうから、古今堂と同じくらいの年齢の男が出てきた。しかし、背の高さがまるで違う。肩までかかる髪もよく手入れされている。古今堂のざんばら髪とは対照的だ。

男は車のキーを持ちながら、駐車場のほうに向かった。

集合インターホンから「署長さん、お待たせしました」という智恵子の声が聞こえた。

「あの男をそっと追いかけて、車のナンバーを控えておいてくれへんか。僕は先に部屋に行っているさかい」

「わかりました」

9

「ここからは大阪城が見えへんのですね」

リビングに通されたが、広い窓は森ノ宮駅のほうを向いている。

「うちの家からは見えません。でも、こちらのほうが東向きで日当たりはいいんです。西向きなのに大阪城が見えるほうが不動産価格が高いなんて、納得できません」

きょうの智恵子は、夏らしい水玉模様のワンピース姿だ。この前の和服とは、かなり印象が違う。グラスに入ったアイスティーを出してくれた。

「仲彦さんにお供《そな》えしたいのですが」

ここに来る途中で買った菊の花を差し出す。リビングには、遺影も位牌も見当たらない。壁に一枚、全紙サイズの写真が飾られている。鮮やかな紫色のラベンダーの花畑が、抜けるような青空のもとに広がっている。人物は映っていない。

「あの写真はどこの風景ですか?」

「北海道の富良野です。新婚旅行で、あたしが撮った自慢の一枚です」

「新婚旅行は海外やなかったんですか」

ハワイあたりで挙式してアメリカ西海岸に渡るというのが、智恵子のイメージだが。

「あたしは飛行機が嫌いなんです。トワイライトエクスプレスで行きました」

大阪駅発札幌駅行きの豪華寝台列車だ。

写真は他にはない。仲彦とのツーショットも新婚旅行なら何枚も撮っているだろうが。

「花をお預かりしておきます」

智恵子はそう言って受け取る。

「あれから現場には行かれましたか？」

「いえ」

「目撃した人の情報提供を求める立て看板を出しました。まだ他殺の可能性があると思っていますので」

「そうですか」

智恵子はあまり関心なさそうに答える。

インターホンが鳴る。

「たぶん、部下の女性です。入れてやってください」

インターホンの画面いっぱいに由紀が映る。信八の言うように、ひこにゃんに似ている。

智恵子は画面の下のボタンを操作した。

「土曜日に社葬があるそうですね」

「ええ」

「それを区切りに、会社としての新体制をスタートすることになるのですね」

百々から聞いた話だった。

「父は、そう考えているようです」

「社内では、あなたと巻部長に関しての噂があるようですが」

「何の噂ですか？」

「あなたと巻部長の婚約です」

「あはは」

智恵子は声を上げて笑った。「誰がそんな悪い冗談を言っているのですか」

「根も葉もない噂ですか？」

「ありえませんわ」

玄関でチャイムが鳴った。由紀が大きい体を恐縮させながら「失礼します」と入ってきた。

「うちの庶務係にいる塚畑由紀巡査です」

「お若いわね。おいくつ？」

「十九歳です」

「うらやましいわ」

智恵子はキッチンに立ち、「婦警さんは、香水がお好きなんですか？」と訊いてきた。

「好きなわけやないんですけど、夏場はしかたなく使っています」

由紀は腕を鼻に近づけて、そんなに強く匂っているのかな、という顔をした。

「どうして夏場はしかたないんですか？」

「こうしてチョッキを着ていると、どうしても汗が出ますので」

「そんなに薄いのに、防弾チョッキですの？」

「防弾やないです。うちは内勤ですから。けど、外に出るときは、制服支給のチョッキを着ます。下着の線が出ると、女性警察官のくせに刺激的な服を着ているって市民から苦情が来たりしますから」

「そのための香水ですか。婦警さんもいろいろ御苦労があるんですね」

智恵子はアイスティーを差し出す。

話がそれそうなので、古今堂は戻すことにした。

「巻部長との婚約の噂を確かめたけど、あっさり否定されたよ」

古今堂は由紀に伝える。

「そうなんですか。うちはてっきりホンマやと思いました」

「警察って、そんなガセネタを簡単に信じるんですか」

智恵子は不満そうに言った。

「そういうわけやないですが」

「巻部長には、れっきとしたフィアンセがいますよ」

「えっ、本当ですか」

「巻部長は、まだオープンにしていないかもしれませんね。これは、ここだけの話にしておいてください」

再びインターホンが鳴った。

「あら、植嶋さんだわ」

船渡御の夜にリムジンで送迎してくれた植嶋の顔が画面に映った。智恵子は立ち上がってインターホンの受話器を取る。「今からですか？　でもお客さんが……中央署の署長さんと婦警さんが……わかりました。では、連絡してください」

智恵子は立ったまま、古今堂たちのほうを振り返った。

「父が、今から社葬の打ち合わせに来てほしいと植嶋さんを寄越してきました。署長さんが来ておられると答えたら、植嶋さんはちょうどいいタイミングだから父に連絡してみると言っています。父が、署長さんと会いたがっているそうです」

「僕に、ナスノ興産のほうに来てほしいということですか」

「ええ」

タイミングがよすぎるのではないか。

（おそらく尾行やな）

古今堂が智恵子のところを訪ねたことを、那須野大蔵は把握した。それで急いで植嶋を遣って、智恵子を迎えに行かせることにした。古今堂と智恵子を長時間接触させないようにとの配慮からだろう。そもそも、古今堂が最初に尾行を感じたのは新大阪駅だった。その前々日には、ナスノ興産を訪れていた。

玄関でチャイムが鳴る。植嶋が白髪頭を下げて入ってきた。

「署長さん。せっかくおいでいただいているところを、どうも申しわけありませんな」

植嶋は大きな体を折り曲げるようにして謝った。少しあざとさを感じる。「うちの社長も忙しいもので、社葬の打ち合わせの時間はきょう以外には取れないんですよ。智恵子さん、身支度のほうはしなくてもいいんですか？」

「いえ、着替えます」

智恵子は別の部屋に姿を消す。父の意向とあらば逆らわないという従順さを、彼女は今も持っているということだろうか。

「かんにんです。うち、ちょっとお手洗いを借ります」

由紀は腰を浮かした。

「社長さんが、僕と会いたいと？」

「そうです。社長は、きょうは多忙さの谷間みたいな日で、署長さんがおられるのなら、ぜひお会いしておきたいと」

「今からですね」

「ええ、よろしければ、私が本社までお連れします」

「社葬の日は、土曜日に本決まりになったのですか？」

「はい、そうです」

「会場はどこになったのですか？」

「本社の最上階です」

「社葬のあとで、会社の新体制も発表しはるそうですね」

「いや、そういう経営的なことは、私は存じ上げません。会社にとって大事なお客様を送り迎えする――それだけが、私の仕事ですから」

「植嶋さんは、忠臣ですね」

「いや、忠臣と言えるほどのポストにはおりません。長い間、社長にお仕えしてきて、よその会社ならとっくに定年になってる年齢なのに、運転手兼秘書代理という肩書きまでもらっている老いぼれです。秘書代理の仕事なんて、何もありません。私はただのドライバーです」

「いつごろからナスノ興産で働いてはるのですか」

「社長が創業した昭和四十五年からですが、それ以前にも使い走りのようなことはときどきしていました」

「創業当初から、あんな立派な車を使っていたのですか」

「いえ、そうではありません。ナスノ興産はもともとは株取引を主たる業務としていたのですが、しばらくして不動産業に転じて、お客様の物件案件のために高級車を使うようになったのです。社長は物件を案内したあと、お客様といっしょに飲食して歓談なさって懇意になるというやりかたでして、飲酒運転はできないから私が運転手役となったのです。会社の規模が大きくなってからは、社長専用運転手となりました。長い間勤めさせてもらっていて、何の不満も不足もありません。せいぜい、車内禁煙なのでタバコが吸えないことぐらいです」

「社長とは、どこで知り合わはったのですか」

「定時制高校の同級生なんですよ。あのころの定時制は、生徒の年齢はバラバラでして、私は中学を卒業してすぐに入学しましたが、社長は同学年でありながら私より二つ年上でした。私の親はともに横浜生まれですが、戦後の混乱期になかなか仕事が見つからず、母の妹が嫁いでいる大阪にやってきたのです。私には友だちがほとんどいなかっただけに、クラスの仲間は貴重でした。定時制高校は四年制だったんですが、私は無能なもんで六年も通って結局は中退しました。社長のほうは多忙のため欠席が多くてやはり六年かかったのですが、成績は優秀できちんと卒業なさいました」

植嶋はなつかしそうに目をしばたたかせた。「私は中退したこともあって、就職がうまくできず、今で言うところのフリーター生活を送っていました。そんな不安定な身分だったので、正社員として就職できたことは本当に感謝しています。在学中の私は、授業のノートを欠席した社長に貸したことが数回あったのですが、『そのときの恩をずっと忘れていないぞ』と今でもおっしゃることがあります。とても義理堅い立派なおかたです」

「那須野社長は、秀吉を尊敬してはるんですね」

「ええ、それはもう高校時代からでした。吉川英治の『新書太閤記』を、社長から借りて読みましたよ。大作なので、途中でやめてしまいましたが」

植嶋は苦笑した。

「おまたせしました」

智恵子がフォーマルなカットソーとタイトスカートに着替えてリビングに姿を見せた。由紀もほぼ同時に戻ってきた。


古今堂は、再びリムジンに乗ることになった。初めての由紀は、首をキョロキョロさせて広くて豪華な車内を見回している。

智恵子は、彼女のレクサスを運転していくことになった。植嶋が「香港からのお客様が来社しておられているので、帰りはお送りできないかもしれません」と断りを入れたからだった。古今堂たちと智恵子を引き離そうとする口実かもしれなかった。

「香港からのお客さんは、よう来はるのですか？」

古今堂は植嶋に話しかけた。

「ええ、二十年来のつきあいですからね」

「香港との関わりはどうやってでけたんですか？」

「イギリスから中国に返還される香港はビジネスチャンスになるという社長の慧眼《けいがん》のもとに、その数年ほど前から投資をしたのです」

「不動産の投資ですか」

「はい。あのころはまだ警備業は始めたばかりでした」

「社長さんは、業態の切り替えが早いようですね」

「機を見るのに長《た》けているのだと思います。私は社長のそういうところを尊敬しています。それと、少しずつでもステータスを上げたいという前向きの姿勢も」

公安委員というのも、そのステータスということなのだろうか。「私がお仕えし始めたころ、『株の商売は、株屋と呼ばれて、なかなか尊敬されない』と社長はよく言っていました」

「そうなんですかね」

「これは社長からの受け売りですけど、中之島公園にある中央公会堂は、株式仲買人である岩本栄之助という男が巨額の私財を市に寄付したことで、建てられたそうです。だけど、彼は世間からはあまり尊敬されていません」

古今堂はそうは思わない。ただ、中央公会堂のような現在も残る立派な建築物を寄付するだけの財を築きながら、相場の失敗によって三十九歳で自殺をしたという最期に、株の世界の厳しさを感じる。

「那須野仲彦専務が行なった中国本土での不動産投資には、社長さんは反対やったのですか？」

「さあ、私はそういった経営のことは、いっさい関知しませんので、よく知りません」

植嶋はかわすように言った。

「社長は、香港にはよく行きはるんですか」

「いえ、ほとんどないです。香港関係は、ずっと巻部長が担当してましたから」

「巻部長といえば、近いうちに結婚なさるそうですね」

「いや、私はそれもよく存じ上げません。社長の運転手をしているということで、内密の話をいろいろ耳にするだろうと思われるかもしれませんけど、社長さんをはじめ役員クラスの幹部が乗ったときは、パーティションをする決まりになっていますので」

「パーティション？」

「こういうやつです」

植嶋の座る運転席の背後から可動式の仕切り板がスルスルと上がって、ほとんど音を立てないで車の天井まで達した。

10

古今堂は、前と同じ応接室に通された。社長は智恵子より先に古今堂たちと会うので、少しだけ待ってほしいということであった。

「広くて立派ですね。きょうは豪華さのオンパレードです」

由紀はまたキョロキョロしている。

アイスコーヒーが運ばれてきた。運んでくれたのはきょうも、おくれ毛が特徴的な理知的な美人であった。丁寧に一礼して、彼女が出て行ってから、由紀は古今堂に話しかけてきた。

「さっき、マンションですれ違ったチャラ男ですけど」

古今堂は、手のひらを向けて、ポケットからメモ帳とペンを差し出した。盗聴がなされていないとも限らない。

由紀は軽くうなずいて、〝車のナンバーを堀之内さんに伝えて、調べてもらうように頼みました〟と書いた。古今堂は指でオッケーのサインを出す。由紀は書き続けた。〝智恵子さんは、ダンナさんとは冷えていたと思います。アイスティーを取り出すために冷蔵庫を開けたとき、中身が見えました。レトルトものが少しあっただけです〟

古今堂は、〝夫が死んだショックで、やる気をなくしたのでは？〟と書く。由紀は首を振って、〝キッチンの棚に調味料がほとんどなかったです。リビング以外の部屋は散らかり放題で、寝室は別々でした〟と続けて、ぺろっと舌を出した。トイレを借りにいったのではなかったようだ。

応接室の扉がノックなしで開いて、那須野大蔵が登場した。

「そちらの娘さんは？」

「うちの女性警察官の塚畑です」

「ほう、なかなか立派な体格ですな。頼もしい限りだ」

大蔵は無遠慮に笑いながら、腰を降ろした。「署長はんには、わざわざ来てもろてすまんことやと思うてます。智恵子のところへお越しやったそうでんな」

「ええ、そうです。お話を聞いている途中やったです」

古今堂は、皮肉を込めて返答した。

「何を聞いてはりましたんや？」

「仲彦さんのことです」

「わしが署長はんに来てもろうたんも、仲彦の件ですんや。大阪城の外堀に、目撃者を探す立て看板が出ておるようでんな」

「ええ」

「目撃者は現われましたか？」

「まだ今のところは」

「いつまで出しとかはりますのや？」

「わかりません」

「そんなズルズルやっとって、ええんですか。もし殺人事件やったら、早々に捜査本部を立ち上げて、大人数でせなあかんですやろ」

「そのとおりですが、まだ自殺とも他殺とも断じる決め手がありません」

「府警本部の百々さんの話やと、中央署の幹部はみんな自殺説やのに、署長はんだけが他殺説なんで結論が先延ばしになっているそうやないですか」

「僕は他殺説に決めたわけではありません。他殺の可能性が否定できないという状態です」

「否定でけへんという根拠は何ですのや」

「それは……捜査上のことなので、ここではお答えできません」

「待っとくれやす。わしは公安委員や。公安委員として、所轄署長に質問しとりますのや」

「ここは、公安委員会の部屋ではありません」

「ほなら、公安委員会の席に古今堂署長を呼びまっさ。そんでよろしいでんな」

「喚問があれば、もちろん出ます。ただ、その場に那須野大蔵さんがいやはるのはおかしいと思います」

「どういう意味でっか？」

「那須野大蔵さんは、仲彦さんの義理の父親になります。義理の息子が死んだ事案には、捜査員は関われません。公安委員にも、同じルールが働くと思います」

「そんなのは屁理屈でっせ」

「そうは思いません」

「仮に百歩譲ってその前提に立ったとしても、警察が結論を出すという職務を怠っておることに、遺族が抗議することはできるはずや」

「それはでけます」

公安委員であるとかないとかは関係ない。

「社葬までに、きちんと結論を出してもらわんと、会社は再スタートが切れまへん」

「だったら申し上げますが、捜査の邪魔をすることは慎んでください」

「邪魔とは？」

「たとえば、警察ＯＢの社員に命じて尾行しはることは控えてください」

「尾行？　何のことでっか」

那須野大蔵は首をひねった。「わしは、預かり知らんな」

「警察ＯＢの社員による尾行は事実です。現場も押さえています」

「知らんと言ったら知らん」

大蔵の頭上にある空気が盛り上がった。社員を叱るときも、こんな威圧感で相手を押し倒すのだろうか。大損失を出してしまった仲彦は、縮み上がったかもしれない。

由紀が遠慮がちに切り出した。

「あのう、社長さんとしては、自殺のほうがええんですか？　それとも他殺のほうが？」

「くだらんことを訊くな。どちらも会社にとっては悪い。死んだことを引きずってしまうのはもっと悪い」

大蔵は拳《こぶし》を握った。年齢を感じさせない、張りのある拳だ。「あんたらは公務員やから、会社の株価というもんに関心を持たんでも済む。だが、民間企業はそうはいかん。大証一部に上場しておるナスノ興産の株価は、次期社長有力候補の死亡が報じられて下がってしまった。自殺ということになったら、そんな器量の男が専務だったのかと揶揄されて株価は下がり、他殺ということになったら世間の興味は上がるかもしれんが株価はやはり下がる。うちは安全を提供する会社なのだ。社葬をして、新しい体制を発表してまきなおしを図る——それまでに決着をしてもらわんと」

「仲彦さんの死を悼むお気持ちは当然おありやと思いますが、それよりも株価でしょうか？　仲彦さんがどういう経緯で亡くならはったのか、じっくり知ろうとは思わはらへんのですか」

「そんな悠長なことは、公務員やから言ってられるんやぞ。公安委員をやってから、お役所仕事の冗長さを痛感しとる」

「新体制では、巻部長の副社長昇格と次期後継者指名を発表しはる予定ですか」

「そういうことは当日にならんと言えん。社内人事を詮索するヒマがあるんやったら、早いとこ捜査の方向を出してもらおう。そいつが君の仕事やろ。それをせんのなら、君は職務怠慢だ。わしは、公安委員としてではなく、一市民として君を告発する」

「告発は御自由です。捜査の過程で、御社を調べることがあるかもしれませんが、そのときは御協力ください」

「うちの会社がなぜ調べられなければいけないんだ」

「自殺、他殺いずれにせよ、仕事絡みということが考えられるからです。たとえば、亡くなった当日の夕方四時過ぎに、謹慎中の仲彦さんの携帯に会社から電話が入っています。当日の電話はこれ一本です。会社で使われている代表電話ということで部署の特定はできていませんが、それが仲彦さんの死に関係している可能性はありえます」

「連絡は携帯電話だけとは限らんだろう。家の電話もある」

「ええ、でもそういうのを一つ一つ調べるのが警察の仕事やと思うてます」

「だから、悠長なんや」

大蔵は立ち上がった。「君につき合っていたら体がいくつあっても足りんな。キャリアの署長はんということで、もっと切れ者やと思っとったが」

「このあと、次期社長さんに会わせてもらえませんやろか？」

「次期社長など、まだ決まっておらん」

「失礼しました。巻部長にお会いさせてもらえませんやろか」

「秘書に自分で言ってくれ。彼は彼で忙しいだろうが」

「秘書？」

「このコーヒーを出しに来たはずだがね。ただし、会うとしたら別の応接室にしてもらう。ここは会社が認めたＶＩＰだけが入れるのだから」

大蔵はそう言って部屋を出て行った。

11

秘書の女性は丁寧に応対してくれた。彼女は、「駒林亜里菜《こまばやしありな》と申します」と自己紹介をしたあと、巻公太郎に連絡をとってくれた。あと三十分後に、十分間だけなら会ってもいいということだった。

駒林亜里菜は「恐れ入りますが」と頭を下げながら、部屋を移動してほしいと言った。

同じフロアのかなり狭い部屋に案内されることになった。窓からは大川も大阪城も見えない。ソファも簡素なものだった。

三十五分が経過したところで、ようやく巻が姿を見せた。

「すみません。長いこと待たせてしまって」

ハンカチで汗を拭きながら入ってきた巻は、まずきちんと詫びた。

「いえ。こちらこそお忙しいところを、アポなしで申しわけありません。こちらにいるのは部下の塚畑巡査です」

「このあとも予定が入っていますので、手短に願えませんか」

「はい。ではさっそくですが、土曜日の社葬のあと、巻さんは那須野社長から後継指名を受けはる予定になっているんでしょうか？」

「正式発表まではそういうことについては申し上げられませんが、捜査と何か関係があるのでしょうか？」

「仲彦さんは、自殺だったのかどうか——それを調べています。次期社長候補だった仲彦さんが、巻さんに抜かれることになったというのは自殺の動機になりうると思うのですが、そのことがいつはっきりしたのかがポイントになると思います」

「ポイント？」

「端的に言えば、仲彦さんは次期社長候補をはずれることがはっきりしたので自棄の気持ちになったのか、それとも仲彦さんがいなくなったから巻さんが次期社長候補に浮上したのか、ということで違ってきます」

「警察は、そんなことで自殺か他殺かを決めるのですか？」

「ですから、端的に言えば、という話です」

巻は腕時計を見た。

「役員人事のことは部外者にはもちろん、一般社員にも秘匿の事項ですから、お答えできません——というのが模範解答だと思います。しかしそれだと、私には次期社長候補を追い落とすという殺人の動機があると署長さんに誤解されそうですね。あくまでも、他言無用でお願いしますが、七月十一日に社長は私と那須野仲彦専務を呼んで、私の副社長昇格と専務の子会社出向が内定したことを告げました」

「七月十一日ですか」

「船渡御の事始式があった日です。十一日に間違いありません」

「そうでしたか。失礼ついでにお訊きしますが、巻さんにはフィアンセがいやはるそうですね？」

「警察はそんなことまで調べるんですか」

巻は、照れくさそうにオールバックの髪を掻き上げた。「まあ、こっちのほうは役員人事と違って、私の一存で言えることですから申し上げます。五月の彼女の誕生日に婚約しました。年内に結婚できればと思っています」

由紀が言葉を挟んだ。

「お相手はどういうかたなんですか？」

「あなたがたは、もう会っているはずです」

「もしかして、駒林さんですか？」

「ええ。男は忙しいとダメですね。この年齢になるまで独身で、ついつい社内の女性で間に合わせてしまう。いや、間に合わせるという表現はいけませんね」

巻は軽く笑ったあと「もうこれでよろしいですか」と言った。

「あと二点、訊かせてください。うちの署員が不審者による尾行を受けました。その尾行者は、府警ＯＢのこちらの社員であることがわかりました」

「失礼しました。先にお詫びをしておくべきでしたね。でも、元はと言えば、中央署の刑事さんが常識的ではない行動をされたからですよ」

「どういう意味ですか？」

「以前に中央署の刑事だという男性が一人でいきなりやってきて『竹田仲彦って、社員がおるんやないか』と尋ねました。応対した人事課の者が『どういう調査なのですか』とお訊きしても『ちょっとそれは言えへん』としか答えません。お名前を質しても『中央署の者や。嘘やない』と答えるだけでした。とてもうさんくさい感じでした。うちには警察官出身の社員が何人かいますが、そのリーダー格の者が同じ人事課にいまして、『捜査の刑事が二人で行動しないのはおかしい』と言いました。結局、『竹田仲彦という名前の社員はおりません』という事実だけをお答えして、そのリーダーの者を中心に尾行をして、相手の正体を確かめることにしたのです」

谷は、竹田仲彦がナスノ興産に転職したことを竹田の高校時代の友人から聞いて訪れたことを言っていた。身内捜査ということが発覚するのが嫌だったので、名前を言わなかったのだろう。

「尾行のことは、社長さんは御存知でしたか」

「いえ、社長は関知しておりません。人事課長から対処を訊かれた私が判断しました。人事課は、私の統括する総合企画部に属しているのです」

「谷刑事だけでなく、僕も尾行されていたように思えるのですが」

「署長さんを？　それはないですよ」

巻は手を左右に振った。「企業というのはときには恐喝や脅迫を受けることがあります。自己防衛のために相手の正体を探らなくてはいけないことがあるのですが、署長さんは身元がはっきりしているのですからその必要はありません」

「あと一つだけお尋ねします。後継者に内定していた巻さんは、どうして船渡御の観賞パーティの席にいやはらへんかったのですか？　あれだけ区内の企業経営者がたくさん集まっていたのやから、おひろめとして絶好の場やないですか」

社葬は、日程として予定されていた場ではないはずだ。

「おひろめは、社葬がなかったなら、たぶん十月の創業記念日になっていたと思います。船渡御の夜は、駒林といっしょに屋形船に乗っていました。彼女は屋形船が大好きで、ぜひとせがまれたものですから、わがままを通させてもらって観賞パーティのほうには出ませんでした。私自身も、高いところから船渡御を見下ろすよりも、屋形船のほうが好きなものですから」

12

署に戻ると、堀之内が待ちかねたような顔で署長室に入ってきた。

「塚畑巡査から依頼のあった車の所有者がわかりましたで。この男です」

堀之内は、前歴者データベースからプリントアウトした紙を見せた。古今堂がすれ違ったのは、その写真の男に間違いなかった。上尾《あげお》信夫《のぶお》、年齢は二十七歳であった。詐欺で六年半前に逮捕され、執行猶予付き判決を受けていた。

「お年寄りを狙ったいわゆるオレオレ詐欺で、出し子をやったんですワ」

出し子というのは、振り込まれた金を銀行で引き出す役割だ。「この上尾という男は知りませんが、同じグループにいた三十五歳の男が空き巣の常習犯で、よく知っていますんや。今は空き巣から足を洗ってアダルトビデオ店で働いているんですけど、連絡して上尾の情報を手に入れました。なんばにあるホストクラブにおるそうです」

智恵子は、ホストをマンションに呼んでいたようだ。

「この上尾を少し叩かせてください。何かネタが出てくるかもしれませんよって」

「叩くんですか」

「無茶はしませんで。現場は現場のやりかたでやる、ということだす」

堀之内は、夕方に戻ってきた。

「上尾から話を聞き出して、いくつかわかったことがあります。まず、那須野智恵子という女ですが、上尾がホストをしている店に通い始めたのは三ヵ月ほど前のことやそうです。彼女はホストクラブのことには慣れていて、今でも他の店とかけ持ちで通っているように思えるけれども、上尾はそこらあたりは追及しないことにしているそうです。金払いのいい上客で、プレゼントもよくくれるけれど、酒癖が悪いのと、自宅まで呼び出すことがあるのがおっくうだと上尾はボヤいていました。それで、酒に悪酔いしたときに彼女が愚痴る中身なんですが、だいたい三つに集約されるそうです。一つめは父親に結婚を強要されたこと、二つめは夫が無能で父親が見込み違いだったと落胆していること、三つめは異母弟が有能で夫を会社から追い出しそうだということです」

「異母弟、ですか」

古今堂は訊き直した。

「ええ。夫とは、もうすっかり冷え切って仮面夫婦状態のようです。その夫が死んだということは智恵子から聞かされたということでしたが、那須野仲彦という名前やナスノ興産という会社名までは上尾は知りませんでした。ああいう店では、そういう具体的なことまでは尋ねない、というのがルールのようですから」

「それにしても、上尾は店の上客のことをようしゃべってくれましたね」

「ちょっとした魔法を使うたんですワ」

「どんな魔法ですか」

「上尾は詐欺で逮捕されて執行猶予になりましたが、ああいう詐欺というのは一件やないのが普通です。空き巣の常習犯やった元仲間から聞いた余罪を、ぶつけてやったんです。ろくに証拠はないですが、カマをかけてやったわけです。詐欺の時効は七年で、まだ未成立ですから。そうしたら、上尾はびびりました。あと半年ほどで時効になると思っているのに、今ごろ覆されるのはたまらない。今度は執行猶予にはならないかもしれない。目をつむってくれるなら、協力は何でもするからって」

13

翌日の朝一番に、那須野大蔵の住民票のある中央区役所に、古今堂は足を運んだ。彼は、本籍地も住所地と同じ場所に置いていた。

戸籍の閲覧を申請する。捜査の必要があれば、警察には閲覧権が認められている。

那須野大蔵は、昭和四十年に結婚して、三年後に長女・智恵子が生まれていた。大蔵が筆頭者となる戸籍に入っているのは、本人、妻、長女の三人だけである。だが、大蔵の欄には、認知の記載が入っていた。昭和四十六年に婚外子として生まれた巻公太郎を、生後五ヵ月で認知していた。認知をした場合は、認知された子の戸籍だけでなく、父親のほうの戸籍にもその旨の記載がなされる。

巻公太郎は大蔵の血を引く子供、すなわち智恵子にとっては異母弟だったのだ。

第四章

1

塚畑由紀は、天満橋駅に隣接するOMMビルの中にある喫茶店へ足を急がせた。中央区役所から戻ってきた古今堂から、ナスノ興産の駒林亜里菜に連絡をとって会ってきてほしいと指示を受けていた。船渡御の夜は、巻公太郎は駒林亜里菜とともに屋形船に乗っていたと言っていたが、その裏づけを取るのが目的だ。亜里菜に連絡すると、その店を指定してきた。

ナスノ興産の那須野大蔵社長と長女・智恵子にアリバイが成立するのは明確だ。彼らは、船渡御観賞パーティの場にずっといた。たとえ仲彦が他殺だったとしても、大阪城の外堀に足を向けることは不可能だ。遺体発見後も、智恵子はまだ会場に残っていたし、大蔵は北新地まで飲みに行っていた。

仲彦の死亡推定時刻は、午後七時三十分から八時三十分の間だった。まさに船渡御が最高潮の時間帯であった。

「お待たせしてしもて、かんにんです」

「いいえ」

亜里菜は先に来ていた。女の目から見ても、亜里菜は美しくて輝いている。結婚が決まった落ち着きのようなものも感じる。

「結婚式はいつなんですか」

「十二月を予定しています」

「もう新居も決めてはるんですか」

「それはまだこれからです。彼が、今住んでいる吹田《すいた》市の南千里《みなみせんり》地区を気に入っていて、あたしも好きな街なのでそこになると思います」

「けど、秘書と役員として出会《お》うたなんて、運命的ですよね」

「あたしは最初から秘書ではなかったのですよ。入社当時は、外国からのお客様を案内する渉外係だったのです。それで、マカオからいらしたお客様を接待することを巻部長といっしょにやったことがあって、お互い同じ時期に香港にいたことがわかって話が盛り上がったことがきっかけです」

「香港にいやはったのですか」

「あたしは父の仕事の関係で二年間、向こうのアメリカンスクールにいました。おかげで外国語には少し強くなりました。彼のほうはすでにナスノ興産の社員で三年間いたのですけど、そのうちの一年余が重なっていたのです。もちろん、その当時は知り合いでも何でもなかったですけど。そんなことがあって、彼が秘書として引き抜いてくれたのです」

「やっぱし、運命的やないですか。参考になります」

「参考になるのはかまいませんけど、そろそろ本題に入ってもらえませんか」

「ああ、そうでした」

由紀は自分の頭をポンと叩いた。「電話で言いましたように、アリバイを確認したいんですよ」

「でも、アリバイを確認したいっていうことは、疑いの対象になっているわけですよね。警察というところはずいぶんと失礼なんですね」

亜里菜の表情は少し険しくなった。

「気ぃ悪うせんといてください。事件の関係者であるみなさんに尋ねていくのが、うちらの仕事なんです。うちかて逆の立場やったら嫌《いや》やなと思います。けど、真実を究めるためにはしかたあらへんのです。かんべんしてください」

「何度も不快な思いはしたくありません。協力はしますけれど、これ一度きりにしてくださいね」

亜里菜は、ダイヤリーブックをバッグから取り出した。サックスブルーの表紙で、手のひらサイズだ。そこに挟んである乗船チケットの半券を二枚取り出す。〝平成二十三年七月二十五日　午後六時乗船開始　午後七時出船　大川水運観光　天神丸二号〟と記され、指定座席がゴム印で押されている。十九番のA席とB席だ。

「スナップ写真もあります。この屋形船は後ろ三分の一が展望デッキになっているんですが、そこに出て写真を撮りたいお客さんが多くて、四枚しか撮れませんでした。撮影順に並べるとこうなります」

四枚とも浴衣姿の亜里菜と巻がツーショットで写っている。誰かに撮ってもらったものではなく、カメラを持つ腕を伸ばして自分たちを被写体にしたようで、どれも二人の顔がかなりの大写しになっている。それぞれ、花火を背景にしたもの、どんどこ船と呼ばれる手漕ぎの船をバックにしたもの、頭上に銀橋が写ったもの、そして船着き場を後方にしたものだ。

「屋形船は、午後七時に船着き場を出て、帰ってきたのが午後九時です。船の運行会社に確かめてもらえればわかりますが、その間の接岸はありません。船にはトイレもありますし、飲み物は自販機があります。途中ちょっとしたハプニングがあったのですが、接岸はしませんでした」

「ハプニングって？」

「ヘビが一匹、船の中に紛れ込んでいたんです。小さなシマヘビという種類で、毒は全然ないらしいですけど、見つけたのが中年女性ばかりのグループ客だったんで、悲鳴が上がってパニックみたいになりました。彼が、その様子を一枚撮りました。あまり見せたくないんですけど、これです」

カメラのアングルが大きく傾いていた。立ち上がった乗客の背中と、顔を引きつらせている亜里菜が写っている。こんなときでも、彼女の顔は端正さを失っていない。

「巻さんは冷静やったんですね。シャッターが押せるやなんて」

「女性客たちが、『ヘビよ』『そっちへ逃げたわ』『椅子の下に隠れた』と絶叫を続けるものだから、彼はむしろ騒ぎを愉しんでいる様子でした」

「ヘビはどうなったんですか」

「アメリカから観光にきたという男子大学生の二人が、素手で捕まえてくれて川に逃がしてあげたのです。大騒ぎしたわりには小さいヘビで、悠然と泳いでいきました」

「それはいろいろあったんですね。じゃ、このチケットと写真をうちのカメラで撮らせてください」

「そこまでしなくてもいいでしょう」

「撮ってこいと言われたんで、せえへんかったら叱られます」

「まるで子供の使いね」

「かんにんです」

由紀はデジカメで撮影した。

亜里菜はミックスジュースを飲んでいたが、その分の料金を置いて席を立った。由紀は「奢らせてください」と言ったが、亜里菜は聞き入れなかった。


由紀は喫茶店を出ると、屋形船を運行していた大川水運観光の所在地を電話帳で調べた。京阪電車で西へ二駅の淀屋橋の近くにあった。

由紀は大川水運観光に足を運んで、船渡御当夜の運行状況を確認した。天神丸一号・二号という名前の同社の保有する屋形船は二隻とも、当日定刻どおり午後七時から九時まで大川を航行していた。途中の接岸はなく、乗員乗客はいわばカンヅメ状態であった。二号のほうでシマヘビ騒動があったことも、確認できた。それでも接岸されなかったことも、亜里菜の話のとおりであった。


署に戻った由紀を、附田副署長が廊下で呼び止めた。

「塚畑巡査。君は内勤なのに、ちょくちょく外出しておるようだな」

「けど、仕事ですから」

「どういう仕事かね？」

「署長に頼まれた用事です」

「いくら庶務係とはいえ、個人的に頼まれた用事なら好ましくないな。職務を厳正に遂行することの大切さは、警察学校で叩き込まれたはずだ」

「そんな個人的な用事やあらしません」

「あの署長は一年間しか大阪にいない身なんや。いくら仕えても、君を警察庁に連れていってくれるわけやない」

「そういうことを望んで仕事をしているわけやないです」

「悪いことは言わん。署長からの用事は断ったほうが賢明やぞ」

「お言葉ですが、警察学校ではこう教わりました。『もし二人の上司から違う指示が出たときは、階級もしくは役職が上のほうの指示に従いなさい』と」

由紀は一礼して、附田の前から離れた。

2

「古今堂さんからお呼びいただいたと喜んで来たのに、こういう用件ですか」

京阪神新聞記者の花井るり子は、形の良い眉を寄せた。

「そう言わんといてください。真相にアプローチするために協力するというのも、マスコミの大事な役割やないですか」

「でも新聞は、警察の広報紙じゃないです」

大阪城公園に設置した立て看板のことを記事にしてほしいと古今堂は頼んだのだ。

「もしも捜査が進展したら、花井さんには他紙より早くお伝えしますから」

「約束ですよ」

るり子は、古今堂が用意した立て看板の写真に手を伸ばした。「オフレコにしますから、署長さんの見解を聞かせてください。他殺事件なんですか？」

「それを知りたいさかいに、目撃者を探しとるんです」

「それじゃ、他殺のほうが可能性が高いと？」

「まだ断定はでけしません。もし自殺やったとしたら、なんでわざわざ船渡御の夜にしたんやろかと思います」

「現場に行ってみたのですが、あそこなら花火の音が届いてきたでしょうね。賑やかに楽しむ人々と自分との落差に嫌気がさしたということはありえませんか？」

水死体発見の翌日に、その概略はマスコミ各社に配付してある。総務課の管理係に、各社用の棚があり、そこに資料を入れる慣例になっている。

「もし嫌気がさして発作的に飛び込んだということなら、携帯電話とセカンドバッグをきちんと揃えていたことと矛盾するような気が僕にはします」

「それはあたしも同感です。自殺をするのに、携帯電話とセカンドバッグを持っていたというのも腑に落ちません」

るり子はストレートヘアを掻き上げた。「先輩記者から、『警察というところは、自殺か他殺かはっきりしないときは、自殺と結論付ける。そのほうが捜査に人員と費用をかけなくていいからだ』と教わったことがあります」

「その傾向があることは否めないと思います」

殺人事件の捜査本部を開きながら容疑者逮捕に至らなければ、警察としては黒星となる。黒星となるおそれのある微妙な案件の場合は、自殺としておけば避けられる。

「三年ほど前に、鳥取や埼玉で独身の男性を狙った女性による保険金連続殺人事件がありましたけれど、連続だったから不審に思われたんですよね。当初は、事件性なしと警察はしていました」

「殺されたのに、自殺と判断されたら死者は浮かばれへんと思います」

古今堂は、天王寺区堀越町に足を向けた。あえて電車を使ったが、尾行者の気配は感じられなかった。熟達の数人がチームを組んでリレー方式で当たれば、まず尾行は気づかれないと警察大学校の講義で聞いたことがある。それとも、もう尾行はされていないのか。

谷が尾行に気づいたのは、船渡御の夜の当直が明けた日だった。甥と会うという私的行動をしていて長居公園で初老の尾行者に気づいて、叱りつけたら逃げていったということだった。

その前に、谷は氏名を名乗らずにナスノ興産に竹田仲彦のことを尋ねに行って、不審がられて尾行をされていた。巻は、企業防衛のためと説明した。

谷は、今週の火曜日に尾行者を捕らえて、ナスノ興産社員の警察ＯＢであることを摑んだ。

（谷巡査への尾行期間は、長すぎないか）

谷が中央署の本物の刑事であることやその名前は、尾行によって得られていたはずである。恐喝や脅迫から企業を守るという目的はすでに達せられていたのではないか。

（そして、谷巡査は、監察室からマークされていた）

監察は、どこから情報を得て動いたのかを明らかにしなかった。もしナスノ興産からの通報であるなら、公安委員の名前は府警としては無視できなかったに違いない。尾行によって谷の行動を摑んだ結果、手枷を嵌《は》めようというのが、監察を動かした理由だったのではないか。

（それだけ、谷のことは脅威に感じていた……）

そんな気がしてならない。

古今堂は、十七年前に殺人事件が起きた細長い家の前に立った。

十七年前の事件と、大阪城外堀の水死事件を結びつけるリンクマンは、那須野仲彦だ。新都銀行の行員時代は竹田仲彦だった彼は、目撃者となる板内の前担当者で、泣きつかれたが銀行は融資を断っていたという事情をかつての同僚から聞いて知っていたと思われる。その板内は、どこからか資金を調達して倒産を回避していた。

十七年前の事件に絡んでいた可能性のある仲彦が、大阪城で水死した。

一つ考えられることは、仲彦は口止めのために殺されたという推理だ。すなわち、十七年前の犯人は、馬木ではなく別にいる。その真犯人は仲彦に頼んで板内という証人を作った。板内は事故死して、真犯人にとっては事情を知る存在は仲彦だけとなった。

（せやけど、十七年前の事件は時効になっている）

たとえ、仲彦が何を告白しようが、再捜査はないのだ。

事実を明らかにされれば社会的地位を失う人間なら、犯行動機はあるかもしれない。けれども、もしその社会的地位のある人物の犯行だとわかっても、氏名の発表はなされない。マスコミにはA氏としか出ない。時効というのは、事実上無罪に近い効果があるのだ。仲彦を殺害することによって新たに背負うことになる殺人の罪のことを考えると、そう簡単には実行に踏み切れないのではないか。

（もう一つ成り立つ推理は、仲彦が十七年前の天王寺区の事件の真犯人やったという場合だ。もはや時効によって仲彦は裁かれないので、報復のために殺されたとしたら……）

人を殺しておきながら一日たりとも刑務所に入らなくて済むことに対する憤りは、大きい。被害者遺族なら、報復を考えることもありうる。

しかし、この天王寺区の事件では、そういう遺族がいた可能性は低い。芳田香穂はシングルマザーの母親が病死していて、父親はわからない。祖母のせつ子はすでに夫をなくして、香穂との二人暮らしだった。

誰だかわからない香穂の父が復讐をしたということはまったくありえないことではないかもしれない。だがもしそうだとして、どうして十七年もあとになってなのだ。

（いずれにせよ。十七年間という時間は長い）

古今堂は、家の裏手に回った。この前は、現在の住人である北岡が玄関から出てきたので、裏に回る余裕はなかった。

裏手には高さ一メートル半ほどの塀が立ち、狭いが裏庭が造られていた。百日紅《さるすべり》の木が、花を咲かせている。部屋のカーテンは半分引かれている。天井に貼られたゲームキャラクターのポスターが見える。北岡の息子の部屋になっていた。

公判記録によると、逮捕された馬木亮一は、今は別の家が建っている東隣の駐車場から中を覗いているところを板内照男に目撃されていた。

（馬木は、どうして芳田香穂の部屋のある裏手からではなく、横から家を覗いていたのやろか？）

「彼女の家を覗いたことはあるが、あの夜ではない」と馬木は公判で告白していた。だとしたら、横から見ても家の中はほとんど見えないのはわかっていたのではないだろうか。家の東側は長い廊下で、ガラスは透明ではない。

（馬木が覗いていたところを、ジョギングで通りがかった板内が目撃するには横の駐車場にしないと不自然やった）

裏手は人がやっと擦れ違えるほどの道幅しかないから、ジョギングには適さないのだ。

古今堂はチャイムを押した。

北岡は教習所の出勤日ということで不在だったが、彼の妻が応対してくれた。子供はプールに行っているということだった。

売買契約書を残しているというので見せてもらった。二人が殺されてこの家の相続人となり、売主になったのは、せつ子の姪であった。

売買価格は、二千百万円であった。北岡が言っていたように、二人が惨殺された家ということで市内中心部であったにもかかわらず、それだけの安さだったのだ。

「不動産屋さんの話だと、普通の家だったらこの三、四倍はしただろうということでした」

売買契約書には、売り主であるせつ子の姪となる女性の住所と自宅電話番号が書かれていた。兵庫県の西脇市であった。

古今堂は、その電話番号にかけてみた。

夏休み中と思われる子供が電話口に出て、その子供の祖母に当たるせつ子の姪は農作業に出ているということだったが、呼びに行ってくれた。

「お仕事中に電話して申しわけありません」

古今堂はできるだけ丁寧に言った。「芳田せつ子さんは、大阪の天王寺区に一戸建て住宅を所有してはったのですが、お仕事はしてはったのでしょうか」

「大阪のお金持ちのところで家政婦をしていたと聞いています」

「家政婦さんですか」

売買価格の二千百万円の三倍なら六千三百万円、四倍なら八千四百万円となる。それだけではない。香穂は阪神間にある名門お嬢様大学に通っていた。添い寝クラブのアルバイト料だけでは、授業料はまかなえなかっただろう。せつ子が負担していたと思われる。

「家政婦さん時代の収入はどのくらいだったか、お聞きですやろか？」

「そこまでは聞いていません」

「雇い主の名前はわかりますか」

「いいえ、聞いたことがありません。ただ、株の売買人で、よく儲かったそうですよ。雇い主が亡くなったあとも、それを引き継いだ人に三年ほど雇われ続けていたそうです」

株の売買人という職業が、古今堂の頭の中で引っかかる。大蔵の最初の仕事と同じだった。

「那須野大蔵という名前をせつ子さんから聞いたことがありますか」

「いえ、ないです」

3

古今堂は由紀と合流して、千早赤阪村に足を向けた。千早赤阪村へはかなりの距離があるので、由紀には堀之内のマイカーを借りて運転してきてもらった。

中央区役所で閲覧した戸籍の附票に、大蔵の実家の住所が書かれていた。それを手がかりにして、昔の大蔵のことを知っている人を探してみることにしたのだ。

小学校の同級生で、大蔵の結婚披露宴に出たという老人が見つかった。

「那須野大蔵という男は苦労しておる。わしらは、戦争の影響を直接に受けた最後の世代じゃが、大蔵は大きな被害をこうむっておる。お父さんを戦地でマラリアで亡くした。お母さんが、大阪市内に住むお姉さんに野菜を届けに行くのに付いていって、大空襲に遭《お》うてしもた。お母さんは片方の耳が聞こえんようになり、大蔵も負傷して軽く右足を引きずるようになってしもうた」

大蔵は足を少し引くように歩くが、加齢のせいではなく戦争の影響だったのだ。

「大蔵は結婚式を盛大に挙げた。あの時分としては、とても金のかかった豪華な披露宴じゃった。だども、大蔵は喜んでなかった」

ろれつは回っていなかったが、記憶ははっきりしていた。「株屋の師匠からその恩人の娘を紹介されたということで、断り切れんかったそうじゃ」

大蔵の妻になる女性は、いわゆる出戻りで年齢も二つ年上であり、師匠に押し付けられた形で結婚した。断ったなら弟子ではいられなくなる、と大蔵は言っていたということである。

「あいつは、『魂をゼニに変えてしもうた』と嘆き、女房が妊娠中に七歳年下の素人の娘を妾にしたと言っておった。一度だけ見かけたことがあるが、清楚で従順そうな女じゃったよ。ああいうのが昔から大蔵の好みやったのう」

「どこで見かけはったんですか」

「わしは隣の河南町《かなん》にある会社に勤めておったのじゃが、そこの社員旅行で白浜《しらはま》温泉に行ったときに偶然あいつが女を連れているのを見た。そのときは武士の情けで声をかけることなく、翌年に開かれた小学校の同窓会に上等の服を着込んでやって来た大蔵を冷やかしてやった」

「大蔵さんは、定時制高校を出ているはずなんですが、どちらの高校ですか」

「府立の北浜商高じゃった」

「男の人って勝手ですね。仕事に有利やからって結婚しておいて、別に好みの女性を愛人にするなんて」

由紀は運転席で頬を膨らませる。

「せやな。けど、智恵子さんもホストを自宅に呼んではった」

「智恵子さんの結婚に対する大蔵さんの姿勢も、わからへんのです。望まない結婚をして嫌な思いをしたのなら、自分の娘には同じ辛さを味わわさへんというのが親やないんですか」

「会社の存続ということを、優先させたのかもしれへん」

「せやから勝手なんです」

「おいおい、ちゃんと運転してや」

「わかってますよ。それで、このあとはその二号さんが巻さんのお母さんであることを確かめるんですか」

「先にやりたいことがある。北浜商高に行ってみる」

4

北浜商高では、平成元年に定時制が廃止されていた。しかし、学籍簿は残っていた。

那須野大蔵の在学時勤務先は、松川千之進《まつかわせんのしん》商会となっていた。卒業後の就職先も同じであった。

松川千之進商会の所在地を訪ねてみる。北浜商高と大阪証券取引所のほぼ中間に当たる場所であった。

少し探したが、現在は繊維問屋の三階建てのビルが建っている一角であった。都会の裏通りのような場所である。

「はい。松川さんにお貸ししていました。私の父の代ですが」

ビルのオーナーだという五十年配の男性が説明してくれた。「この土地の上に、松川さんの二階建ての家が建っていました。松川さんが急死して、そのあとどうするか父も考えたようですが、ちょうど高度成長期の上向きのころだったんで、横にあったうちの家もいっしょに潰して、広い社屋として建て替えたんですよ。今では固定資産税を払うだけでもあっぷあっぷの状態ですがね」

「松川さんは、ここにあった二階建ての家で、仕事もしてはったのですか」

「初めのころはそうだったみたいです。でも、どんどん羽振りが良くなって、梅田の茶屋町に事務所を構えるようになり、そのあと家も豊中の服部緑地の近くに新しく建てたということでした。父は新築披露に招かれていって、『株屋は儲かるなあ。商売を替えようかな』と冗談半分で言ってましたね」

「それじゃあ、ここにあった家は？」

「松川さんのセカンドハウスです。と言っても、若い愛人が住んでいて、松川さんはときどき通っていました。元芸者さんだそうですが、色っぽい女性でしたね。私なんか、まだ中学生でしたから玄関先で会って挨拶されるとドギマギしましたよ」

話を聞く古今堂の横で、由紀が「また愛人さんですか」とつぶやいて、肩をすくめた。

「松川さんには、弟子がいはりましたね。那須野さんという」

「名前までは知りませんけど、松川さんを乗せて若い男性が車を運転して送り迎えをしていたのは覚えています。少し右足を引きずって歩く男性でした」

「松川さんは急死だったということですが、事故やったのですか」

「いや、元々心臓が悪かったみたいです。寒い夜に、救急車がサイレンを鳴らしてやってきたのは今でも憶えています」

「ここにあった家で、つまり愛人宅で亡くなったのですか」

「ええ、くわしいことは知りませんが」

「日付は憶えてはりませんか？」

古今堂は勢い込んで訊いた。

「寒い冬の夜やったということしか覚えてません」

「昭和の何年でしたか？」

「さあ、そこまでは……あ、でも、たぶん大阪で万博が開かれる直前の冬です。十二月か一月か二月かはわかりませんけど、松川さんが急死して賃貸契約が終わったあと、父が万博用に一年間ほど借りてくれる業者がいないだろうかと探していましたから」

「おおきに。ありがとうございます」

古今堂は、ほとんど黙ったままの由紀のほうを向いた。「署に戻るで。松川さんは管内で亡くなっているんや」


地下二階にある第二書庫は、かび臭くて埃っぽかった。

大阪で日本万国博が開かれたのは昭和四十五年だった。昭和四十四年から四十五年にかけての冬の捜査記録というのは、かなりあった。分類はきちんとなされておらず、何かの事情で調べたあとの返却も雑であった。堀之内と丸本に手伝ってもらい、谷にも声をかけた。

「何かしとうて、うずうずしてました」

「動いてはいないんですね」

「署長はんに迷惑かけたらあきまへんやろ。倉庫で書類探しくらいなら、問題あらしませんやろけど」

谷は張り切って書庫に入ったが、段ボール箱を一つ取り出しただけで、埃で激しく咳き込んだ。そのあとも、彼はハンカチで口を押さえながら作業をして、みんなを心配させた。そんな谷が、目指す書類を探し当てたというのは、縁《えにし》と言うべきかもしれない。

――昭和四十五年一月二十一日午後八時五十三分、北浜にある松川千之進のセカンドハウスから救急車の要請があった。電話をしてきたのは愛人女性・前沢千津《まえざわちづ》であった。松川が来ているとは知らず、かつての芸者仲間が開店した小料理屋に寄っていた。当時は携帯電話もポケットベルもなかった。

前沢千津が帰宅すると、松川が風呂場を上がったところで倒れていた。風呂場は濡れていてタオルも使用されていた。愛人宅に置いてある着流しは身に付けていたが、帯が締まりきっていないところからして、風呂場から上がったところで倒れたと思われた。松川には狭心症の持病があった。ニトログリセリンの舌下錠を、ズボンのベルトに付けるタイプのホルダーの中に常時入れていて発作に備えていたが、その夜の松川はなぜか持っていなかった。家の施錠はなされていた。

まず、愛人の前沢千津に事情聴取がなされていた。松川は、これまでにも気が向いたときにぶらりと来ることがあり、彼女がいないときは先に風呂に入ってテレビを見て待っていてくれる習慣だったという。行動を束縛することのない鷹揚なパトロンであったが、千津は信頼を裏切ることはなく、男は作らなかったと話した。当日は、元芸者仲間の店を八時四十分ごろに出てタクシーで帰っており、その裏付けは取れていた。

松川の家族は、妻一人で子どもはなかった。妻は病弱で、その日も夕方にかかりつけ医のところに行っていた。松川の帰りがまちまちなのは慣れており、予告のない外泊も珍しくなかった。松川の昼食と夕食の仕度は、事務所で雇っている家政婦がするのが平日の慣例になっており、平日の松川は家で夕飯を食べることはなかった。当日も、妻は一人自分の分だけを作って食べて、早めに床についていたという。

弟子で助手の那須野大蔵にも、事情聴取がなされていた。午後七時過ぎにセカンドハウスまで松川を運転する車で送り届けていた。そのときの松川にはとくに変わった様子は見られなかったという。当時は、万博が開催される年で、株式市場は活況を呈していた。那須野大蔵は茶屋町にある事務所まで戻った。松川は「帰りはタクシーを捉まえるから」と上機嫌だったという。その日の株の売買でかなりの利を上げていたからである。

那須野大蔵が事務所で残業していたことは、家政婦の証言があった。家政婦として雇われていて昼と夜の松川と那須野の食事を毎日作っていたが、それ以外に事務所全般の雑用をもこなし、電話番もしていた。家政婦兼事務員のような存在であった。

「こんなところに、おったんや。中央署の地下二階に」

谷は、捜査書類を手で叩いた。埃が舞い上がり、また谷は咳き込んだ。

その家政婦兼事務員のような存在の女性の名前は、芳田せつ子だった。

第五章

1

都島区にある桜之宮公園交番で外線電話が鳴った。

「はい、桜之宮公園交番です」

受話器を取ったのは、石浜卓《いしはまたかし》巡査だった。

「すみません」

相手は若い女性だった。「あのう、『交番だより』を見て、電話しています」

「はい、どうも」

石浜は、ありがとうございますと続けそうになった。この交番《ハコ》で『交番だより』の作成担当をしているのは、石浜であった。府警は、地域に根ざした広報活動を推奨し、交番の警察官を対象にしたミニ広報紙作成の講習会も開催している。活字好きの石浜は受講を希望し、以降は毎月一回発行して、受け持ち区域の町内会に回覧を依頼し、拡大コピーしたものを桜之宮公園入り口の掲示板に留めている。書くネタに困ることもあるが、毎月発行を一年半続けている。

地域課長からは「なかなか頑張っているな」と誉められてはいるが、住民からの反応はこれまで一度もなかった。

「それで、御相談したいことがあるのですけど」

女性の言葉に、石浜は緊張した。最新の『交番だより』は、夏に多い痴漢への注意喚起を呼びかけていた。

「はい、本官でよろしければ、お聞きします」

この交番には女性警官がいない。三十一歳とまだ若い自分に対して、痴漢の被害者がどれだけ事実を打ち明けてくれるだろうかと不安を覚えながら、ボールペンを持った。

「あたし、見てしまったんです。でも、警察に行く勇気がなくって、ごめんなさい」

相手の女性は口ごもった。

「何を見たんですか？　痴漢行為ですか？」

「そんなんじゃなくって、人が死ぬところです」

「死ぬ？」

ボールペンを持つ手に汗が滲む。

「警察に証言しに行くのが市民の義務だということはわかっています。だけど、いっしょにいた男の人に迷惑がかかってしまっては困るんです。社会的地位のある人ですから」

女性は声を詰まらせた。「あたしといたことが知れたなら、あの人はきっと地位を失います。それが怖くって、警察には行けません。はっきりと見たんですけど」

「順を追って説明してもらえませんか？　いつ、どこで、どういうところを見たんですか？」

「天神祭の船渡御の夜です。みんなは大川のほうに行っているから人目につかないだろうと、あたしたちは大阪城公園に足を向けていたんです。けさも、新聞に目撃者は名乗り出てほしいという記事が出ていたじゃないですか」

女性は少しふっ切れてきたのか、早口になった。「クリーム色のポロシャツを着た男性が、橋の真ん中から外堀を拝むように手を合わせてじっと立っていたんです。まるで一枚の宗教画のようでした。人を寄せつけない研ぎ澄まされた雰囲気がありました。男性は歩道のところまで近づくと、小脇に挟んで持っていた黒のセカンドバッグから携帯電話を取り出しました。そして、携帯電話とバッグを揃えて下に置くと、また手を合わせて拝みました。『うおぉ』という叫び声を上げたかと思うと、男性は堀に向かって猛然と走り出しました。生垣を突き破り、その先の柵の上に乗るやいなや、飛び込み競技の選手のように外堀に向かってダイブしました。何だか映画の一シーンを見ているような錯覚に陥りました。あたしといっしょにいた彼は、『どうしよう？』と言いました。警察か消防に連絡しようか迷っているのだと思いました。あたしは、『やめておきましょう。死にたい人は放っておいたほうがいいんです』と彼の手を引っ張って、その場を逃げるようにあとにしました。本当に、あたしたちがいっしょにいることがバレてしまったら、困るんです。単なる不倫じゃないですから。人のことに関わっている場合ではないんです。悪いとは思いましたが」

「でも、あなたはこうして名乗り出ることにしてくれたんですね」

「名乗り出ることはしません。でも、事実をお伝えしたくって」

「申しわけないですが、お名前だけでも聞かせていただけませんか。できれば、警察に来ていただけるのが一番いいのですが」

「名前は言えません。いつも『交番だより』を拝見している大学生です。それ以上は

「……」

押し黙った相手に、石浜はゆっくり声をかけた。

「こうして電話をしていただいているあなたの御協力に感謝します。警察は、秘密は守ります。不倫の関係ということは、絶対に洩らしません。ですから、一度うちの交番にきてもらえませんか」

「それは……できません。ごめんなさい」

「あの、もしもし」

電話は切れてしまった。

2

「おはようございます。お呼びでしょうか」

由紀は細い目を擦りながら、署長室に入った。

「きのうはご苦労さん。目はだいじょうぶ？」

第二書庫の埃が目に入って、由紀は帰りがけに眼科医院へ寄っていた。

「洗浄してもろたんで、もう平気です。まだほんの少し、かゆいですけど」

「これから第二書庫に入るときは、花粉症用のマスクとゴーグルを用意したほうがええな」

「それと清掃用具も要りますね」

めったに使われないから、蜘蛛の巣もかなり張っていた。

「それで、昨夜官舎で整理をしてみたんや。こんなふうに一連のことは捉えられると思う」

古今堂は、白紙に鉛筆で、①→②→③と書いた。「古い順に、①は昭和四十五年の松川千之進死亡。②は平成六年の芳田香穂・せつ子死亡、③は先月の那須野仲彦死亡や。この三つはつながりがある。①で松川のところで働いていた芳田せつ子が②で殺された。そしてやはり松川のところにいた那須野大蔵の娘婿が③で死んだ」

「原点は①ということですね」

「せやな。①は病死とされた。けど、いわゆるプロバビリティの犯罪が隠されていた可能性は高いと思う」

「プロバビリティの犯罪って何ですか」

「確実に起きなくてもいいが、もしかしたら起きるかもしれないと期待して仕掛けるケースや。たとえば、急勾配の階段の途中にビー玉を置いておく。相手はビー玉を踏まないかもしれないし、踏んでも転落して死ぬとは限らないが、とにかくやってみる。もしも都合よく転落死しなかったときは次の機会を狙うことになる」

「それを①に当てはめたら、松川千之進が狭心症の発作を起こすとは限らないけども、起こして死んだらラッキーと考えたわけですね」

「そういうことや。ここから先はあくまでも僕の想像やけど、松川を愛人のところに送った那須野大蔵は、常に松川のそばにいる者として狭心症の発作の兆候に気づいていたんやと思う。その日、大きな利を上げた松川に、愛人と会うことを勧めたことも考えられる。もし松川が体調に不安を感じていたなら、『安心してください。今夜は私が前に車を停めてじっと待っていますから』といったふうに説得したかもしれない。そういう待機も初めてではなかったと思える。繊維問屋の主人は、那須野の名前は知らなくても、送り迎えしていたのは覚えていると話してたやないか」

「那須野大蔵は、事務所に帰らずに待っていたわけですか」

「彼は、中の様子を窺いながら、タイミングを待っていた。寒い夜の入浴は心臓に負担がかかるさかい、チャンスやった。そして風呂場の明かりが点いたら、中に入ってニトログリセリンを脱衣箱から盗んだ」

「家の鍵はどうしたんですか」

「那須野が定時制高校生のころは、あそこは事務所やったんや。間取りは熟知していたし、鍵はそのまま持っていたんとちゃうか。そのあと、彼はしばらく家の前にいたと思う。もし愛人の帰りが早いときは引き止めることも考えていたかもしれへん。発作を起こしても、死亡まではある程度の時間を要するやろから」

「松川の発作が起きなかったら？」

「そんときは、松川と愛人が寝入るのを待って、ニトログリセリンを戻しに行く予定やったと思う」

「けど、芳田せつ子は、那須野が事務所にいたと証言しましたね」

「彼女を買収した可能性がある」

「動機は？」

「松川の下では、いつまで経っても弟子で助手のままや。バツイチ女性の再婚相手役を押し付けられたように、松川とは絶対服従のタテ関係で、それがずっと続く。芳田せつ子も似た立場やったかもしれへん」

　秀吉と信長の家臣関係は、信長が死ぬまで続いた。信長が死なない限りは、タテ関係は終わらず、秀吉が天下人となれる可能性もなかった。秀吉が本能寺の変に加担していたのではないかという説の根拠の一つは、そこにある。

「その芳田せつ子が②で殺されたのですね」

「そんときの捜査本部の最大のミスは、添い寝クラブでアルバイトをしていた芳田香穂の乳首が切り取られていたという猟奇的な事象に引きずられてしもたことや。警察だけでなく、マスコミもそうなった。殺害のターゲットは、美人女子大生の香穂であって、祖母のせつ子は孫娘を守ろうとして巻き添えになった、と考えられていたけど逆やったんや」

「逆って？」

「ターゲットはせつ子で、香穂は巻き添えやった。祖母が殺されるところに居合わせて見てしまったから、殺されたんや」

「容疑者とされた馬木亮一には、芳田せつ子殺害の動機はなかったですよね」

「馬木の逮捕に繋がったのは、板内の証言やった。その板内は経営苦に陥っていて、旧姓・竹田仲彦が勤務していた新都銀行が融資を断ったにもかかわらず資金を得ていた。そして、十七年後に事故死したときに、『きっと、バチがあたったんや』と言い残した」

署長室の電話が鳴った。

「堀之内です」

「お世話さんです」

堀之内には、吹田市役所で巻公太郎の住所を調べて、その近隣で聞き込みをしてくれるように頼んでいた。巻が吹田市の南千里に住んでいることは、由紀が駒林亜里菜に会ったときに聞き出していた。

「巻公太郎は、小さいころからずっとこちらに住んでいます。母親の巻めぐみは、四年前に癌で亡くなっていますが、近所での評判はとてもよかったですな。町内の仕事は進んでやり、ボランティアにも取り組んでいたということです。公太郎のほうも頭の良い男の子で礼儀正しくあいさつをする、と悪く言う人はおりませんでしたな。那須野大蔵はときたまリムジンを乗りつけてやってきていたようです。巻めぐみは大蔵のことを従兄で自分は夫と死別していると近所で言っていたようですが、わけありだということとは薄々気づかれていたようです。町内会役員の主婦から、ボランティア清掃活動の様子を撮った巻めぐみのスナップ写真を借りることができました。これから、千早赤阪村まで行って、顔を確認してもらいます」

千早赤阪村には、白浜温泉で大蔵が愛人と旅行しているのを見かけた友人がいた。

3

「すみません。連日来てもろて」

古今堂の前に、花井るり子が座っていた。

「府警本部に詰めている同僚に尋ねて、桜之宮公園交番が聞いた目撃内容のおおまかなことはわかりました。目撃者の女性は、ポロシャツの色とセカンドバッグの色を言っただけでなく、携帯電話をセカンドバッグから取り出した様子も目撃していました。これは、あとで駆けつけた野次馬ではわからないことです」

「けど、目撃者やのうても、わかる人間がいますよ。たとえば、妻の智恵子さんです」

仲彦がいつもバッグの中に携帯電話を入れて持ち歩いていることは、智恵子が言っていた。「それ以外にも、殺人を実行した犯人ならわかります」

「つまり、殺人犯が目撃者を装って電話をしてきたということですか？　いくら名前を訊いても答えなかったという点は、それなら説明できますね」

「けど、目撃者は女性やったんですね」

「そうです」

古今堂の推理では、男性の力でなければ外堀への投げ込みは困難だ。それも超怪力の持ち主だ。たとえ由紀でも、女性ではむつかしい。

「花井さん。もう一回、記事を載せてくれはりませんか」

「どんな記事ですか」

「けさの目撃者は不倫をしていたと言うていたそうですが、その不倫相手に呼びかけたいんです。名乗り出てほしいと」

「リアクションはあるでしょうか」

「やってみんと、わかりません」

古今堂は、桜之宮公園の交番に電話してきた意味を考えた。桜之宮公園は、中央署の管轄外となる。だから、中央署に握りつぶされることはないという狙いがあったのかもしれない。そして、それ以外の狙いも……。

古今堂は丸本を呼んだ。そして私服に着替えて桜之宮公園交番まで足を運んでもらうように頼んだ。

「丸本巡査は、交番勤務の経験がありましたね」

「ええ」

ノンキャリアの男子警察官は、高卒でも大卒でも大半が交番勤務からスタートする。

「署が違っても、交番の造りや備品はたいがい同じですから」

4

丸本が出て行ったあとしばらくして、署長室の警察専用電話が鳴った。

「府警本部の百々だ。決定事項があるので、伝えておく。七月二十五日に大阪城の外堀で起きた水死事案につき、府警として自殺と断定した。したがって、同事案に関する捜査は、今後いっさい行なわない。以上だ」

「自殺とする理由を教えてください」

「これまでの調べでも、自殺という方向は出ている。自殺の動機はあり、現場には争ったあとがなく、バッグや携帯電話はきちんと揃えて置かれていた。すでに、発生から十日も経っているのに結論を出さないのは警察の怠慢となってしまう。それに、けさ目撃者が現われた。那須野仲彦が、着ていたポロシャツの色も正確に証言している。色までは、どこのマスコミも報道していない」

「けど、現場にはかなりの野次馬もおりました」

「他にも目撃者は、正確に状況を話している。とにかく、この事案は、本日をもって処理済みの事案となった。以後、中央署としての独自の調査などはできない。念のために言っておくが……もしそれに違反した場合は、権限のない捜査をしたとして処断される」

百々は抑揚のない口調で通告するように言った。彼の能面のような顔が、電話口の向こうに浮かんだ。「もう一点、付け加えることがある。君は部下を使って調査をしておるようだが、君以外の者が動いたときも同罪だ」

古今堂は、谷を呼んだ。

「府警本部から、連絡を受けました。府警として那須野仲彦は自殺と断定し、きょう以降は独自捜査を許さない、ということです」

「公安委員からの圧力があったんですやろな。あさってには社葬をするから、それまでには結論を出せと」

「そういう想像は成り立ちますね」

「そいで……署長さんはどないしはりますのや？」

「方針を変えます」

谷が太い眉をぴくりとさせた。古今堂は続ける。

「方針を変えざるをえないと思います。せやから、こうして来てもらいました」

「長いものには巻かれろということでっか」

「谷さんには、身内捜査になるから表立った行動をなるべくしないようにと釘を刺してきました。きょう、府警本部は、もし中央署として独自の調査をした場合は処断されるという矢を放ってきました。二重の束縛になるわけですが、谷さんはどうしますか？　降参しますか？」

「降参はせえしません。これまでは、署長はんが、わいの代わりにやってくれはるんやないかと期待していました。現に、署長はんはまるで刑事《デカ》みたいに動いてくれはりました。そんな署長はんに迷惑かけたらあかんと自制してました。けど、署長はんが手を引くと言わはるんやったら、わいは遠慮せんとやります」

「処分は覚悟の上ですね」

「前も言うたと思いますけど、仕事は他にもおます。けど、女房は他におりまへん。犯罪者の妹として苦しんできた女房を、解放してやれるかもしれへんチャンスを逃しとうはあらしません」

谷は強いまなざしを古今堂に向けた。「こないだ、女房にそれとなく兄さんへの思いを確かめてみました。女房は、眼を潤ませて『犯人のまま獄死した兄の汚名を雪《そそ》げるのなら、あたしはこの顔がつぶれてもかまわない』と言いよりました」

「わかりました。せやけど、府警本部の結論が出た以上、堀之内さんたち他の者は巻き込みたくありません。彼らにはなるべく目につかない後方支援に回ってもろて、逆に谷さんには前に出てもらうように方針変更をします。谷さん一人を前に出しません。僕も出ます」

「いや。わいは、署長さんも巻き込みとうおへん」

「僕は、谷さんのためにやるんやないんです。中央署のために戦うのです。所轄署が、管轄内で起きた事案について継続捜査をしている。〝自殺に見せかけた他殺〟という巧妙な犯罪の匂いを感じている。それを、府警本部が頭越しに、自殺と断定して事案を終息させる――そんなことがまかり通っていくようなら、所轄署の存在価値はありません。悪賢い犯人の逃げ得を許さないために、現場の警察官が一生懸命やっているる努力を僕は無にしたくありません」

5

官舎にある別室に、古今堂を囲んで四人の人間が集まった。谷、堀之内、丸本、由紀である。

「千早赤阪村で確認が取れました。那須野大蔵が白浜で連れていたのは、やはり巻めぐみでした」

堀之内が報告をした。丸本が続く。

「桜之宮公園の入り口に公共掲示板がありました。貼ってある『交番だより』には、交番の電話番号が載っていました」

そして由紀が続いた。

「あさっての社葬は、午前十一時から始まるそうです。経理部のお局様がまたイタリアンを食べにきたので、会ってきました。社内では、巻部長の副社長昇格が社葬のあとで発表されるのではないかという噂が有力です。巻部長は、那須野社長と養子縁組をするのではないかという憶測も飛んでいるようです」

「みんな、いろいろ動いてもろて、おおきに」

谷は頭を下げる。「せやけど……府警本部からのお達しが出た以上、これからはもう行動は控えてほしい。迷惑かけてしもうたら、申しわけが立たへん」

谷は古今堂のほうを向いた。

「署長はんに対しても、思いは同じだす。いっしょに前面に出ると言うてくれはって嬉しかったですけど、お気持ちだけ受け止めときます。クビになるのは、わいだけで充分です」

「谷さん。まだクビになるなんて、決まったわけやないですやろ」

古今堂は両手を少し広げた。「もしこちらがきちんと正しい答えが出せたなら、世間は、そして一般府民は、府警本部と中央署のどちらを支持してくれますやろか」

「そうです。うちらが真相を摑めたなら、府警本部も処分なんてでけっこないです」

由紀がうなずく。

「せやけど、独自捜査を封じられて、正しい答えが出せますやろか」

「そもそも谷さんが最初に尾行に気づいたのは、いつごろでしたか」

「二十五日の当直が明けた日ですよって二十六日だす。面目おませんけど、署長はんに監察のことを言われるまで気がつきませんでした」

「僕が府警の監察室から接触を受けたのは、二十五日でした。冤罪という視点から私的捜査をして弁護士のところにも行っている署員がいるから〝善処するように〟という要請を受けたのです。すなわち、二十四日よりも以前から、府警本部は圧力を受けて谷さんのことを調べたのやと思います。それだけ、谷さんのことを相手は脅威に思っていた——そやないですやろか」

「その尾行ですけど」

堀之内が言葉を挟んだ。「府警の監察と、ナスノ興産社員の警察OBの二通りがあったんとちゃいますか」

「当直明けで長居公園のほうに行ったときや四係長と仕事をしていたときは、素人のようなヘタな尾行なんでわかりました」

「ナスノ興産の警察OBも、尾行経験の豊富な者からほとんど経験のない者までいろいろおりますやろ」

「まずナスノ興産のほうでわいを調べて、その結果を監察に報告し、監察はそれを自分たちでも確認したうえで、署長はんのところへ来たんとちゃいますか。ナスノ興産はそのあとも、尾行を続けたわけだす。おそらく、これからも尾行は続きますやろ。みなさんに迷惑はかけられしません」

「ちょっとコーヒーブレイクにしませんか。缶コーヒーですけど」

由紀が用意していた缶コーヒーをみんなに配る。

「僕たちは、尾行も受けましたが、得たものも多くあります。ここでもう一度、整理したいのです。こうして部屋の中で推理することは、府警も摑みようがなく、独自捜査だと文句を言われることもありません」

集めた素材を検討して、できるだけ推論を重ね、仮説を煮詰めたうえでの行動にしたい。今後の行動の機会は、限られてくるのだ。

会議室から運んだホワイトボードの前に、古今堂は立った。

そして①→②→③と書き込む。

「そもそもの始まりは、①の昭和四十五年の松川千之進死亡事案です。病死とされましたが、那須野大蔵によって引き起こされた死やったという仮説を僕は立ててみました。松川が死んだことで、大蔵は今に繫がる快進撃をスタートでけました。大蔵の事業の原資になったのは、松川が持っていた現金やったかもしれません。臨機応変の相場を張る松川は、かなりの現金を保有していたと思われます。①が単純な病死ではないという前提に立てば、②の天王寺区の事件は違った角度から見ることがでけます。殺された芳田せつ子の証言があったから、①の事件で大蔵には容疑がかからへんかったのです」

うね」

「①の事件で証言をしていた芳田せつ子は、大蔵から見返りの金をもろていたでしょ
　丸本が、缶コーヒーのプルトップを引く。

「せやから、天王寺区の家も買えたと思える。けど、松川が実際にどのくらいの現金を保有していたかは、弟子の大蔵しか知らなんだのとちゃうか」

　谷も缶コーヒーを開ける。「大蔵が会社を発展させていくのを見て、せつ子はさらなる上乗せを欲した気がする。自分の老後も心配やし、孫娘の学資も要る」

「エスカレートする要求に、大蔵は業を煮やしたというわけですか」

「僕も一度はそう考えてみたのですが」

　古今堂はホワイトボードに①昭和四十五年（一九七〇年）②平成六年（一九九四年）と書いた。「①から②は二十四年間が経っていて、とっくに公訴時効も成立しています。たとえ明らかになっても、社会的信用は失うかもしれませんけど、服役の可能性はありません。開き直ることもでけます。せつ子が偽証を明らかにしてもそれを裏付けるものはないんです。『言いがかりはやめろ』と突き放せば、世間は地位のある大蔵のほうを信用する気がします」

「つまり動機が充分やないということですな。せつ子を殺害するという危険を冒して

までることとやない」

「それと、物的証拠の面からも、大蔵の犯行とは考えにくいことがあるんです。大蔵は小さいときに空襲に遭って右足を少し引きずるように歩きます」

古今堂は、谷から提供を受けた捜査資料のコピーを取り出した。「②の事件では、長い廊下を中心に屋内から、犯人のズック靴の跡が採取されました。芳田せつ子の血が付いたものもあって、かなり鮮明でしたが、引きずったような靴跡は一つもありませんでした」

「じゃあ、犯人は誰なのですか？」

丸本はコーヒー缶のプルトップを引いたものの、飲むのを忘れてしまったようだ。

堀之内が答える。

「警察の捜査でも公判でも重要な証言をした板内照男は、経営する町工場の資金繰りに苦労していた」

「ということは、竹田仲彦、いや当時すでに那須野仲彦」

「ありえるんやないかな。大蔵は、豊臣秀吉が大好きやった。信長のために懐で草履を温めたという献身ぶりや中国大返しなどの実行力に敬意を払っていたと思える。そういう秀吉的な働きができる人間だということがわかったら、大蔵は仲彦を大いに買うやろ」

「かわいそうなのは、とばっちりで捕まってしもうたストーカーの馬木ですね」

丸本は同情したように言う。「じゃあ、③で十七年後に、仲彦が死んだことはどう捉えるんですか。仲彦に対する報復殺人ってことはないですよね」

「おまえ、まさかわいを疑っているんやないやろな。当直しとったという明白なアリバイがあんにゃぞ」

谷は丸本を睨みつける。

「いえ、めっそうもないです」

丸本は、ようやく缶コーヒーに口をつける。

「わしがわからんのは、②を仲彦の犯行だとして、馬木が捕まってしもうたんは偶然やったのか、それともそこまで意図されていたかということですのや」

堀之内が腕組みをした。

「意図していたとしたら、ある程度馬木のストーカー行為を知ってんとでけませんね。けど、馬木と仲彦には接点はないですよね」

と由紀。

「あらへんと思う」

谷は短く答えた。

「②の事件の靴跡のことに関連してですが」

古今堂は谷に向かって訊いた。「馬木亮一のアパートのベランダ下から血痕の付いたズック靴が出てきました。ところが、同じように埋められていたナイフについては、血痕は洗われていました。谷さんのいた捜査本部では、これは問題視されてへんかったですか」

「ブツが出てきたことにみんな舞い上がってしもて、細かく取り上げられることはあらへんかったですね。ナイフは簡単に洗えるけれど、ズック靴はそうはいかへんから、というふうにわいも含めて考えてましたな。ナイフはルミノール検査にかけられて、人血の付着は確認でけました」

「②の事件の現場となった天王寺区の家に、僕は二回行っています。所有者である北岡さんに了解を得ましたので、今夜九時にもう一度訪ねることになっています。谷さん、同行してくれますか」

「もちろん行きまっせ」

「うちらも同行させてください」

由紀の申し出を、古今堂は素直に受け入れられない。

「検証には人手があったほうがええんやけど、もし見張られていたら」

百々の警告は、口頭によるものだった。〝本部長に代わって申し伝える〟という言葉もなかった。そのあと文書は届いていない。さすがに府警も、公安委員からプレッシャーをかけられての正式な警告はしにくいのかもしれない。それでも、危ないことはなるべく谷以外にはさせたくない。

「提案があります」

丸本が手を上げる。「私の実家は弁当屋です。みんなで揃いの割烹着をはおって、配達車で入りましょう。何だか、誘拐事件で被害者宅に出向く特殊犯係みたいですけど」

軽い笑いが起きた。

「じゃあ、それで行きましょう。それから、谷さん。鑑識課の知り合いに、また頼んでほしいことがあります。この二枚の名刺から、指紋を出しておいてもらうように頼んでくれはりますか?」

古今堂はビニール袋を差し出した。中には、那須野大蔵と巻公太郎の名刺が入っている。いずれも、古今堂が自分のものと交換したときにもらったものだ。

「承知しました。わいからも一つ頼みがありますねけど、ナスノ興産の社員名リストが入手でけませんやろか。住所や電話番号はいらんのです。名前がわかれば」

「うち、何とかでけるかもしれません。お局様とだいぶん親しくなりましたから」

6

午後九時きっかりに、丸本の実家の配達車で、天王寺区の北岡宅に着いた。前は駐車禁止区域だったので、丸本には適当に車を流してもらうことにして、四人で中に入る。


由紀が、芳田香穂役となり、一番奥の部屋に待機する。堀之内が芳田せつ子役で、古今堂が犯人役となる。

「せつ子の死体は、上がりかまちのところで仰向けに倒れていました。胸と腹と手の計五ヵ所を鋭利な刃物で刺されてました」

谷が捜査資料で確認していく。

古今堂は手にした雑巾をナイフに見立てて、堀之内を刺していく。堀之内も当然抵抗をするから、一突きでは倒せない。

「香穂っ」

堀之内が声を上げる。向かいの家の主婦は入浴中に、孫娘の名前を叫ぶようなせつ子の声を聞いたような気がしたと言っていた。

奥の部屋から由紀がドアを開ける。長い廊下だが、悲鳴は届く。

由紀は「きゃー」と叫びながら、部屋に戻って用意してきた電話機の受話器を取る。現在は子供部屋になっていて電話機はないので、署に捜査本部が置かれたときに使われる増設用の電話機を、コードを抜いて持ってきた。

古今堂は、前にはだかる堀之内を倒して廊下を走る。谷は腕時計をストップウォッチ機能にして秒を計る。

由紀は、「た、助けてください。おばあちゃんが刺されて――」と電話で助けを求める。古今堂は急いで受話器を奪って、叩きつけるようにフックに置いて、逃げる由紀の背中を刺して、崩れたところをもう一回刺す。

「電話が切れるまでに、七・二秒かかっていますね。実際は、芳田せつ子はもっと抵抗したかもしれません」

「靴跡の間隔はどうですか」

古今堂は靴を脱いでいたが、靴下の裏に丸本弁当店から持ってきてもらったメリケン粉を付けていた。

「署長は小柄やから……それでも、事件の日に廊下に付いていたものより間隔は広いでんな」

急いでダッシュしたなら、床を蹴り上げてジャンプする恰好となり、歩幅は広くなるのが普通だ。だが短い足の古今堂でも、事件当夜に付いていた靴跡の間隔より広いメリケン粉が残った。当夜の犯人はそれほど急いでいなかったことになる。救いを求める電話の声を聞けば、少しでも早くそれを切ろうとするのが犯人の当然の心理だろう。

（なんで、ダッシュをせえへんかったのや）

その説明がつく答えは一つしかない。急いでも七・二秒かかるのに、急がなくても五秒で電話を切ることができた理由も同じだ。

（ダッシュをする必要がなかった……）

血の靴跡の犯人は、急がなくても芳田香穂を殺すことができた。

そう考えると、納得ができた。

「じゃあ、次のパターンを実証します」

古今堂は玄関先に戻った。そして靴下を新しいものに履き替えて、あらためてメリケン粉を付ける。谷は廊下に付いたメリケン粉を雑巾で拭き取り、古今堂の横に立つ。由紀も堀之内も立ち上がって、もう一度やり直しだ。

玄関先に立った堀之内に、古今堂はナイフに見立てた雑巾を刺す。前のパターンと違うのは、その横を谷がすっとすり抜けたことだ。「香穂っ」と叫ぶ堀之内は、古今堂に五ヵ所を刺されて倒れる。他に家人がいるのか、いたとしたらどこにいるかわからないから、廊下に面した居間などを見ながら進む谷の前で、叫び声を聞いた由紀が扉を開ける。目があった由紀はあわてて扉を締めて一一〇番にダイヤルする。

谷はそれほど急がずに奥の部屋に辿り着き、受話器を奪ってフックに叩きつけるように置いて、逃げようとする由紀の背中にナイフを突き立てる。通報して五秒後に、電話を切ることはこれでできた。

由紀の背中をもう一回トドメで刺して、胸の乳首を切り取る真似をする。

谷は、靴下にメリケン粉をふりかける。香穂の返り血が靴に付いたという仮定だ。刺しかたによっては付かなかったかもしれないが、谷はその場で靴下を脱いだ。現実の犯人なら、ズック靴を脱いだことになる。谷は用意してきたビニール袋に、靴下を入れる。堀之内をゆっくり仕留めた古今堂が、奥の部屋に入ってきた。谷は古今堂と入れ替わるようにして廊下を戻り、せつ子が流した血を踏まないようにして外に出る。通信指令室から連絡を受けて駆けつけた機動捜査隊員たちも、血を踏まないようにして廊下を進んでいる。それは可能なのだ。

古今堂のほうは気にせずせつ子の血を踏み、奥の部屋で流れた香穂の血も踏んだ。ズック靴には両方の血が付いたことになる。血の付いた靴跡は、廊下を一往復した。

「犯人は、二人いた——そのパターンで実証したら、状況と合致しましたね」

谷は会心の笑みを浮かべた。「やっぱし、馬木亮一の犯行やなかったのです」

「二人を一人に見せかけるために、ズック靴は、まったく同じ紋様の同じサイズの物を二つ用意して二人が履きました。多少大きめの場合は、ガーゼか何かを詰めたのでしょう。ナイフもまったく同じ量販品を二つ買ったわけです」

「二本のナイフには、被害者一人ずつの血しか付いてまへん。そやさかい、馬木のアパートのベランダ下にナイフを埋めるときには、ナイフの血を洗うたのですよ」

「ズック靴は、僕が演じた犯人が履いていたほうには二人の血がばっちりと付いてますさかいね」

7

その翌朝、桜之宮公園交番の外線電話がまた鳴った。

「お忙しいところを恐れ入ります。きのうの件で、電話をいたしました」

丁寧な口調の男性だ。年配者の落ち着きを感じさせる声だ。

「きのうの件と言いますと？」

石浜巡査はきょうは夜勤番で、まだ来ていなかった。

「うちの学生が、大阪城公園で目撃したことをお話ししたそうです」

「うちの学生？」

「実は、大阪にある某女子大で教授をしておりまして……お恥ずかしい話ですが、教え子の一人と親密な関係にあります。これまで三十年近く教壇に立っておりましてこういうことは一度もなかったのですが、ついつい……それで、私も彼女も絶対に関係をオープンにできません。本来なら、自殺するところを目撃したなら、警察に名乗り出るのが社会的常識ということは重々わかっておるのですが、申しわけございません」

男性は、丁寧な口調を変えなかった。「きのう彼女は、自宅区域の受け持ち交番であるそちらに電話をするということで、市民としての義務を何割かでも果たそうと考えました。かなり悩んだうえでの決意だったようです。けさの京阪神新聞で、目撃者といっしょにいた男も名乗り出てほしいという趣旨の警察の呼びかけを目にいたしました。もし彼女の善意の電話がイタズラ半分のように受け取られているのなら、残念です。私は、名前を申し上げることはできかねます。発覚すれば辞職は確実ですし、大学の名前にも傷がつきます。けれども、彼女の善意が疑われるのもつらいです。それで、こうして電話することにしました。彼女の目撃証言は、まったくの事実です。私も、見ました。あのとき、外堀に飛び込んだ男性を助けることまではできなかったにしろ、せめて消防か警察に電話をすべきでした。それも、関係を知られたくないという一心から、私が知らぬ顔をして立ち去ることを決めたのです。彼女はまったく悪くありません。それが申し上げたくて、電話いたしました」

「あすは社葬でんな。署長はんから頼まれていた件ですけど、鑑識課の知り合いに依頼しておいた指紋をもろてきました」

署長室に入ってきた谷は昨夜の疲れも見せず、元気そうだ。

「御苦労さんでした」

「念のため、前科者データベースに照会してみましたが、ヒットしませんでした。もっとも、いくら過去に犯罪をしていたとしても捕まらなんだら、前科者データベースに載りまへんけど」

谷は、古今堂から預かっていた二枚の名刺と、そこから検出された指紋を差し出した。名刺には古今堂のものも付いていたはずだが、警察官の指紋はキャリアでもあらかじめ登録されているから鑑識課は除外してくれている。検出されたものは、それぞれ一つずつだった。

一つは蹄状紋と呼ばれるタイプのものだ。その名のとおり、蹄が盛り上がったような形状をしている。日本人の四割を占めるとされている。古今堂もこのタイプだ。

もう一つは渦状紋と呼ばれるタイプのもので、円形の線が波紋のように中心から外へと広がる形状をしている。日本人の五割がこちらだと言われる。

「ちょっと失礼」

古今堂は、谷の太い指を取って指紋を観た。彼は渦状紋だった。

「谷さんは、両親も大阪生まれですか」

「そうだす」

東京と大阪の違いは、エスカレーターの空けかたや「マクド」「マック」以外にもある。統計上、東京圏出身者には蹄状紋が多くて、大阪圏出身者は渦状紋が多数を占める。ただし、あくまでも多いというだけで、そうでない人もたくさんいる。東京圏には鈴木姓が多くて大阪圏には田中姓が多い、という程度のものだろう。

けれども、これから古今堂が調べようとすることを後押しする材料にはなる。

「ゲットできましたぁ」

由紀が珍しくドアをノックせずに、署長室に飛び込んできた。「お局様から、ナスノ興産の業務内線電話一覧を借りることができました」

中央署の内線電話ならB４サイズの紙一枚に収められているが、社員数の多いナスノ興産は小冊子になっている。しかも各自に一つの内線電話が与えられている。

「ちょっと見させてもらいます」

谷は手を伸ばした。そして頁を繰っていく。

「うまいこと借りられたね」

古今堂は由紀をねぎらった。

「住所やメールアドレスといった個人情報が書いてあるものやのうて、仕事で使われている内線番号と氏名だけやから借りられたんやと思います。巻部長と駒林亜里菜さんが結婚するんやないかという噂は社内で広まっているそうです。うちは、二人が婚約を済ませていて十二月に結婚式を挙げる予定やという情報と見返りに、この小冊子を借り受けました。女子社員の間では、駒林さんの評判は悪いようです。女性同僚の前では美人でお嬢様育ちなことを鼻にかけているのに、男性同僚の前ではかいがいしく控えめを演じているって。やっかみもありそうですけど」

もどかしそうに頁を繰っていた谷の手が止まった。そして重そうな溜め息をつく。

「どないしました?」

「人事課の係長に、敬愛しとった先輩の名前がありました。元捜査一課の中途退職者だす」

堀之内の先輩も何人か勤めているということだった。

警察OBや中途退職者を積極的に雇い入れているということと、那須野大蔵が公安委員を務めていることとは無関係ではない気がする。日本の〝官〟と〝民〟が有するもたれ合いの構図は、警察においても例外ではない。

第六章

1

トウキチビルの最上階で、ナスノ興産の那須野仲彦元専務の社葬が始まった。

古今堂は、開式の午前十一時を過ぎているのを確認してから、トウキチビルに入った。

きょうは土曜日だが、社葬の日ということで受付嬢がカウンターにいる。

「古今堂と申します。秘書代理の植嶋さんはいやはりますか。お願いしたいことがありまして」

古今堂はスーツを着ているが、黒の上下ではない。

「アポイントメントは?」

「ありませんが、秘書代理さんにぜひとも相談したいことがあるんです」

受付嬢は少し困惑した顔を見せながらも、内線電話をかけた。手にしているのは由紀が借りてきたのと同じ小冊子だった。


植嶋は、地下一階の駐車場に〈秘書代理室〉というプレートの出た小さな個室を与えられていた。その小部屋のすぐ近くに、リムジンが停まっている。少し離れてレクサスが見えた。智恵子が乗っている車だ。

「警察署長さんが、いったいどういう風の吹き回しですか」

植嶋は、くわえタバコで見ていたお笑い番組のテレビを消した。

「ナスノ興産の社長秘書代理さんに、アドバイスをもらいに来ました。きょうは社葬のあと、新体制の発表と披露パーティがあるようですけど、そこに入る方法はないですやろか。招待状はもろてません」

植嶋は当惑したような表情を見せながら、吸っていたタバコを灰皿で押し潰す。十数本の吸殻が灰皿に入っている。かなりのヘビースモーカーのようだ。

「前にもお話ししましたが、私の秘書代理という肩書きは名目だけのものです。そういったアドバイスなどできる立場にありません。社葬に来られるＶＩＰさんをお迎えに上がり、終わったあとはお送りする——それだけが、きょうの私の職務です」

「けど、ナスノ興産で最もベテランの社員さんで、那須野大蔵社長の高校以来の友人ですのやから、社長の性格やものの考えかたをよう御存知やと思います。実は、社長の御機嫌を損ねることを警察署長としてやってしまいました。それがなかったら、きようもお招きいただいていた気がするんです」

「もう一本吸わせてもらってもいいですか」

植嶋はライターを手にした。

「ええ、どうぞ」

「署長さんは、どうしたいのですか」

「社長さんの気分を害してしもうたことを、謝りたいと思うてます」

「それなら……素直に謝るのが一番いいのではないですか」

「社長さんに話を聞いてもらえますかね」

「それは、切り出しかたによるでしょうな」

植嶋はタバコに火を点けた。「社長から、こんな話を聞いたことがあります。豊臣秀吉は、千利休に切腹を命じますが、それは利休が謝ることがヘタな人間だったからだそうです。許しを乞えば死なずに済んだものを、それがうまくできないままどんどん溝が深まっていったそうです。知恵者で柔軟だった秀吉を敬う社長さんには、署長さんも機転を利かせて謝りなさるのがよろしいのではないでしょうか」

「ありがとうございます」

古今堂は胸ポケットに手をやった。「もう一つ、教えてもらいたいことがありますのや。この写真を見てほしいんです」

古今堂が手渡したのは、巻めぐみの写真であった。堀之内が近所の主婦から手に入れてきたものだった。

植嶋は吸いさしのタバコをくわえたまま立ち上がり、後ろにある引き出しから老眼鏡を取り出してかけた。

「こんなものを、どこから?」

「ボランティア清掃をいっしょにやっていたという主婦のかたが持ってはりました。とても評判のいい女性やったそうですが、那須野社長は本妻よりも巻部長のお母さんのほうを愛してはったのでしょうか」

「警察がどうして、こういうプライベートなことを調べるのですか」

「那須野仲彦さんの死について調査している過程で浮かんできました。那須野社長が巻部長を認知してはることとかも……御承知かもしれませんが、府警本部は仲彦専務の死は自殺と断定しました。ただ、その自殺の理由や原因についてはまだ調査は終わっていません。背後にある事情もきちんとフォローすることが必要なのです。戸籍関係は調べさせてもらいました」

植嶋は眼鏡をはずして、写真を古今堂に返した。

「たぶん、社長の最愛の女性は、めぐみさんだったでしょうな。社長は『妻とは恋愛ではなく、師匠にセッティングされての結婚やった』と言っていたことがあります」

「せやったら、巻部長を後継者にするということをもっと早うに決めてはってもええと思うんですが？」

「社長にとって、めぐみさんの存在や子供がいたことは秘密にしておかなくてはいけないことだったのです。どこの企業でもそうでしょうが、会社の社会的信用に関わりますから」

「愛人がいることは、オープンにはできないということですね」

「しかたのないことでしょう。日本では、正妻や正妻の子供が優先されるのが原則ですから」

「社長の正妻は、自分の子供——つまり智恵子さんやその婿である仲彦さんのほうを後継者にと、強く後押ししはったのでしょうか？」

「それもあったでしょうね。社長の奥さんはとても繊細なかたでしたが、めぐみさんのような耐え忍ぶタイプではありませんでした。七年前に病気で亡くなられましたが、御存命なら社長に今でも影響力をお持ちでしたでしょう」

「仲彦さんの後ろ盾だったのですか」

植嶋は、部屋の掛け時計を見た。「そろそろ社葬が終わって、休憩に入る時間帯でしょう。社長に詫びに行かれるなら、今がいいタイミングかもしれません。仲介の労を取るほどの力が私にはなくて、お役に立てませんが」

「いえ、いろいろ参考になりました」

古今堂は、巻めぐみの写真を持ったまま立ち上がった。

古今堂はいったん外へ出て三十分ほど時間を潰したあと、トウキチビルに戻った。

受付嬢は不審な顔をした。

「最上階に那須野智恵子さんがいらしたら、内線電話を取り次いでください。ここで話しますから」

十二日前は主賓で、きょうは招かれざる客であった。

しばらく待たされて、智恵子が電話口に出た。

「突然のことで申しわけないですが、那須野社長に三十秒だけお会いさせてくださ
い」

「会って、どうなさるのですか」

「不快な思いをさせてしもうたことを詫びます。仲彦さんは自殺——府警本部はそう
結論を出しました」

「会うのは、きょうでなくてはいけませんか」

「きょうが区切りの日やと思いますさかい」

「本当に三十秒だけですか？」

「それはお約束します。会場にいる時間は二分間にします」

「このままお待ちください」

先ほど以上に待たされて、ようやく智恵子が電話口に戻った。「三十秒だけですぐ
に帰るのなら、入場してもいい。父はそう申しております」

「おおきに」

古今堂は、エレベーターで最上階まで上がった。腕時計で現在時刻を秒数まで確認
してから、エレベーターを降りる。ホールのところで、智恵子が立っていた。喪服の

和装姿だった。

「会場に入らせてもらいます」

十二日前のような案内をしてくれるわけではなかった。智恵子は愛想笑いを浮かべるだけであった。

古今堂は、黒のスーツとネクタイをしていない自分が会場で浮くかもしれないと思いながら入ったが杞憂《きゆう》であった。中では喪服姿は皆無であった。仲彦の遺影や献花は、もう片付けられていた。集まった人の数も、コンパニオンの姿も、船渡御の夜を上回る。やはり、社葬よりも会社の新体制発表がメインのようだ。招待客には、平服でという案内を出しているのだろう。

社葬というイメージからは場違いにも思える、まるで結婚披露宴の新郎新婦のように着飾ったカップルがいた。巻公太郎と駒林亜里菜だ。彼らが、きょうの主役だ。二人とも、客たちと歓談していて古今堂には気づいていない。巻の額をつたう汗に気づいた亜里菜が、白いハンカチで拭ってあげている。巻が「ありがとう」と小声で言っているのが口の動きでわかる。

古今堂は大蔵を探した。時間がないのだ。

巻公太郎の斜め前の位置に、大蔵がいた。ウイスキーグラスを片手に、二人の客と笑い合っている。

古今堂は進み出て、その笑いの中に割って入った。

「那須野社長、不快な思いをさせて申しわけありませんでした。僕は、千利休にはなりたくありませんので」

頭を下げた古今堂は、大蔵の持っていたウイスキーグラスを横から手を伸ばしてひょいと取って、飲み始める。

「何のつもりや？」

大蔵が眉を寄せ切る前に、古今堂は半分以上残っていたウイスキーをすべて飲み干した。

「お詫びのつもりで、返杯を受けたことにしたいと思います。社長の敬愛する秀吉は、小田原の北条攻めに遅参した伊達政宗を許していますね。政宗は、純白の死に装《しょう》束《ぞく》を纏《まと》って秀吉に詫びたそうです」

「ほう、よう知っておるな」

「三十秒の約束ですので、これにて失礼します」

「変わった官僚だな」

「お誉めいただき、痛み入ります」

「誉めてはおらん」

大蔵がそう言うより早く、古今堂は踵《きびす》を返した。

2

その日の夕方、丸本良男は古今堂からの連絡を受けて、ＪＲ東西線の海老江《えびえ》駅へと急いだ。

「土曜日に呼び出して、すまない」

古今堂は、駅務室の奥の小部屋にいた。「きょうは乗降客が多い。駅員さんに頼んで、この部屋を使わせてもらうことにした」

「それで、ターゲットは？」

「駅を出てすぐの国道二号線沿いのレストランに入っている。駅員さんの話によると、この駅がなにわ淀川花火大会の観覧船の最寄駅やそうや。乗船は午後五時半から六時半や。それまで食事がてら時間待ちをするつもりやろ」

「巻たちがここに来るって、ようわかりましたね」

「わかっていたわけやない。トウキチビルを出たあと、社葬の参加者の中に知っている人間がいないかと、終わるまで向かいのビルの陰から観察していた。結局、知った顔は見かけへんかったのやけど、最後のほうで、巻公太郎と駒林亜里菜が腕を組んで出てきた。会場のときとちごて、ずいぶんラフな恰好や。大役が終わって弾《はじ》けた表情やった。あとを付いていったら、ＪＲの大阪天満宮駅まで歩いてこの東西線に乗った」

丸本は、それなら彼らは古今堂が睨んだとおり観覧船に乗るつもりだろうと思った。なにわ淀川花火大会会場の最寄り駅は、阪急電車の十三《じゅうそう》駅だ。ＪＲ神戸線の塚本《つかもと》駅や阪神電車の姫島《ひめじま》駅で降りる場合もあるが、いずれにせよ花火大会の会場に行くには、天満橋なら地下鉄谷町線で東梅田に出て乗り換えるほうが、歩く距離が短い。

「きょうの彼らの服装はこんなんや」

丸本は、古今堂が背後から撮った携帯電話の画面を見せてもらった。亜里菜はライトブルーのタイトなＴシャツに白のクロップドパンツ姿、巻はポロシャツにジーンズだ。丸本は彼らの顔を知らないが、これならレストランの中で探せるだろう。

「わかりました。彼らが店を出ないうちに、行ってきます」

丸本は、連中の顔を知らないが、向こうも知らない。谷や堀之内は、警察ＯＢの社員から尾行された可能性があるが、丸本はノーマークだった。

レストランはかなり混んでいた。カウンター席に一つ空きを見つけて、丸本はそこに座った。やたらカップルが多い。あとは家族連れだ。このほとんどが、なにわ淀川花火大会に行くのだろう。大阪の三大花火大会といえば、七月二十五日の天神祭本宮、八月一日に富田林《とんだばやし》市で行なわれるいわゆるPL花火大会、そして八月の第一土曜日に原則として開催されるなにわ淀川花火大会だ。

カウンター席から離れた二人用の席に、巻と亜里菜がいた。話し声は聞こえないが、楽しそうに会話に興じている。亜里菜はサンドイッチを摘《つま》み、巻はピラフを頬張っている。亜里菜は巻に向かって口を開けた。巻がピラフを載せたスプーンで亜里菜に食べさせる。

(おいおい、ややこしいことをせんといてや)

丸本は心の中で叫んだ。

ようやくウェイトレスが丸本にオーダーを取りに来た。忙しいせいだろう、ぶっきらぼうにメニューを渡す。コーラを単品で頼んで、さらに観察を続けた。

五時半が近づくと、客たちは潮が引くようにどんどん席を立っていく。視界を彼らに遮られないように、丸本は席を移動した。

巻も伝票を持って立ち上がろうとしたが、亜里菜が手鏡を取り出したので、テーブルの上の爪楊枝で歯を掃除している。

亜里菜が手鏡をしまい、巻が席から立ち上がった。丸本も中腰になったが、あとを尾行するわけではない。巻たちが出て行くのを確認したあと、盆を持って巻たちのテーブルを片付けようとするウェイトレスを両手で制する。

「警察の者です。協力をお願いします」

ここで警察手帳がさっと出せればテレビドラマのようなのだが、内勤の会計課では警察手帳は署に置きっ放しだ。土曜日に警察手帳を持ち出すのは手続きも面倒だし、署に立ち寄る時間の余裕もなかった。

「ほら、これを見とくなはれ。警察の者ですから」

丸本がやむなく持ってきたのは、警察共済組合発行の健康保険証だった。

3

なにわ淀川花火大会が、フィナーレ前のクライマックスを迎えつつある午後八時半に、谷はＪＲ京都駅５番線ホームにいた。

約束の時間になっても、相手は現われなかった。

(こんなことは一度もあらへんかった。時間にはきっちりした男やった。けど、人間は変わる……)

きょうの午前中に、交野《かたの》市にある彼の自宅に電話してみた。電話番号は変わっていなかった。無理をして三十年ローンを組んだから、死ぬまで引っ越しはしないだろうと彼は言っていた。まだ同僚だったころの話だ。

谷の携帯電話が受信を告げた。

ディスプレー表示は、公衆電話となっている。

「もしもし」

「待たせてしまって、すまない」

「今、どこでっか?」

「十五分前に、京都駅には着いている。構内の電話を使ってかけているんだ。会おうと思ったが、このまま電話にしてくれ。会わなくても話はできる」

「日と場所を改めまひょか」

「いや、きょうでいい。そして、京都駅でいい」

「けど、この5番線というのは」

待ち合わせの場所として指定を受けたとき、谷は耳を疑った。しかし、黙って先輩に従うことにした。

「そう。あの事件の現場だよ」

三沢裕司は少しなつかしそうに言った。

あの事件というのは、いわゆるグリコ・森永事件だ。けれども、グリコ・森永事件というのは、正確な呼称とは言えないと谷は思っている。他にも脅迫を受けた企業はある。脅迫を受けた順番からすると、グリコと森永の間に丸大食品が入る。

三人組の男たちによるグリコ社長の誘拐が起きた昭和五十九年三月に事件は端を発するが、同年六月に大阪府高槻市の丸大食品が脅迫を受ける。森永製菓関西販売本部が脅迫を受けるのは同年九月だ。丸大事件が呼称から抜けているのは、捜査が秘匿されたことが影響している。

丸大食品は五千万円の現金受け渡しを要求され、通報を受けた大阪府警は捜査一課員を丸大食品の社員になりすまさせて、犯人グループからの指示に従い、当時の国鉄高槻駅から京都駅に向かう。その車中で目撃された不審者が、のちに有名となる〝キツネ目の男〟である。

「二十七年が経った今でも、まだ記憶から消えないよ」

谷は交番勤務から署の刑事課に引き立てられたばかりだったが、三沢はすでに捜査一課の気鋭の中核メンバーだった。丸大の社員になりすました捜査員とともに、一般乗客に扮して京都駅行きの同じ車両に乗り込んだ刑事の一人だった。

そのときの様子を、くわしく聞く機会を谷はのちに得る。十年後に起きた天王寺区での芳田せつ子・香穂殺害事件で三沢といっしょに捜査をしたときだ。

丸大食品事件では、犯人グループからは〝高槻・京都間で、進行方向に向かって左側の窓から白い旗が見えたら、現金入りのボストンバッグを落とせ〟という指示があった。白い旗はあった。だが、社員になりすました捜査員は見えなかったふりをして、やり過ごす。キツネ目の男は、その様子を鋭い視線で観察するように見ていた。それだけではない。社員になりすました捜査員がボストンバッグを抱えたまま京都駅で降りるとあとを追いかけるように背後を歩き、トイレにも付いてきた。京都駅から高槻方向に向かう帰りのホームに、社員になりすました捜査員が立つと、その回りをうろついた。

三沢たちは、このキツネ目の男が犯人グループの一員だと確信する。職務質問をかけて、キツネ目の男を押さえたい——それが三沢たち現場にいた刑事の意見だった。だが、府警の上層部が指揮をしていた捜査本部は、職務質問を断じて許さなかった。

現金受け渡しという明確な時点で現行犯逮捕して一網打尽にする、という方針を変えようとはしなかったのだ。

「あのときが、グリコ・森永事件の分岐点だった。職務質問をかけさせてくれていれば、犯人グループの尻尾が摑めていたんだ。一網打尽だなんて、結局できなかったじゃないか。翌年の一月になって、キツネ目の男の似顔絵を一般公開して、市民情報を求めるくらいなら、なぜあのとき何もさせてくれなかったんだ。谷が今いるホームに、あの男は立っていたんだ。おれたちの目の前に」

二十七年が経過していても、三沢は残念そうだった。「そして、おれの刑事人生の分岐点にもなった」

二十七年前、手ぶらで京都駅から帰ることになった三沢は、職務質問が認められなかった不満を上司にぶつけて、それ以降はグリコ・森永事件の最前線からはずされたという。

「三沢さん。わいの刑事人生の分岐点は、十七年前の天王寺区の事件です。あれ以降、所轄のドサ回りとなりましたで。そして、三沢さんは十六年前に退職して、広告会社に就職しはりました。それから二年後に、ナスノ興産に……調べたらすぐにわかりました。ナスノ興産の系列子会社の広告会社だした。つまり、最初からナスノ興産に転職したようなもんです」

「職務質問のことで、おれが楯突いた上司は、しばらくして左遷となった。外郭団体に出向となったんだ。グリコ・森永事件で成果が挙げられなかったことに対する責任を取らされたんだと思う。上司がいなくなったお蔭で、おれは捜査一課に残ることができた。谷と天王寺区の事件の捜査をしたころまでは……ところが、その上司が府警本部に復帰することがわかったんだ。十年が経ち、もうそろそろ世間も以前ほどはグリコ・森永事件を批判しなくなったためか、あの男の世渡りのうまさが功を奏したのか、理由はわからない。ただ、このことだけは、はっきりしていた。あの男は、おれを恨んでいた。おれがもっと上のほうに告げ口したから左遷の憂き目にあったと思い込んでいたんだ。真夜中に悪酔いした勢いで恨みの電話をおれのところにかけてきたこともあったたし、おれに『復讐してやる』と息巻いているという話も聞いたことがあった。もう府警本部にはいられない気がした。いたとしても、生き地獄だ」

「せやから、就職活動をしたんでっか」

「どういう意味だ？」

三沢がそらとぼけているのかそれとも、こちらがどこまで知っているのか試そうとしているのか、谷には判断がつきかねた。電話では、表情が見えない。

「天王寺区の事件では、捜査サイドの情報が洩れていたように思えるんです。たとえば、馬木亮一という男が添い寝クラブで出入り禁止になっていたことや彼の靴のサイズが二十五・五であったことだす」

「添い寝クラブの出入り禁止は、夕刊紙にも載っていた」

「かなりあとになってからです。あれは捜査本部の誰かがリークした可能性もあります」

天王寺区の北岡宅を借りて、複数犯なら可能という実証をしたあと、古今堂が谷に推理を話した。

「犯人たちは、周到に下見をしていると思うのです。近くに乗りつける車を停めるとしたらどこがええかとか、隣近所から中の様子は見られへんやろかとか、部屋の間取りはおおよそどうなっているのか、といったことです。捕まらないために、下見は何度かやったと思えます。そんときに、これは偶然ですけど、馬木がストーカー的に中を窺っているところを見かけたんやないですやろか」

「それで馬木に罪を着せようと」

馬木は、警察の取り調べでも公判でも〝彼女の家を覗いたことはある〟と正直に認めていた。

「そこまでは狙《ねろ》うてへんかったと思います。けど、馬木のことは夜間に犯人たちが芳田せつ子に玄関の鍵を開けさせる小道具になったんやないですやろか。たとえば、『巡回中の警察の同僚が、おたくの家を覗いている若い男を見かけました。男は逃げましたが心当たりはありませんか』と二人組の刑事を騙《かた》るわけです。もし祖母が孫娘からストーカーのことを聞いていたら、扉を開けますやろ」

「警察を装うなんて、許せまへんな」

現行の顔写真を見せるパッケージタイプの警察手帳は、平成十四年からである。当時なら、旭日章《きよくじつしよう》と大阪府警察の五文字が印刷された表面を出すのが慣行のようになっており、偽物が使われたこともあった。犯人たちが偽物を使ったかどうかはわからないが、刑事なら私服で、ハンチング帽という恰好はよくある。帽子をかぶれば毛髪の脱落は防げる。聞き込みに当たる刑事が、二人組なのは普通だ。寒い夜なので、手袋をしていてもおかしくない。

「馬木が添い寝クラブで出入り差し止めになっていたことがわかり、捜査本部が注目し始めたことで犯人たちは方針を変えたのです。馬木のアパートのベランダ下に靴やナイフを隠し、板内照男に偽りの証言をさせました。板内証言は、彼らが目撃した馬木の様子がベースになっていると思います」

「馬木の住所などの情報は？」

「捜査本部から流れたと考えられます。見つかったズック靴にはガーゼが詰められていましたが、馬木の足のサイズがわからないとそれはでけしません」

古今堂とのやりとりを反芻《はんすう》しながら、谷は携帯電話を持ち替えた。

「三沢さん。天王寺区の事件の捜査本部にいたメンバーで、ナスノ興産の社員になっているのは、あんただけだす。わいが早い時期に尾行を受けていたのも、三沢さんがいたからやないですやろか」

「谷よ。おまえの言っていることは、あくまでも推理であり、想像だ。根拠はない」

「根拠は……三沢さんの心の中にあると思うてます。わいが知っとるままの三沢さんやったら、無辜《むこ》の人間を犯人にしてしもうたことを、悔いてはります」

谷は、長い間訊きたかった質問をぶつけた。「妻の澄江の話によると、一審で馬木亮一を担当した老弁護士の事務所に、『目撃者の板内という男をもっと叩け、追及が甘い』という匿名の電話があったそうです。あれは、三沢さんがかけはったんとちゃいますか」

「知らんな」

「そのあと、澄江と結婚したことを本部に投書して、わいを捜査一課から転任するように仕向けたんも、三沢さんやないですか？　あのまま一課にいてたら、わいは無茶な再捜査をしてしもて免職になっていたかもしれません」

「それも知らん」

「三沢さんは、今でも悔いてはると信じとります。こうなってしもたら、男らしゅう事実を認めてくれはると期待してます」

「谷の言っていることはすべて想像じゃないか。自分の女房の兄が無実だと盲信したいがための空想だ」

「自分の女房のためだけに動いているんやないです。わいなりの正義感もあります」

「正義感なんて持たないほうがいい。私は、正義感を抱いたがために、グリコ・森永事件で上司に楯突き、人生が変わった」

「事件で人生が変わった警察官は、三沢さんだけやあらしません」

グリコ・森永事件では、キツネ目の男がもう一回、捜査員に目撃されている。ハウス食品に対して一億円の脅迫がなされ、現金を積んだ車は犯人グループによって名神高速を使って滋賀県へ向かうように指示された。大津サービスエリアで、捜査員はキツネ目の男を再び目撃するが、ここでも職務質問はしないようにとの捜査本部の指示が出ていた。犯人グループは、草津パーキングエリアの近くの防護フェンスに目印となる白い布を括りつける。その付近で、事情を知らない滋賀県警の捜査員が無灯火で停まっている不審車を見つけて職務質問をしようと近寄るが、急発進して逃げられてしまう。追跡したが、追いつくことはできなかった。不審車は乗り捨てられ、車内から警察無線傍受機などの遺留品が見つかる。警察のミスで、犯人逮捕の最大のチャンスを逸したという批判は強かった。

不審車を取り逃がした滋賀県警の警察官は責任を感じて辞職し、事件当時の滋賀県警本部長は本部長公舎の庭で焼身自殺をする。叩き上げで本部長になったノンキャリア組であった。

「わいも、天王寺区の事件で、警察官人生が変わりました」

事件に疑問を感じ、支援した被告人の妹と結婚して、傍流にはずされることになった。

「お互い様ということだな」

「けど、わいは違法なことはやってまへん」

「もう空想はいいかげんにしろ」

「三沢さんが、こうして呼び出しに応じてくれはったということは、良心に従おうという気持ちがあるのやと思うてます」

「そんなことはない」

「せやったら、なんでわざわざ京都駅まで」

「単なるノスタルジアだ」

4

その翌日の日曜日、古今堂は由紀をともなって、再び智恵子のマンションを訪れることにした。

森ノ宮駅で待ち合わせて、暑いのでゆっくり歩く。

「署長さん。頭の悪いうちには、わからへんことがあるんです。天王寺区の事件で、芳田香穂さんが添い寝クラブでアルバイトしてはったことです。時給が高《たこ》うて、フーゾク店ではないにしろ、もしお金があるんやったら、普通はせえへんアルバイトやと思うんです。馬木亮一に迫られるといった嫌な思いもしてます。それでも続けてたんは、やはり高給に惹かれていたんとちがいますやろか」

「祖母のせつ子からもらう小遣いでは足りひんかったのか。それとも、せつ子にはそんなにお金がなかったのか」

「あの家自体は、普通のサラリーマンでは買えへんかったくらいの値段やったと思うんですけど」

「大蔵からお金をもらうにはもらったが、そのあと継続的に支給があったとは限らへんな」

古今堂は歩きながら、頭を回転させた。

よくよく考えてみると、せつ子による〝事務所にいた〟という証言が仮に取り消されたとしても、それがイコール〝那須野大蔵が現場にいた〟という証明にはならない。つまり、せつ子の証言撤回は、大蔵の致命傷に繋がるとは限らない。だとしたら、せつ子が脅したとしても、大蔵は応じてこないかもしれない。

松川の資産を横取りしたことに対する脅迫も難しいように思える。事務員としての仕事もしていたとはいえ、せつ子はあくまでも炊事などの家政婦の仕事がメインだった。金庫のことにタッチしていたとは思えない。

「もう少し調べてみる必要がありそうや」

せつ子の継続的な脅しがなかったなら、大蔵にとっての喉奥の骨を取り除くため、という犯人の動機は成り立たない。

智恵子が住むマンションが見えた。アポは取っていない。不在なら、また訪ねるしかない。

インターホンを押す。

「はい」

「古今堂です。きのうは、どうもお世話になりました。実は智恵子さんにお訊きしたいことがありまして」

「まだ何か？」

「恐れ入ります。三十秒では無理ですが、数分間だけ時間をいただけないでしょうか。突然で申しわけないですが」

「インターホン越しではダメなの？」

「見ていただきたいものもありますので」

「しかたないわね。本当に数分で帰ってくださいね」

智恵子は渋々応じた。

古今堂は、心斎橋のデパートで買ったケーキの入った箱を由紀に渡す。由紀は軽くうなずきながら、受け取った。

「うちのほうも、署長さんに渡すものがあります。頼まれてたテレビ大阪の天神祭中継のＤＶＤです」

「きのうは、三十秒で失礼しました。巻さんは副社長にならはったのですか」

「ええ。父が発表しました」

「駒林亜里菜さんとの婚約は？」

「それは巻のほうから、紹介がありました」

「巻さんは、那須野大蔵社長と養子縁組をするという噂が社員の間にあるようですが」

「噂なんて勝手に流れるもんですわ」

「智恵子さんがこのマンションを引き払わはるのやないかという話も小耳に挟みました」

古今堂は、聞いてもいない噂をぶつけてみた。

「そんな噂、誰が流しているのよ？」

「そこまでは知りません。智恵子さんは、仲彦さんが亡くなってすぐに巻さんを重用するというタイミングの早さに怒ってはって、抗議の意味で引っ越しをしはるのやないかと」

「絶対的な関白の地位にいる父の方針に怒っても無駄なことは、あたしが一番承知してますわ。そんなことを訊きに来たのですか?」

「あの、ケーキがあるんです。いっしょにいかがですか?」

由紀が箱を差し出す。

「あら、アンリ・シャルパンティエね」

智恵子の顔がかすかにほころんだ。

由紀が太い指で開ける。イチゴショートとモンブランとチーズケーキだ。

「どれがええですか?」

「モンブランがいいわ。紅茶を出さなきゃね」

「うち、やります」

「いいわ」

智恵子はキッチンに立って、紙パックからグラスにアイスティーを注ぎ込んで、フォークとともにトレーに載せて持ってきた。

「見てもらいたいものは、これなんです」

堀之内が手に入れた巻めぐみの写真を差し出す。

「あ」

由紀が小さく声を上げた。イチゴがスカートの上に転がった。「かんにんです。ちょっと水を使わせてください」

由紀はキッチンのほうに立ち上がる。古今堂はかまわずに続ける。

「きのう、僕は社葬が終わったなら、智恵子さんはすぐに帰らはるんやないかと思うてました。けど、巻さんの副社長就任発表や婚約者紹介までいやはったのですね」

「いけませんか」

「あかんなんて言うてしません。ただ、夫が座っていた次期社長の椅子に他の人が腰を下ろすところは、普通なら見とうないと思いますのや」

「もう調べているんでしょ。戸籍も」

智恵子は写真を突き返した。

「智恵子さんは、巻さんが異母弟やということを、いつ知らはったんですか？」

「夫が中国で詐欺にあって損失を出したときよ。香港にいたことのある巻なら、そのときの人脈を使って、詐欺師という情報をもっと早くに得られていたのじゃないかと怒ったのよ。仮面夫婦でも、夫は夫だから。そうしたら、『ずっと黙っていましたけど、私はあなたとは対立したくありません。お互いに敵にはならないでいましょう』と、戸籍を見せられたのよ。認知という文字が飛び込んできてびっくりしたわ。この女性の写真も見たわよ。これとは違う写真だったけど」

智恵子はモンブランにフォークを入れた。「あたしは、すぐに父に連絡をとった。これまでずっと、あたしは一人っ子だと思ってきたのに」

「僕は、大蔵社長からあなたは〝一人娘〟だと紹介されました。でも、一人娘って、一人っ子の娘という意味と、兄弟はいても女の子供としては一人だという意味と、二つあるんですよね」

「あたしは、父と巻から聞かされてショックを受けました。すぐには信じませんでした。戸籍の記載なんてごまかせると思ったんです。そうしたら、巻が『DNA鑑定をしたらわかってもらえるだろう』と提案してきたのです。あたしは、自分で鑑定業者をインターネットで選び、送ってきたキットで巻の頬の内側の細胞を採り、あたしのといっしょに送りました。出された鑑定は、〝姉弟に間違いない〟と断定されたものでした」

「そこまでして確認しはったんですか」

「だって、すぐには信じられなかったから。それからは、巻に対する見方も態度も変わったわ。弟なのだから」

「かんにんです」

ハンカチを片手に、由紀が遠慮がちに戻ってきた。

智恵子はモンブランを平らげた。

「あたしは、これからも弟のことは支持していくわ。だから、きのうの副社長就任発表にもつき合ったのよ」

「もっと早くに巻さんが後継者となっていたなら、自分は自由な結婚ができていたのに、とは思いませんか？」

「思わなくはないわ。だけど、正妻の子は、あたし一人よ」

智恵子は誇らしげにそう言った。「さあ、そろそろ帰ってくださらない？　約束の数分間はもう過ぎましたわね」

「そうですね。けど、このチーズケーキは食べさせてください」

古今堂は、ひとくち食べただけのチーズケーキにフォークを入れた。

「あたしは、同族会社の経営者の奥さんたちと話をする機会もよくあって、ときにはディープなことを聞くこともあるのよ。会社と一族の存続が優先する。たとえ、好きでなくても、存続のために結婚することはよくある世界なのよ。その分、浮気や遊びは夫婦とも許される——彼女たちには、一般の人たちとは違う物差しがあるわ。会社の経営が何よりも大事なの」

「僕にはよく理解できませんが」

「理解できなくてもしかたがないわ。住んでいる世界が違うのだから。でも、これだけは言っておくわ。もしもあなたが、後継者の地位を横取りするために公太郎が仲彦を殺したなんて思っていたら、見当違いもいいところよ」

智恵子は、モンブランの底に敷かれた銀紙をきれいに畳んだ。「父は、二人を社員として間近に見ていて、経営の才覚が仲彦には乏しく、公太郎のほうがはるかに上回るってことが判定できたのよ。だから、後継者を仲彦ではなく公太郎にする、という父の腹は決まっていたのよ。正妻系統か妾腹系統かということは大きいけれど、会社の存続のほうが最優先する——父はそれがわかっている人よ。このあたしだって」

第七章

1

節電で暑さに拍車がかかる夏の日々が、十二日間続いた。

古今堂は、巻公太郎と会うために、トウキチビルに足を運んだ。

アポを求めた電話では多忙を理由に断られたが、古今堂は、「ぜひお伝えしたいことがあります。お尋ねしたいこともあります。会っていただけるまで、電話を続けます」と食い下がった。今回限りにする、という条件を出したうえで、ようやく巻は了解した。

（できることはすべてやったはずだ。これでダメなら、あきらめるしかない）

古今堂は、東大受験を目前に控えた高校三年のときに、同じことを思った。そして、結果は不合格だった。

（あのときは、私学に行くという次の道があった。けど、今回はあらへん）

公安委員を相手にした戦いだ。負ければ、辞表を出さなくてはいけないだろう。自分一人ならともかく、谷も同じことになる。由紀や堀之内や丸本も、何らかの処分を受けることになるかもしれない。

トウキチビルの受付嬢は、すっかり古今堂の顔を覚えていた。変わった人がまた来ている、と言わんばかりの表情を浮かべた。

「巻部長、いや巻副社長と面会の約束をしてます。古今堂と申します」

「お待ちください」

受付嬢は、カウンターの下に貼った紙を確認する。「奥にある階段から二階にお上がりください。応接コーナーと表示の出たスペースがございますので、そこの第三室にお入りください」

案内されたとおりに、階段を上がる。畳二畳ほどの狭い部屋が三つ並んでいる。部屋と言うより、区切られたボックスだ。そこの第三室というプレートが出たボックスに入る。四人がやっと座れるソファセットが一つ置かれているだけだ。電話機が、壁に取り付けられている以外は、窓もないし、飾りもない。簡単な商談をしたり、クレーマーへの対応をしたりするために作られているのだろう。

トウキチビルに来るたびに、案内される部屋のランクが落ちていく。そして、これが最後だ。

それにしても、この部屋は暑い。由紀が知り合いになった経理部のお局様は、こうボヤいていたそうだ。この夏は、トウキチビル全体で十五パーセント節電が数値目標となった。しかし、最上階の展望パーティルームやその下の社長の自宅フロアは節電されていない。そのため、一般社員が働くフロアは二十パーセントほど照明や空調が落とされて、うちわとタオルが手放せない。

二十分近く待たされて、ようやく巻が現われた。

「暑いですから、手短にしてください」

クールビズのワイシャツ姿の巻は、あいさつ抜きでそう言った。

(手短にはでけへん。これは、中央署の誇りを懸けた戦いや)

古今堂は心の中でそうつぶやきながら、持ってきたバッグのチャックを開けてレコーダーのスイッチをオンにした。

厳しいアウェイゲームが始まった。

「なにわ淀川花火大会の夜は、観覧船での見物をしてはったのですね」

「見張っていたのですか。卑怯《ひきよう》ですな」

そっちかて尾行してたやないですか、と出そうな言葉を飲み込む。

「観覧船がお好きなようですね」

「そりゃあ、人込みや蚊を気にしないで見ることができますから」

「けど、船の中でシマヘビが出てくることはあるようですな」

「あはは、あれには驚きました」

「シマヘビをさっと捕まえていたなら、他の乗客から感謝され、フィアンセの亜里菜さんにはもっと頼もしく思われていたはずやのに、なんでせえへんかったんですか」

「少し離れていましたから」

「そんなことはないですやろ。巻さんと亜里菜さんの席は、十九番のA席とB席でした。うちの女性警察官がチケットを確認させてもろて、カメラにも収めています」

古今堂は、その写真を差し出す。「なにわ淀川花火大会の観覧船も、船渡御の屋形船も予約制で、早いとこ満席になる人気やそうですな。この屋形船を運行している水運会社に行って、予約者名簿を見せてもらいました。巻さんと亜里菜さんは、間違いなく十九番のA席とB席でした。客席の最後尾です。シマヘビに騒いだ女性グループ客は、その前列の十八番と十七番でした」

十二日間の時間を使って、由紀たちと手分けして、予約客一人ずつに電話をかけた。それで、女性グループ客を摑むことができた。「彼女たちは、こう証言してくれました。最後尾の座席は、通路側に浴衣姿の女性が座っていたけれど、窓側には誰も乗っていなかった。おみやげ物をたくさん買い込んでしまって荷物の置き場に困っていたので、空いている席に置かせてもらおうかと思ったけれど、浴衣姿の女性の表情が険しくって、言い出せなかったと」

「彼女たちの勘違いです。私は乗っていました。展望デッキに何度か出ていたから、そのときに見て、そう思ったんですよ」

「お一人で展望デッキですか」

「写真を撮るためのアングルを見に行ったのですよ。私を写した写真があるし、チケットの半券だって」

「チケットの半券は、どないでもなります。亜里菜さんが二枚重ねて出したかもしれへんし、自ら一枚分をちぎったのかもしれまへん」

古今堂は、巻と亜里菜のツーショット写真を机の上に出した。「写真のほうは、悩みました。カメラを持つ腕を伸ばして自分たちで撮ったもんやから、撮影してあげたという乗客の有無はいくら調べてもわからしません。せやけど、写真自体がヒントをくれましたんや」

古今堂は、由紀が撮ってきた四枚の写真を並べた。花火を背景にしたもの、どんどこ船と呼ばれる手漕ぎの船をバックにしたもの、頭上に銀橋が写ったもの、そして船着き場を後方にしたもの、の四枚だ。

「今年の七月二十五日やとすると、辻褄の合わへんものが写ってました」

花火、船、橋、船着き場、といずれも船渡御には不可欠なものだ。「僕も、このビルの最上階で、今年の船渡御を見させてもらいました。十一階の高さから見下ろすというのは、まさしく天空からの眺めでした。けど天空からでは、地上のローアングルやと見えるもんが視界に入らへんことがあるんです」

組織もそうだと思う。全国の警察の頂上に立つ警察庁の視点は、天空からの目だ。現場の警察署というローアングルからの光景とは、視角が違う。天空からは、すべてが見えるようで、実はすべては見えないのだ。

「まさか、人間の顔だと言うんじゃないでしょうね。こんな小さい写真ですよ。写っている人間の顔なんていくら引き伸ばしても鮮明にはならない」

「顔は無理です。銀橋の上の観衆も、どんどこ船の漕ぎ手も、どうがんばっても判別しようがあらしません。どんどこ船には二種類あって、大人ばかりが乗り込んで漕ぐ

〝どんどこ船〟と、少年たちが漕いで大人がサポート役に回る〝子供どんどこ船〟です。この写真でわかるのは、オールを持っている列の漕ぎ手の背が一様に低くて、後ろに控える人たちの背が高いという程度です。つまり、これは〝子供どんどこ船〟ということだけが、かろうじてわかる程度です。船に立てられた提灯の文字も読めしません。せやけど、今年の〝子供どんどこ船〟やったら、ないとおかしいもんがこの写真にはあらへんのです」

何か手がかりがほしいと考えて資料を集めようとした古今堂に、由紀がテレビ大阪の生中継DVDがあると言った。警察学校のテスト直前で忙しかった彼女は、見物をあきらめて中継を録画してあとで見ることにしたのだ。その録画には、船渡御に参加した全部の船が付けている幕や幟《のぼり》が映っていた、〝がんばろう　日本〟――東日本大震災の犠牲者への鎮魂と復興への願いが、今年の天神祭のテーマの一つになっていて、その思いが幕や幟に込められているのだ。〝子供どんどこ船〟も、その船尾に幟を二本、まるで合戦に臨む若武者のように立てていた。その幟が、この写真には写っていないのだ。

「この四枚の写真は、去年に亜里菜さんと撮影しはったものですね。去年の段階で使おうとまで考えて撮ったんやないでしょう。去年に何枚も撮った中から、他の人の顔が写ってへんものを四枚選んだのやと思います。もう一つ、見てほしいもんがあります」

古今堂は、別の写真を出した。「今年の屋形船の十九番C席とD席、つまり亜里菜さんの横に座った夫婦が撮った写真です。船内の奥さんが被写体になってますけど、その背後に女性の浴衣が見えます。顔は写ってまへんけど、浴衣の模様は亜里菜さんのものですよね」

乗客一人ずつに電話をして問い合わせたときに、この夫婦からシマヘビ騒動の直前に撮った写真があると聞いて送ってもらった。「浴衣姿の女性の手は、クラッチバッグの中に伸びてます。何やら取り出しているようですが、それはシマヘビやったんとちゃいますか」

今年の屋形船に乗ったということを証明する小道具として、亜里菜は用意してきたシマヘビを放って、騒動を起こした。そして、騒動に驚く自分の顔も自分で撮った。

「巻さん。あんたは、今年の船渡御の屋形船には、乗ってへんかったのですよ。あんたはこれだけのアリバイ工作をして、大阪城の外堀に架かる玉造口の橋梁へ行っていたんとちゃいますか」

巻はまったく表情を変えない。落ち着きもある。しかし、額からは数本の汗がしたたっている。

「汗かきの体質なもので」

古今堂の視線を遮るかのようにワイシャツの袖で額を拭うと、巻は立ち上がって壁に取り付けられた電話の受話器を上げて、ボタンを押す。「巻だ。二階の応接コーナーの気温を五度ほど下げろ……だったら、二階全体を五度下げるんだ……私が責任を持つ。つべこべ言うな」

巻は腰を降ろすと、古今堂を見据えた。

「それで、古今堂さんは私に勝ったつもりですか？」

「どういう意味ですか？」

「古今堂さんがやったことは、高々、私が屋形船に乗っていなかったということを証明したに過ぎない。いや、その証明すら危うい。バッグに伸ばした手だけで、中にシマヘビがいるとは断定できない。それに、亜里菜がおたくの婦人警官に見せた写真には、うっかり去年のものが混じっていたのかもしれない」

「おしゃれな女性が同じ浴衣を着て、今年も行きますかね」

天井から冷気が降り始めてきた。

「かりに、私が屋形船に乗っていなかったとしても、大阪城の外堀にいたという証明はひとかけらもなされていない。そうじゃないですか」

「では、船渡御の夜のことはいったん置かせてもろて、十七年前の天王寺区の事件のことを訊かせてもらいます。天王寺区と言うただけで、おわかりになると思います」

「いや、何のことだか」

「当時の新聞報道のコピーですのや」

谷がスクラップしていた新聞のコピーを出し、船渡御の写真を机の端に寄せる。

「これが、どうしました？」

巻は相変わらず表情を変えない。

「ナスノ興産の社員に、三沢裕司という府警OBがいやはりますな。いや、正確に言うと、いやはりましたな」

「ああ。たしか一昨日に、突然退職願を出したと聞きました」

「退職の理由は聞いてはりますか」

「一身上の都合だと……うちの社は、年度途中の自己都合退職は、退職金が半分になる社則です」

「退職のいきさつを巻さんが聞いたら、その半分の退職金も出えへんかもしれません。うちの谷が繰り返した説得に応じて、三沢さんは証言をしてくれはりました。そのうえでの、退職です」

　古今堂は、谷が半ば無理やり連れてきた三沢に手持ちの証拠を見せた。それは危うさのある賭けではあった。知ったことを、三沢が会社に持ち帰って報告すれば、手のうちを晒《さら》した古今堂は不利となってしまう。けれども、古今堂はあえて実行した。

　元警察官としての良心や正義感への期待もあった。だが、それだけではない。風の流れを読むのに長けていたから、三沢裕司はパワハラを受けて冷遇されていずれは辞職に追い込まれそうな警察から、ナスノ興産に転身した。今度は、そのナスノ興産に勝ち目はないと見切りをつけるだろうと思えたからだ。

「谷刑事を尾行するようにとあんたから命じられたと、三沢裕司さんは僕たちに打ち明けてくれました。板内照男さんが転落死した件で、那須野仲彦専務がいたナスノ興産を谷が訪れたことがきっかけです。元警察ＯＢでチームを組んで交代で当たったが、尾行技術の差があったようです。僕も標的になりました。そして、三沢さんは、もっと注目すべき証言をしてくれました。十七年前、ナスノ興産への厚待遇就職を見返りに、あんたから捜査情報を流すように求められたことです。当時の捜査本部は、乳首切除という工作に引きずられて、孫娘を狙った変態的犯行という見立てをしていました。そこに、馬木亮一という出入り禁止男が浮上しました。三沢さんは、馬木のことをあんたに伝え、出入り禁止の男がいたと夕刊紙にリークしたということです。馬木の住んでいるアパートの所在地も、靴のサイズが二十五・五ということも、あんたの求めに応じて教えたそうです」

馬木亮一が、有罪判決を受けた根拠は三つあった。板内証言、出てきたズック靴とナイフ、犯人しか知りえない事情（祖母の胸や腹を正面から数回、孫娘の背中を二回刺した）である。このうち、刺殺箇所や回数は古今堂が懸念したように、捜査員たちによる自白誘導があったことが三沢の話ではっきりした。ベテラン捜査員たちは、グリコ・森永事件で墜《お》ちた府警の権威を取り戻そうとやっきになっていた。戦後の未解決事件の両横綱と言われるのが、東の三億円事件と西のグリコ・森永事件である。三億円事件は、白バイ警官を装われるという形で警察も絡み、被害も多額であった。けれども、犯行としては一回限りであった。捜査は失敗に終わったが、都内の単身大学生など若い男性を数多く調べたことで公安分野での成果があったと言われている。これに対してグリコ・森永事件は、一年以上にわたって数社の食品企業を狙い、青酸入り菓子をばら撒くことで一般市民・子供を巻き込んだ。〝かい人21面相〟による挑発的な文書は何通も続き、「プロやったら　わしら　つかまえてみ」と揶揄されながら、捕まえられなかった府警の疲弊《ひへい》感と敗北感は、三沢も「おそろしいくらい大きかった」と言っている。

「馬木の靴のサイズが二十五・五ということを、三沢さんからあんたは聞いた。せやから、犯行に使った二十六・五のズック靴に、ガーゼを詰めることがでけたんですやろ」

これこそ、真犯人しか知りえない事情と言えた。

「待ってください。ずいぶんと強引ですね。急に退職した社員の証言ばかりを重視し過ぎです。会社や私に恨みがあって、私怨を晴らそうとしているかもしれないじゃないですか。靴のサイズという点も、無茶ですね。二十六・五より大きいサイズの人間なんて、そうそういないですよ。そんなことで、根拠になりますか？」

「二十六・五にしたのは、二つ理由があったのやと思います。犯行時は、具体的に馬木亮一に罪を着せることまでは想定しておらず、捜査の方向が自分たちとは別の方向に行けばええと考えていた。せやから孫娘の乳首を切除し、靴も二十六・五という大きめのもんにしたんです。小さい者は大きめの靴を履けるということで、捜査対象を絞らせないことにしたのが理由の一つやと思います。もう一つは、二人組の犯行やから、同じ靴を履くには大きいほうに揃える必要がありました。解剖報告書には、仲彦専務の足のサイズは、二十六・〇とありました」

「二人組？」

「二人と考えると、長い廊下やのにすぐに通報電話が切られたわけが説明できます」

古今堂は、略図を描いて見せた。「もちろん御存知のことやと思いますが、馬木亮一を目撃したと証言した板内照男の新都銀行の前担当者は、仲彦専務でした」

「こじつけだな。どうして私がそんなことをしなくてはいけないんだ」

「あんたには動機があります。智恵子さんから聞いてはると思いますが、戸籍を調べています」

古今堂は、那須野大蔵と巻公太郎の戸籍謄本を取り出した。「古い案件ですけど、昭和四十五年にうちの管内で、松川千之進というかたが亡くなっています。那須野大蔵社長の雇い主やったいわゆる株屋さんです」

書庫の埃がかぶっていた調書を取り出す。何度も読んだことで、埃は落ちていた。しかし、表紙のくすみは変わらない。

「ちょっと待ってください」

冷房はかなり効いているが、巻は再びワイシャツの袖で額の汗を拭う。「那須野社長のことが出てくるのなら、ここに社長を呼ぶ必要があります」

「かまいません。むしろ、望むところです」

「社長は、府の公安委員です。あなたは、前にずいぶんと偉そうなことを言ったそうですね。公安委員でも、身内の捜査には関与できないと」

「はい、言いました」

「社長は、若造の失言を問題視するのは大人げないと、こらえたそうです。しかし、こんなふうに無礼が続くとそうはいかないと思います」

「もとより、覚悟の上です」

「そうですか。それならば」

巻は席を立った。

2

巻はなかなか戻ってこなかった。

古今堂は、飲み水を持ってきていない。出がけにいったんは用意したのだが、万が一にでも鞄の中の資料を濡らしてしまってはいけないと思ってやめた。

部屋は涼しくなったが、かなりしゃべったので、のどが渇いてしまった。

古今堂は、応接ボックスを出た。階段とは反対側に、オフィスが見えた。どこかに自動販売機が置かれているかもしれない。一階にはなかった。

古今堂は足を進めた。社員たちはみんな熱心に働いている。寒くなってきたのか、女子社員がカーディガンを出して着込んでいる。

「古今堂署長」

呼び止められて古今堂は、振り返った。那須野大蔵社長が、巻を従えるように立っていた。巻のほうが背が高いのに、小さく見える。「コソコソと社内を探偵ごっこですかな」

「そういうつもりはありません。少しのどが渇いたので」

「そうでっか。うちには署長にお出しする水はありまへんな。まあ、入っとくなはれ」

意地悪そうに笑って、大蔵は応接ボックスのドアを開ける。

古今堂は黙って戻った。

「さてと……ずいぶんと、古い話をしに来はったそうでんな」

大蔵が座って、巻がその横に腰を下ろす。

「昭和四十五年一月に、松川千之進さんが亡くならはった事案です。うちの前身の一つである東区所轄の警察署が扱っていました」

平成元年に、大阪市東区と南区が合併して中央区となった。それにともなって、中央署が誕生した。

「そんな昔のことが、どないかしましたんか」

「松川さんは、狭心症による発作で風呂上りに病死したとされました。いつも持ち歩いているはずのニトログリセリンの舌下錠が見つかりませんでした。家の施錠もされていたことから、松川さんはうっかりニトログリセリンを忘れてしまったと判断されました。もう四十一年も前のことです。今になって調べても摑めることは少ないです。けど、わかったことが二つありますのや。松川さんの愛人やった前沢千津さんは、その後アメリカ人の男性と結婚して、渡米して四年前に病死してはりますが、妹さんが奈良に住んではります」

戸籍やその附票をもとに、谷が前沢千津の妹のところを訪ねた。松川が亡くなったあと、千津は妹としばらく同居していた。千津は、妹にこんな話をしたことがあったという。松川が亡くなったときは気が動転して細かいことは思い出せなかったので誰にも話していないが、かつての芸者仲間が店を開くという案内状を大蔵に見せたことがあった。大蔵は「開店祝いには、いつ行ったげはるんですか」と訊いてきた。千津が「まだ決めていない」と答えると、大蔵は「同じ行きはるんやったら、お祝い事は初日がよろしいで」と、松川が死んだ夜を勧めたという。

千津の妹の話から、松川にはもう一人の愛人がいたこともわかった。金回りのよかった松川は愛人の掛け持ちをしていた。第二の愛人は、大阪府北部の箕面《みのお》市で今も健在であった。その第二の愛人は、松川が亡くなる約一ヵ月前に事故に遭いかけていたことを憶えていた。箕面に近い妙見山《みょうけんさん》に松川と手を携えて登ったときに、落石で危ういところだったというのだ。その山道へは、車で行けるところまで行った。車を運転し、下山まで待機していたのは、大蔵だった。若い大蔵なら、裏道から松川たちを追い越して、岩を落とすこともできたかもしれなかった。

「そういうことは、すべて古今堂署長の想像の産物でんな」

大蔵は、鼻先で軽く笑った。

「それは認めざるを得ません。状況証拠しかありません。それに、昭和四十五年ということは、とっくに時効です」

「そやで、時効もええとこや」

「けど、平成六年の天王寺区の事件は、時効になってませんのや」

古今堂は、巻のほうを向いた。「十七年前のことですけど、香港に約三年の滞在期間があるんで、それが差し引かれて十四年前になります」

平成十七年一月一日を境として、殺人罪の公訴時効は十五年から二十五年に延長された。ただし、この延長は平成十六年十二月三十一日より以前に起きた事件には適用されない。すなわち、平成六年の天王寺区の事件は、十五年のままである。ただし、犯人が外国にいた場合は、その期間は時効停止となるのだ。三年間外国にいたなら、三年プラス十五年で、十八年となる。平成六年の十八年後は、平成二十四年つまり来年だ。

「署長はん、いや署長。まるで巻が犯人みたいな言いかたでんな」

「天王寺区の殺人事件は、巻公太郎副社長と那須野仲彦専務――当時は竹田仲彦から那須野仲彦になってまだ半年ほどでしたが――両名による犯行で、主犯は巻副社長やと考えています」

「名誉毀損になりまっせ」

「真実を言うていたら、名誉毀損にはならへんはずです」

「だったら、動機は何なんですか？」

巻がようやく口を開いた。

「動機については、こう考えていました。巻副社長はこの戸籍によると、那須野大蔵社長から認知された非嫡出子です。失礼を承知で昔の言いかたをすると、私生児です。血を引いているとはいえ、那須野社長がどれだけ重用してくれるかは、わかりません。同族会社では嫡流が優先されるのが一般的やそうですから。それで、自分の実行力を示す必要がありました。秀吉は石田三成を重用し、三成は片腕以上の存在になっていきましたが、元々の出は土豪の次男ということで身分は高くはありませんでした。才覚と行動力で秀吉に認められていったのです」

古今堂は、戸籍謄本を大蔵のほうに向ける。「那須野社長にとって、芳田せつ子は気になる存在やと思えました。かつて自分のアリバイを偽証してもらった、という弱みがありました。巻副社長は、那須野社長の昭和四十五年の飛躍の転機を調べ上げて、さっき僕が言ったと同じ推理を得たと思われます。前沢千津さんの妹が、巻副社長が訪ねてきたことを覚えてはりました。その確認には、この写真を使いましたんや」

古今堂は、船渡御で撮った巻の写真を指先で叩いた。巻は、ほんのわずかに視線をそむけた。

「那須野社長の喉奥に刺さったままの骨を取り除くために、自分の手を汚した――そんな石田三成も顔負けの才覚と行動力を示そうとした。そして、もう一つ狙いがあると思えました。仲彦専務を巻き込んで、彼と共犯という運命共同体となって、将来的に切られないようにこれを機に一蓮托生の絆《きずな》を作っておこうという狙いです。提案を受けた仲彦専務としても、自分の地位を確立するためには有効と考えたと思われます。智恵子さんは父親の意向で半強制的に結婚したものの、相性の合わないことに辟易していました。仲彦専務としては一流銀行員の人生を振って、好きでもない女と結婚するという犠牲を払ったのに、離婚されて会社を追われてはたまらない思いでいたわけですから」

古今堂は、口渇感を覚えながら続けた。「僕は、最初のうちはそんなふうに捉えていたのですが、うちの優秀な署員が疑問を出しました。せつ子の孫娘・香穂はストーカーに遭いながらも、どうしてアルバイトを続けていたのかと。芳田せつ子は、偽証の見返りとしてかなり多額の報酬を得たものの、それからあとは那須野社長から金をもらってなかったんやないか。もしかしたら那須野社長は、『偽証がバレたら、あんたも刑務所行きやで』といったふうに釘を刺しておいたのかもしれません」

天王寺区の事件で金をもらって偽証した板内照男も、同じような脅しを受けていた可能性がある。

「言わせておけば、好き勝手なことを」

大蔵は古今堂に向かって指をさした。「もうたくさんや。次の公安委員会で、このことは査問にかける」

「査問はかまいません。けど、あと少し聞いとくれやす。天王寺区の事件の隠された動機がわかったんです。これのお蔭で」

古今堂は新しい資料を取り出した。小さな透明ビニール袋に、綿棒が入っている。どれも同じようなもので、A、B、C、Dと書かれたシールが貼られてある。

古今堂は、Aから順に並べた。最後にもう一つ取り出したEの透明ビニール袋の中だけは、乾電池の単四サイズのカプセルが入っていた。

「鑑定技術で最も進境著しいのが、DNA鑑定やと思います。それによって、菅家《すがや》元被告に対する足利事件のように、警察の誤認逮捕が明らかになった事例も出てきました。けど、これまで解明できひんかった事件の捜査も進みました」

DNA鑑定の飛躍的進歩があったことで、警視庁は平成二十一年に未解決事件専従チームとも呼ばれる特命捜査対策室を作り、その翌年に警察庁は同様の専従チームを他の道府県警にも設置する方針を出して概算要求に盛り込んだ。

「このAからEには、今回の事件関係者のDNA試料が入っています。Eだけはカプセルでして、ここには体の組織細胞が詰められとります。亡くなった那須野仲彦さんの解剖をした法医学教室が切り取って残していてくれました」

古今堂は、AからCをひとまとめにして、DとEを少し離して置いた。「DNA鑑定は、犯罪捜査のほか、親子などの血縁関係の鑑定にも使われます。このAからCまで三人が血族でDとEが他人、ということがわかりました」

「Dは誰なんや？」

「その前に、もう一人ここに呼びたい人物がいやはります」

古今堂は携帯電話を取り出した。

「もったいぶらんでもええやないか」

「もったいぶっているわけやあらしません。どうしても呼ぶ必要があるんです」

古今堂は、ビルの前で待機する谷に連絡を取った。

3

応接ボックスのドアが、軽くノックされた。

そして入ってきたのは、谷であった。

その後ろから、植嶋が顔を覗かせる。

「地下の秘書代理室にいやはったんで、来てもらいました」

四人掛けのソファには、空きは一人分しかない。

植嶋は谷に座るように勧めた。

「いや、わいはここでええんです」

谷はドアのそばに立つ。古今堂は、空いている横のスペースに座るように植嶋を促した。植嶋はしかたなさそうに腰を下ろした。

さっきまで吸っていたのであろう、タバコの残り香が古今堂にまで伝わる。

「途中から加わってもろて、わかりにくいかもしれません。話をもう一度、大阪城の外堀における仲彦専務の水死事件に戻します」

「蒸し返すのですか」

巻はまた汗を拭った。狭い部屋に五人の男が入って、室温が上がっている。

「そやおません。巻副社長が、屋形船に乗っていたというアリバイはもう崩れました」

「だが、大阪城にいたという証明はされていない」

「そうでした。そこまで話しましたな。もう一つ、僕たちのハードルになったことがありました。仲彦専務が外堀に投げ入れられたと仮定して、その方法です。どこから、どんなふうに投げ入れたか、です。場所は二つ考えられました。外堀の南側から投げ入れたか、玉造口の橋梁から投げ入れたかです。外堀の南側からやと、土に靴跡が残ってしまう可能性が高いです。玉造口の橋梁の舗装された車道からやったら靴跡は残らへんのですけど、その地点から体重五十八キロの仲彦専務を投げるには怪力が必要です。どちらの方法にしろ、仲彦専務が持っていたセカンドバッグと携帯電話をどうやって並べたかという問題があります。セカンドバッグを奪うことはでけても、並べているうちに逃げられてしまう……それを防ぐためには、仲彦専務を投げ入れて自分も飛び込んで溺死させてから、堀の石垣を素早くよじ登って、元の地点に戻るという至難の業をクリアせなあきません。濡れた手や体も拭かんことには、バッグや携帯に水が付いてしまいます。指紋のこともありますよって、手袋も必要です。最初から手袋をしていたことも考えられますが、石垣を登るときにじゃまになりそうです。いずれにせよ、超人的な能力がいるわけです」

「だから、他殺とするのは無理なんですよ」

巻は力を込めて言った。

「けど、この難関はクリアでけました。巻副社長が天王寺区の事件で採った方法に気づけたことが、ヒントになりました。二人組という方法です。ちょっとした実験のビデオがあります」

古今堂は、ハンディビデオを出して、再生ボタンを押した。

玉造口の橋梁の車道を歩いていく丸本が映っている。車道と歩道の境界に飛び石状に並ぶ境界ブロックの上に、手足の長いマネキン人形が座っている。他に通行人がいないのを確かめたあと、丸本はマネキン人形に近づいていって話しかける。丸本が来たのと逆方向から、そっと谷が近づいてきて声をかける。丸本はマネキン人形を立たせて、谷のほうを向かせる。人間なら、丸本の助けを借りなくても立って振り向ける。丸本はもう一度声をかけて自分のほうを向かせたマネキン人形のみぞおちに、膝蹴りを食わせる。高校時代にサッカー部に所属していた丸本は、みぞおちに膝が入ると、身動きの取れないほどの疼痛《とうつう》に襲われることを経験したという。屈強なプロ選手でも同じようになるそうだ。

車道にくずおれたマネキン人形の靴を脱がせたあと、両手と両足を丸本と谷が持ち、反動をつけて外堀へと投げ入れる。マネキン人形は、生垣を越えて外堀で水しぶきを上げた。

「二人の呼吸が大事なんで少し練習しましたけど、御覧のようにいけました。一人の力では無理でも、二人でしかも両手と両足を持ったら、うまいことでけました。舗装された車道の上なんで、痕跡は残らしません」

仲彦の胸部に小さな内出血の痕があったことは、これで説明できる。仲彦はみぞおちを蹴られたときに、バッグを車道に落としている。

「このあとも、実演したかったのですが、せっかく修復しはった生垣を壊すわけにはいきません」

生垣を再び壊すことが可能だったら、次のようなシーンを撮影したかった。

マネキン人形から脱がせた靴を、丸本が履く。丸本の靴は、谷が預かる。丸本は生垣に向かって突進して壊し、低い柵の上に乗ってそのまま外堀に飛び込む。そしてまだみぞおちの痛さに苦しむ人形の頭をぐいぐい水面に押し込んで、溺死させる。ぐったりした人形に、丸本は自分の両足の靴を履かせる。それを確認してから、谷は元の丸本の靴を投げ込んでやる。丸本は水中で靴を履いたあと、外堀を東のほうに泳いで現場から離れて、登りやすい石垣のところまで辿り着いて、時間を気にせずによじ登る。あるいは、長い石垣の目立たないところにロープをあらかじめ垂らしておいたかもしれない。残った谷のほうは手袋をした手で、仲彦のセカンドバッグから携帯電話を取り出して、歩道の上に丁寧に並べておく。

「一人ではできひんことが、二人なら可能になります」

古今堂は、ハンディビデオを下げた。「ところが、仲彦専務が自殺するところを目撃したという電話が、桜之宮公園交番にかかってきました。不倫している大学生という若い女性からかかってきて、仲彦専務のポロシャツの色やセカンドバッグから携帯電話を取り出したといったマスコミには流れていない事実を話しました。新聞を通じて、不倫相手からも通報がほしいとアピールしたのが呼び水になったのかどうかわかりませんけど、相手の大学教授という男性からも電話がありました。ここでも、二人セットのほうが信憑性があるということですやろか」

古今堂は今度は、録音《ろう》レコーダーを取り出した。

「策を弄するという言葉があります。今回の事案はとても手の込んだものでした。けど、策士策に溺れるという言葉もあります。たとえ交番受け持ち区域の住民でも、事件を取り扱っているわけでもない交番に電話するのは不自然やないですか。中央署か、譲ったとしても桜之宮公園交番の所属する京橋署にかけますやろ。もしくは一一〇番通報です。せやけど、一一〇番はすべて録音されてます。警察署も可能性があります。それで交番になったのやと思えます」

古今堂は再生ボタンを押した。「若い女性のほうは、録音でけてません」

年配の男性の声が流れる。

——私も彼女も絶対に関係をオープンにできません。本来なら、自殺するところを目撃したなら、警察に名乗り出るのが社会的常識ということは重々わかっておるのですが、申しわけございません――

若い女性からの桜之宮公園交番への電話に疑問を感じた古今堂は、京阪神新聞に記事を載せてもらい、まったく面の割れていない丸本に自転車で録音機を届けてもらった。交番勤務経験のある丸本は、うまく説得して電話に録音機をセットしてきた。

「これは、植嶋さん。あんたの声ですね」

古今堂は、地下一階にある秘書代理室を訪ねたときに、彼の声を録音して科捜研で両者の一致を確認していた。

「ええ、まあ」

植嶋は録音レコーダーを見ながら、しかたなさそうにうなずく。声を録《と》られているのだから、否定のしようがない。

「若い女性のほうは、駒林亜里菜さんやと推測してます。船渡御の屋形船の件と合わせて、彼女にも事情聴取が必要と考えています」

古今堂は録音レコーダーを片付けた。ＡからＥの試料は出されたままだ。

「玉造口の橋梁から巻副社長と力を合わせて仲彦専務を投げ込んだのも、植嶋さんですよね。あの夜は、僕と附田副署長を送迎してくれはりましたが、その間は地下の秘書代理室という個室にいたことにすればええんで、抜けるのは可能です」

「………」

今度は、植嶋は何も答えない。そしてズボンのポケットからタバコとライターを取り出す。

「植嶋。わしの前では禁煙だ」

大蔵にたしなめられて、植嶋はしかたなさそうにタバコとライターを戻す。

それまで黙ったまま石像のようにじっと立っていた谷が、口を開いた。

「巻副社長。もう犯行を認めはったらどうでっか？　それこそ、もう外堀は埋められましたんやで」

「何を言ってるんだ。私には、仲彦専務を殺さなくてはならない動機はない。仲彦専務は、会社に大きな損害を与えていた。もう私が後継者になることは内定していたんだ」

古今堂は、すかさず言った。

「その後継者内定こそが、動機に繋がったんです。仲彦専務は、正妻の子である智恵子さんの婿でした。けれども、経営の能力では巻副社長の後塵《こうじん》を拝していました。あせった仲彦専務は、中国の不動産に手を出して大失敗しました。もはや二人の差は決定的になりました。大蔵社長は、後継者に巻副社長を内定しました。仲彦専務が逆転する方法は一つしかありませんでした」

平成六年に、巻と仲彦は、芳田せつ子・香穂を殺害した。あれから、十七年（正確には十六年と八ヵ月）が経過していた。本来なら公訴時効が成立していた。けれども、三年余にわたって香港にいた巻には、まだ時効が成立していない。しかも三年余待てば、時効になるというわけではない。去年の平成二十二年四月二十七日を基準日として、殺人罪など重罪についての公訴時効は廃止された。基準日の時点で時効が成立していない者には、死ぬまでずっと警察に逮捕される可能性が残るという重い網がかぶせられることになったのである。

妻の智恵子が飛行機嫌いということもあって海外渡航がごくわずかな仲彦のほうは、もはや罪に問われることはない。時効期間の十五年は、平成十七年一月一日を境界として二十五年になったが、こちらのほうは遡らない。すなわち、犯行時に十五年の時効であった場合は、十五年のままである。

二度にわたる急速なまでの時効制度の法改正は、仲彦と巻の間に大きなアンバランスを生じさせることになった。

時効が成立するかしないのか、というのは犯人にとって大きい。ホストの上尾信夫が犯したのは単なる詐欺罪であったが、時効成立半年前になって摘発の用意があることを堀之内に仄《ほの》めかされて、縮み上がって客である智恵子についての情報をしゃべっていた。

仲彦には「平成六年の天王寺区での犯行をばらしてもいいのか」と脅す強力な武器があった。巻はせっかく後継者に内定していても、逮捕されればそれを失うことになる。二人の人間を殺したなら、無期懲役はまず免れない。極刑もありうる。そのおそれが、一生続くのだ。まったく罪が消えたと同然の仲彦は、永遠に脅迫ができた。その優位を利用して、後継者の地位の譲り渡しも要求できたであろう。大蔵の目の黒いうちは、ナンバー2でもいい。だがそのあとは、社長の座を明け渡せ――といった二段構えの求めもできる。

「自分より無能な人間に、法改正という偶然があっただけで、理不尽な要求を受ける。上に立たれる。それは、あんたにとってずっと続く辛苦やったと思います」

古今堂は巻を見据えた。巻は何も答えない。古今堂は、大蔵に視線を移す。「那須野社長は、巻副社長の計画を知っていましたね。自分が多大の犠牲を払って心血を注いで一代で築いたこの会社が発展していくことが最大の希望で、それを確信しないことには隠居も永眠もできないでしょう。当初は仲彦専務を買っていたが、それは見込み違いやった。妾腹であっても、自分の血を引く巻副社長を初めから二代目にすべきやったという悔いもあったと思います」

古今堂は、病気で亡くなった大蔵の正妻のことも調べた。正妻は、妾の存在を嫌い、巻公太郎のことを疎ましく思っていた。大蔵が、仲彦のほうを重用したのは、そういう影響もあったようだ。その正妻の重しも、今はなくなっていた。「那須野社長は、仲彦専務殺害の舞台として中央署管内を選ぶように巻副社長にアドバイスしたのやありませんか」

那須野大蔵は、公安委員の立場にあった。毎週の定例委員会で、府警に関するさまざまな報告を受け、知りうる立場にあったのだ。中央署が、二月に起きた自殺放火案件を殺人事件と誤判断して捜査本部の設置を府警本部に要請するというミスをしていて、次に微妙な事件が起きたときには、殺人という判定に躊躇することを知っていた。そして、三月末に警察庁から二十九歳の若殿様キャリアがやってきて周囲がその経歴に傷をつけないように慎重に動くことも公安委員ならわかっていた。

今回、巻が使ったアリバイトリックなどは新しいものではない。だが、公安委員の立場で得た情報を元に、殺人を自殺方向に持っていくというやりかたは、前代未聞ではないだろうか。

「そんな老獪《ろうかい》な那須野社長も、御存知やないことがあります」

古今堂は、ずっとテーブルの上に置き続けているAからEまでのビニール袋に目をやった。A、B、Cの三つとD、Eの二つは離したままだ。その間のスペースに、ハンディカメラや録音レコーダーを出しては片付けてきた。

「さいぜんも言いましたように、このAからCまでの三人が血族でDとEが他人、ということがDNA鑑定でわかりました。DとEは、もちろん他人同士です」

Eは、解剖の際に採取された仲彦の体細胞だ。「BとCは、兄弟姉妹の関係にあることがわかりました。Bが那須野智恵子さんで、Cが巻副社長です」

Cに入っている巻の検体は、なにわ淀川花火大会を見物する前に寄ったレストランで彼が残していった爪楊枝から採取したものだ。爪楊枝ということで、歯肉組織もわずかだが採取できた。Bのほうは智恵子のマンションを訪れたときに、由紀がわざとケーキを落として手を洗う口実を作って洗面所のブラシから得た毛根付きの頭髪からの検体だ。Cはともかく、Bの採取方法は言えない。智恵子には、あとで頬からの採取をあらためて要請しなくてはいけないだろう。

「BとCが、那須野社長の正妻の子と妾腹の子で姉弟なのは戸籍の記載どおりと言いたいところですけど、違いましたんや」

古今堂は、DとAを前に置いた。今回の鑑定は、古今堂が警察庁にいたころに知り合った信頼できる大学教授に依頼した。イギリスの捜査研究所での実務経験も豊富で、知識も技術も超一流だ。

かつてのDNA鑑定は、血液や精子といった細胞を含まないとできないとされてきた。しかし、今では唾液や汗からも不可能ではなくなってきている。平成十八年五月に東京・渋谷で起きた強盗事件では、犯人がなめて貼った切手から採取された唾液が、逮捕の決め手になった。平成九年に起きた東電女性社員殺害容疑で逮捕され有罪判決を受けたネパール人受刑者の再審請求でも、唾液のDNA鑑定が焦点になっている。

「那須野大蔵社長は、このDです。つまり他人です」

古今堂は、なるべくさらりと言った。返杯という形で、大蔵から受け取ったウイスキーの入ったグラスの唾液が検体だ。

「何やて。もういっぺん言うてみい」

大蔵は身を乗り出して、訊き直した。

「D、すなわち那須野社長は、Cの巻副社長とも、Bの智恵子さんとも他人です。B、Cと親子関係にあるのは、Aの植嶋さんです」

植嶋は、ズボンのポケットから再びタバコとライターを取り出した。秘書代理室を訪れた古今堂は、ヘビースモーカーの植嶋が灰皿に入れていた吸殻を一本取ってきた。巻めぐみの写真を見せたときである。

植嶋が手にした写真からは、指紋も採取した。指紋の紋様も、遺伝の影響を受ける。両親が横浜出身という植嶋は、蹄状紋という関東に多い指紋を持っていた。巻と同じ蹄状紋である。巻の蹄状紋と大蔵の渦状紋という違いが、古今堂がＤＮＡ鑑定を進める理由の一つとなった。

「おい、植嶋、タバコはやめろ。どういうことなんか、ちゃんと説明せえ」

大蔵は怒鳴りつけるような口調になった。巻だけではなく、智恵子までが、自分の子供ではない。そんなことは夢想だにしなかったに違いない。

「そういう偉ぶった態度が、どれだけの人間を傷つけてきたか――わからんでしょうな。常に、あたりまえのように人の上に立ってきた御方には」

植嶋は、大蔵の前でタバコに火をつけて、うまそうにふかした。「めぐみさんも、時枝《ときえ》さんも、その支配がたまらなかったのですよ」

時枝というのは、大蔵の正妻だ。古今堂は時枝のことを調べて、同情を禁じえなかった。松川千之進に対して仕手戦などの資金を出すいわゆる金主《かねぬし》の養女であったが、その金主は、そのまた出資者から金を集めるときの道具として彼女の体を提供していた。時枝は二十七歳までその役割を続けたあと、見合いをして平凡なサラリーマンと結婚したが、過去を知られて離婚された。その受け皿にされたのが、那須野大蔵だった。大蔵にとっては、師から押しつけられた結婚であり、愛情はほとんどなかった。時枝は実家を含めて、他に行き場はなく、実業界で頭角を現していく大蔵の正妻として経済的にだけは不自由がなかった。しかし、現代女性の智恵子のようにホストクラブに通うということは、できなかった。

「社長の使い走りとして何度か通ううちに、しだいに時枝さんといろんな話をするようになりました。多忙な社長とは違って、私はヒマでしたから。彼女は、金銭的にさえ満たしていれば文句はないだろうという社長の姿勢に不満だったのです。もっと精神的なつながりがほしかったのですよ。もちろん、めぐみさんという愛人を作られてしまったことも哀しんでいました」

「おまえは、そのめぐみまでも」

「めぐみさんは、親の借金を返すために、愛人になったせつない女性でした。彼女は中学を出てすぐに北浜商高近くの定食屋で働いていて、私も面識がありました。社長には頭の上がらない日陰の存在——それは私と共通するものでした。社長に依存しなくては生きていけず、主君として仰ぎ続けなくてはいけない。その共感する思いが、私たちを熱くさせました」

「いいかげんにしろ。恩を仇《あだ》で返しやがって」

「何と言われようが、かまいません」

古今堂は、植嶋にコンプレックスの裏返しのようなものを感じた。定時制高校で知り合って以来、ずっと主従関係が継続してきた。那須野大蔵はそれを当然のことと考え、植嶋は生きるために忠犬のような家来としての人生を受け入れてきた。そんな植嶋は、劣後《れつご》の人生を逆転できたという快感に浸れる秘密が持ちたかったのではないか。優しさと気配りという那須野大蔵が持っていない長所に惹かれた正妻と愛人の両方を、黒子《くろこ》の存在でありながら、いや黒子の存在であったからこそ、寝取ることができたのだ。

昭和四十五年の松川千之進死亡事件についてさらに調べて、わかったことがあった。松川のところで働いていた那須野大蔵は、自分名義でも株を売買していた。大蔵の給料が原資だったからそれほど取引額は高くはなかったが、鋭い感覚で値上がり筋の株を読んで、利益を上げていた。その利益があったから、植嶋を使い走りとし、巻めぐみを愛人にしていくこともできた。だが、松川の古い知人は、「わしから知識や情報を盗って、株を売買することは許さんぞ」と松川が大蔵に言い渡していたことを記憶していた。すなわち、松川は大蔵に手枷足枷をはめて使用人として見下していたことが窺える。その制約を取り払うことと、より大きな原資の金を得ることが、大蔵を松川殺害へと向かわせた動機だったと推測できる。

そうして師に対して逆心を抱いた大蔵が、使っていた植嶋から密かに謀反をされていたというのは、皮肉なほどの仕返しと言えた。

「那須野社長にとっては、もう一つ想定外のことがあります」古今堂は巻を一瞥したあと、大蔵のほうに向き直った。「天王寺区の事件では、巻公太郎と那須野仲彦という、身内であり、社の将来を背負うであろう二人の若者が、リスクを冒して社長の障害になるかもしれない芳田せつ子を殺しに行ったことを、意気に感じたのやありませんか」

大蔵は天王寺区の事件については、事前の関与や教唆はしていなかったと思われる。けれども、芳田せつ子の殺害を知ったときに、自分のために身を挺した二人の存在に気づいたのではないか。

松川事件のときのアリバイ証言者である芳田せつ子には釘を刺しており、時効も成立はしていたが、社会的成功を収めた大蔵を脅してくる可能性はあった。

「那須野社長は、二人の実行力と献身的な忠誠心を頼もしく思ったのやないですか」

秀吉は、信長の家臣がみんな尻込みする中にあって、墨俣《すのまた》城の建設責任者になることに手を挙げて一夜城として短期で見事に完成させて出世への足がかりを摑んだと伝えられている。また信長軍が朝倉攻めに失敗して撤退を余儀なくされたとき、最も危険な殿《しんがり》役を買って出ている。大蔵は、そういうリスクを取る男を重用しようとしたと思われる。

「けど、巻副社長の狙いは、別にあったと思います」

谷が、芳田香穂と同じ添い寝クラブで働いていた女性を何人か探し出して、個別に会っていた。十七年という時間の経緯は証拠を散らばらせて調査をしにくくするが、その反面、今だからもう話してもいいということが聞けるプラスの効果もある。女性の一人は、殺される前の香穂から巻公太郎の写真を見せられて、この男を誘惑してその精液を手に入れてきてほしいと頼まれたことがあったが自分は断ったと証言した。その当時の技術では、血液や精液からでないとＤＮＡ鑑定は困難であった。

家政婦として働いていたせつ子は、巻や智恵子が大蔵の子ではないことに気づいていた。せつ子からその話を聞いた若い香穂は、それを確かめて金にできないかと欲に駆られた。香穂が当時つきあっていた神戸の大学生が十七年ぶりにようやく重い口を開いた。彼は、巻の住所を調べることなどに加担していたので罪に問われることを懸念してずっと黙っていたということであった。

香穂は、巻の精液を入手してくれそうな女性を他に探しただろう。その女性が巻を誘惑し、不審に思った巻が激しく問い詰めたことで、香穂の狙いが巻に筒抜けになったと考えられる。

「天王寺区の事件の動機は、主君である大蔵社長のためやのうて、巻副社長自身の秘密を守るためやったのです」

母から真相を聞かされた自分以外に、出生の秘密に気づいていた人物がせつ子であり、孫の香穂であった。香穂は、確証を得たら、自分を脅してくる。そう考えた巻にとって、殺人の本当の目的は違うところにあった。十七年前に標的となったのは、祖母のせつ子ではなくやはり香穂だったのだ。ただし、捜査本部の考えたような性的動機の絡んだものではなかった。

「本当は、そういうことだったのか？」

大蔵は隣に座った巻に険しい表情で質した。巻は首を振って否定しながらも、目をかすかにそむけた。

「植嶋さん」

古今堂は横に座る植嶋のほうを向いた。「あなたは実の息子である巻副社長の窮地を助けるために、仲彦専務を外堀に投げ込み、バッグや携帯電話を並べましたね」

植嶋はそれには答えずに、ただ紫煙を吐き出すだけだ。巻との親子関係は否定できなくても、息子の逮捕に繫がってしまう犯行を認めるわけにはいかない。紫煙越しに見える硬い横顔は、古今堂の追及を拒否していた。

「物的証拠もなしに、いつまで想像をまくし立てるんですか」

巻が抗議するように言って、古今堂の視線を正面に向けさせる。

巻は自分の父親が植嶋であることを知っていた。だから、彼を頼って共犯者にした。

智恵子のほうは、知らなかったに違いない。彼女は、大蔵が巻を認知していたことも比較的最近まで知らず、ショックを受けたと言っていた。認知をすぐには信じなかった智恵子に、巻はDNA鑑定を持ちかけるという奇策に出た。智恵子は二人の頰の内側の細胞を採り、鑑定業者に送った。出された鑑定は、姉弟に間違いないというものであったが、父親が誰かということまでは智恵子は調べなかった。那須野大蔵と同じようにまさか植嶋だとは、想像すらしていなかったのだろう。

「玉造口の橋梁に、謹慎中の仲彦専務を呼び出せるのは、ごく限られた人間だけです。携帯電話には会社からの受信記録もありました。大蔵社長や智恵子さんには、明確なアリバイがあります。巻副社長のアリバイは崩れ、植嶋さんは途中で抜けることができました」

「そんなことでは納得できません。直接的な物的証拠を出してください」

巻はまだ降伏しない。

「実はありますのや。その直接的な物的証拠が」

古今堂は、新たな透明ビニール袋を取り出した。綿棒よりもさらに小さなものが一つ入っている。マッチ棒の半分くらいの木片だ。

古今堂は、高校生カップルが仲彦の水死体を発見した南外堀に由紀と足を運んだとき、もう一度鑑識をしてもらうことを考えた。谷が知り合いに頼むと、鑑識課員が二人来てくれた。まだ未補修だった生垣から、この透明ビニール袋に入った壊れた生垣のかけらが見つかった。古今堂が生垣に突進して壊れた部分を広げた結果、その土の上から見つかるという幸運が働いた。

「この生垣のかけらには、ごく細い繊維が付着していました。僕も実際に生垣に突っ込んだときに、こういうかけらをいくつか作りましたが、これに付着していた繊維は、そのときに着ていたものやありませんでした」

巻はじっと透明ビニール袋を見つめている。目をこらしても、やっと見えるかどうかという細い繊維だ。

「このかけらの先端には、繊維だけでなく、微量ながら皮膚組織が付いていました。先端突っ込んだ人間にとっては、痛さを感じるほどのものやなかったでしょうけど、強い布のささくれに皮膚組織が付いたのです。巻副社長、あんたは生垣で傷つかない強い布地のズボンや上着を購入して、犯行時に着用してましたね。購入の際にも、身元がわからんように細心の注意を払っていたでしょう。けど、じょうずの手から水が洩れました。靴も仲彦専務の丈夫な革靴でしたが、ズボンとの間には靴下があります。柵の上に勢いよく乗らなくてはいけないため、生垣を突破するには足全体を上向きにしなくてはならず、ズボンと靴の間にわずかな隙間ができたのです。この生垣のかけらには、その靴下の繊維が付いたわけです。むろん、靴下はここにはないので照合はでけず、断定はでけしません。せやけど、皮膚組織から採れたＤＮＡについては、ここに照合する検体があります」

古今堂は、Ｃの透明ビニール袋をかざした。

立ち続けていた谷が、巻の横に歩み出た。

「もうこれで、内堀も埋まりましたで。さあ、もう観念しなはれ」

谷は、巻の腕を摑んだ。「あんたのために、十七年前に濡れ衣を着せられた男がおるんや。その痛みを、あんたは感じたことがあるんか」

「うるさい」

巻は、谷の手を振り払った。「十七年前のほうの証拠はないはずだ」

谷はニヤッと含み笑いを見せた。

「それが、おまんのや」

谷は古今堂のほうを向いた。

古今堂はうなずいて、もう一つ透明袋を出した。中にはガーゼが入っている。

「このガーゼは、馬木亮一さんのアパートのベランダの下から出てきたズック靴に詰められていたものです。死後再審を考えた馬木さんの妹さんは、このズック靴の返却を求めました。馬木亮一さん所有のズック靴と認定され、裁判は確定して、馬木さんは亡くなっているということで、相続人である妹さんに返されました。その中に詰めてあったガーゼです。裁判では、馬木さんが犯人とされたのですから、馬木さんが詰めたはずです。ところが、このガーゼを最新の分析器にかけたところ、汗が検出されたのです。そのＤＮＡは、この検体と一致しました」

古今堂は、Ｃの透明ビニール袋を巻の鼻先に突き出した。その鼻先に汗を浮かべているが、巻は拭おうとはしなかった。

十七年前の技術ではとても無理だったが、今では汗からもＤＮＡの採取が可能だ。

「さあ、もう内堀どころやない。とうとう天守閣が崩れ落ちましたで」

谷は、再び巻の腕を摑んだ。これまでじっとがまんして溜め続けてきた執念が、その手に乗り移ったかのような強い力で。

4

太子橋信八と約束していた八月二十一日になった。

古今堂は、京阪電車に乗って守口市へと向かう。まだ暑さは盛りだ。電車は節電で車内温度を上げている。

改札口を出たところで、由紀が先に来ていた。

「署長さんの落語を聞くのんは初めてで、なんやドキドキしてますぅ」

「演じる僕は、もっとドキドキしてるで」

「けど、よかったですね。捜査が長引いていたら、来れてへんところやったですね」

巻公太郎、植嶋利夫《としお》、駒林亜里菜、そして那須野大蔵の四人の身柄は、きのうの夕方に府警本部に移送された。

移送を告げにきた百々は、その理由を古今堂にこう説明した。

「巻公太郎には、天王寺区における芳田せつ子・香穂殺害容疑もかかっている。天王寺区は言うまでもなく、中央署の管轄外だ。それから、大阪城外堀における那須野仲彦事案については、中央署の刑事課長も刑事一係長も、自殺と判断していた。取り調べということになると彼らが軸になるが、違う判断をしていた者がそれを担当するのは適切ではない」

「府警本部も、自殺という断定をしてたやないですか」

「あれは……やむをえない政治的判断だった。公安委員の那須野大蔵からのプレッシャーを受けて、公安委員会を担当する総務部がやむなく出した結論だ。刑事部は白紙の状態だった。だから、取り調べには公正に臨める。那須野大蔵についても何の躊躇も予断もなく、同事案の幇助《ほうじょ》もしくは教唆容疑で取り調べることになる」

「うちには、納得でける移送やなかったです。手柄を横取りされたような気が、せんでもないんです」

「せやけど、四人も一度に起訴までずっと取り調べるというのは、所轄署の限られた人員や留置場を考えると、大変過ぎるんや」

「四人は無理でも、せめて中心人物の巻公太郎ぐらいは中央署が」

「いや、巻を担当するのが一番ようない」

今回のことで、古今堂が最も気にしていたのが谷のことだった。きのうの中央署での取り調べで、巻は元社員の三沢裕司に指示を出して、府警の監察室に谷の私情捜査を告発させたことを認めていた。犯人側による告発ではあったが、それで私情捜査が許されるわけではないのだ。

私情捜査の処分を受けることを避けつつ、谷の宿願を果たしてやりたい――今回のことで古今堂が最も気にかけていた目標は何とかクリアできた。それができれば、手柄や功績などはどうでもよかった。

古今堂は百々に対して、移送に異議を唱えない代わりに府警としては今回の中央署の捜査方法については大目に見て問題視はしない、という約束を取り付けた。谷の行動にも、古今堂たちのＤＮＡ検体の入手方法にも、危うい部分があった。

協力してくれた京阪神新聞の花井るり子には、得た捜査結果を他紙よりも早く伝えた。花井るり子は、紙面を大きく使って報じ、公安委員のありかたについてもきちんと疑問を投げかけていた。今後の府警による取り調べには、マスコミや市民の監視があるから、那須野大蔵たちに対して手心を加えることはできないに違いない。那須野大蔵は、すでに公安委員の辞職願を提出していた。

「ワンマンやった那須野大蔵は、自分の娘と息子と思っていた二人が、他人の子やったと知ってがっくりきていたようですね。愛人を作って好き勝手にしてたんやから、ええ気味です」

「那須野社長は秀吉を尊敬してたけど、秀吉の子供は何人いたか知ってる？」

「大阪城で淀君といっしょに自刃《じじん》した秀頼一人やないんですか」

「淀君は秀頼の前に鶴松という男の子を産んでいるが、幼くして死んでいるんや。そしたら、側室は何人？」

「え、淀君さん以外にもいやはったんですか？　愛人とか側室とか、なんやうちは偏頭痛がしてきました」

「秀吉は、有名な醍醐《だいご》の花見を晩年に催してる。そのときに同席させた側室だけでも淀君を入れて四人いたんや。けど、正室のおねはもちろんのこと、淀君以外の側室は秀吉の子供を産んでへん。せやのに、淀君だけが二人も子供をもうけた。それが、鶴松や秀頼は秀吉の本当の子やないという説の根拠の一つになっているんや。那須野社長はこのことは知っていたと思うけど、まさか正妻と愛人が産んだ子がどちらも自分の子やないなんて考えてもいいひんかったと思う」

那須野大蔵はひどく落胆していた。苦労して創業した会社を自分の子供に継がせてさらに発展させるという夢は、はかない幻に終わった。

「露と落ち　露と消えにし　わが身かな　なにわのことは　夢のまた夢」

「何ですか？　それ」

「秀吉の辞世の句なんや。最期に、なにわを登場させたところが、秀吉が大阪で人気のある理由の一つかもしれへんな」

「おーい、航平〜」

信八が呼び止める声が背後から聞こえた。「こっちや、こっち」

信八が出てきたのは、民家と民家の間の狭い路地だった。そこから奥に進むと、地蔵盆の会場につながっていた。会場と言っても、道幅三メートルほどの道路だ。道路の上に新聞紙が敷かれ、そのさらに上にゴザが並べられている。日よけテントが三つ張られていて、その下で十人ほどの子供たちが輪投げをして遊んでいる。暑さは気にならないようだ。

「この道路は、行った先に階段があるんで、地元のもんしか使わへん。両側の家々にはやかましかったり、通行の不便をかけるけど、一日だけ辛抱をお願いしてる」

「お地蔵さんは？」

「あそこや」

靴を脱いで、ゴザに上がる。民家の軒先に、幅三十センチほどの祠があり、そこに赤い前垂れを掛けたふくよかな笑顔の小柄な石のお地蔵さんが立っている。前には白布の小さな壇が作られ、葡萄やサイダーといったお供えものが置かれている。

壇の下に、一目見ただけで信八のものとわかる金釘流の字でプログラムが書かれている。

・十時　読経とお菓子配布　・十一時　コマ回し選手権　・十二時　みんなで焼きそば　・十四時　ヨーヨー釣り　・十五時　アイスクリーム配布と輪投げ遊び　・十六時　福島産野菜即売会　・十七時　落語——こきん亭しょちょう氏　・十八時　福引き（終了後あとかたづけ）

「おいおい。僕の名前、こきん亭しょちょう氏になっとるやないか」

学生時代は、ちゃんと高座名を持っていて、伝えてあったのだが。

「ええやんか。古今亭《ここんてい》志ん朝《ちょう》みたいで」

「あかんで。古今亭の一門から怒ってきはるで」

「うちは、かまへんと思います。漢字で書いてるわけやないですし」

由紀が、信八に加勢した。

「ほな、二対一の多数決で決まりや。開演十分前までに、うちの工場で着替えとってんか」

「開演って、どこでやるんや？」

「お地蔵さんの前やで。高座として、座布団を三枚重ねとくさかい」

すっかり信八のペースに乗せられた形となったが、明るい声を上げて遊んでいる子供たちを見ていると、こっちまで楽しくなってくる。由紀はいつの間にか、輪投げ遊びに参加させてもらっていた。

(天神祭のようなスケールの大きなものもええけど、こういう町内手作りの小ぢんまりした祭もええな)

子供が主役というのがいい。大人が対象の行事は野菜即売会くらいのものだ。

その野菜即売会が始まった。町内の八百屋さんの全面協力で、福島県産の野菜を買ってもらって売り上げは義捐金《ぎえん》にするという企画だ。

子供たちも手伝って、ゴザの上に野菜が並べられていく。町内の人間以外でも買えるということを信八から聞いていたので、古今堂も由紀もトートバッグを持ってきた。

「うちは、福島の人たちへのサポートももちろんしたいですけど、原発事故の収束の第一線で頑張ってはる人たちへの義捐金みたいなものがあったらええな、と思います。ほんまに危険な作業をしてはっても、きっと東電の社長や役員より報酬は少ないんでしょうね」

五時になり、古今堂は和服に着替えて、お地蔵さんの前に置かれた座布団の上に座った。二十人ほどの子供たちが前に座り、後ろに大人たちも立っている。

題目は、小さい子供でも楽しめる「まんじゅうこわい」にした。学生時代のオハコの一つだった。

ただ、最初のマクラを何にするか、座る直前まで迷っていた。

〝隣の家に囲いができたんやてね〟〝へい〜〟の類では、笑いに慣れた大阪の子供たちは喜ばないだろう。

何かスッとみんなを摑めるものがいい。

夕方を迎えて、浴衣姿になっている子供が数人いた。それを見て、古今堂は今までやったことがない導入を試みることにした。

「えー、みんなは大阪締めを知ってはりますか？」

半数近い子供たちが手を上げた。

「天神祭で有名ですが、他のお祭りでやっても全然かまへんそうです。知ってはる人たちは僕といっしょに、まだ知らん人たちはこれを機会に覚えましょう。ほなら、やりますよ～」

せっかくマスターした大阪締めを使わないまま、天神祭は過ぎてしまった。だが、集まった人々が、見ず知らずの者同士でも盛り上がれる、大阪にしかないツールなのだ。

古今堂が両手を上げると、子供たちは応じてくれた。

「打ちま～しょ！」

チャンチャン
「もひとつとせ～！」

チャンチャン
「祝おうて三度！」

チャチャン　チャン

子供たち全員の輝いた瞳が、古今堂のほうを向いた。
（よっしゃ！　きょうはいけるで）
古今堂は、手にした扇子をぐいと握り締めた。

この作品はフィクションであり、実在の人物・団体・組織等とはいっさい関係ありません。

本書は書下ろしです。

|著者| 姉小路 祐　1952年京都生まれ。大阪市立大学法学部卒業。立命館大学大学院政策科学研究科・博士前期課程修了。『動く不動産』で第11回横溝正史賞を受賞。著書は「刑事長《デカチヨウ》」シリーズ、『東京地検特捜部』『「本能寺」の真相』『司法改革』『法廷戦術』『京女殺人法廷　裁判員制度元年』『逆転捜査』『密命副検事』『署長刑事《デカ》　大阪中央署人情捜査録』など多数。

署長《しよちよう》刑事《デカ》　時効廃止《じこうはいし》

姉小路《あねこうじ》 祐《ゆう》

2012年3月15日第1刷発行

講談社文庫
定価はカバーに
表示してあります

発行者——鈴木　哲
発行所——株式会社　講談社
東京都文京区音羽2-12-21　〒112-8001
電話　出版部（03）5395-3510
　　　販売部（03）5395-5817
　　　業務部（03）5395-3615
Printed in Japan

デザイン—菊地信義
本文データ制作—講談社デジタル製作部
印刷———信毎書籍印刷株式会社
製本———株式会社大進堂

ISBN978-4-06-277203-7

講談社文庫刊行の辞

二十一世紀の到来を目睫に望みながら、われわれはいま、人類史上かつて例を見ない巨大な転換期をむかえようとしている。

世界も、日本も、激動の予兆に対する期待とおののきを内に蔵して、未知の時代に歩み入ろうとしている。このときにあたり、創業の人野間清治の「ナショナル・エデュケイター」への志を現代に甦らせようと意図して、われわれはここに古今の文芸作品はいうまでもなく、ひろく人文・社会・自然の諸科学から東西の名著を網羅する、新しい綜合文庫の発刊を決意した。

激動の転換期はまた断絶の時代である。われわれは戦後二十五年間の出版文化のありかたへの深い反省をこめて、この断絶の時代にあえて人間的な持続を求めようとする。いたずらに浮薄な商業主義のあだ花を追い求めることなく、長期にわたって良書に生命をあたえようとつとめるところにしか、今後の出版文化の真の繁栄はあり得ないと信じるからである。

同時にわれわれはこの綜合文庫の刊行を通じて、人文・社会・自然の諸科学が、結局人間の学にほかならないことを立証しようと願っている。かつて知識とは、「汝自身を知る」ことにつきていた。現代社会の瑣末な情報の氾濫のなかから、力強い知識の源泉を掘り起し、技術文明のただなかに、生きた人間の姿を復活させること。それこそわれわれの切なる希求である。

われわれは権威に盲従せず、俗流に媚びることなく、渾然一体となって日本の「草の根」をかたちづくる若く新しい世代の人々に、心をこめてこの新しい綜合文庫をおくり届けたい。それは知識の泉であるとともに感受性のふるさとであり、もっとも有機的に組織され、社会に開かれた万人のための大学をめざしている。大方の支援と協力を衷心より切望してやまない。

一九七一年七月

野間省一

里見弴

荊棘の冠

実際の事件を基に、美しき天才ピアニストの少女とその父に焦点をあて、「天才よりも大事なものがある」という考えを軸とし、人間の嫉妬や人生の機微を描いた作品。

解説＝伊藤玄二郎　年譜＝武藤康史

978-4-06-290151-2　さL4

川村二郎

アレゴリーの織物

二〇世紀最大の批評家ベンヤミンと、彼のよき理解者アドルノ。今なお世界に影響を与え続ける思想家を、日本でいち早く受容した著者が敬愛を込めて論じた名著。

解説＝三島憲一　年譜＝著者

978-4-06-290154-3　かG4

吉行淳之介・編

酔っぱらい読本

古今東西、酒にまつわる日本の作家22人によるエッセイと詩を精選。飲んでから読むか？　読んでから飲むか？　綺羅星の如き作家群の名文章アンソロジー。

解説＝徳島高義

978-4-06-290153-6　よA12

講談社文庫　目録

浅田次郎　ひとは情熱がなければ生きていけない〈勇気凜凜ルリの色〉
浅田次郎　シェエラザード(上)(下)
浅田次郎　歩兵の本領
浅田次郎　蒼穹の昴　全4巻
浅田次郎　珍妃の井戸
浅田次郎　中原の虹(一)(二)
浅田次郎　中原の虹(三)(四)
浅田次郎原作　ながやす巧漫画　鉄道員《ぽっぽや》／ラブ・レター
青木　玉　小石川の家
青木　玉　帰りたかった家
青木　玉　上り坂下り坂
青木　玉　底のない袋
青木　玉　記憶の中の幸田一族〈青木玉対談集〉
芦辺　拓　時の誘拐
芦辺　拓　怪人対名探偵
芦辺　拓　時の密室
芦辺　拓　探偵宣言〈森江春策の事件簿〉
浅川博忠　小説角栄学校
浅川博忠　小説池田学校

浅川博忠　「新党」盛衰記〈新自由クラブから国民新党まで〉
浅川博忠　自民党幹事長〈三百億のカネ、八百のポストを握る男〉
浅川博忠　小泉純一郎とは何者だったのか
浅川博忠　政権交代狂騒曲
荒　和雄　預金封鎖
阿部和重　アメリカの夜
阿部和重　グランド・フィナーレ
阿部和重　ABC〈阿部和重初期作品集〉
阿部和重　ミステリアスセッティング
阿部和重　IP／NN 阿部和重傑作集
阿川佐和子　あんな作家こんな作家どんな作家
阿川佐和子　恋する音楽小説
阿川佐和子　いい歳旅立ち
阿川佐和子　屋上のあるアパート
阿川佐和子　マチルデの肖像〈恋する音楽小説2〉
麻生　幾　加筆完全版 宣戦布告(上)(下)
青木奈緒　うさぎの聞き耳
青木奈緒　動くとき、動くもの
赤坂真理　ヴァイブレータ

赤坂真理　コーリング
赤坂真理　ミューズ
赤尾邦和　イラク高校生からのメッセージ
浅暮三文　ダブ(エ)ストン街道
安野モヨコ　美人画報
安野モヨコ　美人画報ハイパー
安野モヨコ　美人画報ワンダー
梓澤　要　遊部(上)(下)
雨宮処凛　暴力恋愛
雨宮処凛　ともだち刑
雨宮処凛　バンギャル ア ゴーゴー1・2・3
有村英明　届かなかった贈り物〈心臓移植を待ちつづけた87日間〉
有吉玉青　キャベツの新生活
有吉玉青　車掌さんの恋
有吉玉青　恋するフェルメール〈37作品への旅〉
有吉玉青　風の牧場
甘糟りり子　みちたりた痛み
甘糟りり子　長い失恋
赤井三尋　翳《かげ》りゆく夏

講談社文庫　目録

赤井三尋　花曇り
赤井三尋　バベルの末裔
あさのあつこ　NO.6〔ナンバーシックス〕#1
あさのあつこ　NO.6〔ナンバーシックス〕#2
あさのあつこ　NO.6〔ナンバーシックス〕#3
あさのあつこ　NO.6〔ナンバーシックス〕#4
あさのあつこ　NO.6〔ナンバーシックス〕#5
あさのあつこ　NO.6〔ナンバーシックス〕#6
赤城　毅　虹のつばさ
赤城　毅　麝《じゃ》香《こう》姫《ひめ》の恋文
赤城　毅　書《ル》・物狩人《シャスール》
赤城　毅　書《ル》・物迷宮《ラビラント》
新井満・新井紀子　ハイジ紀行〈ふたりで行く『アルプスの少女ハイジ』の旅〉
新井満・新井紀子　木を植えた男を訪ねて〈ふたりで行く南仏プロヴァンスの旅〉
化野《あだしの》　燐《りん》　蠱《こ》猫《ねこ》〈人工憑霊蠱猫〉
化野　燐　白《はく》澤《たく》〈人工憑霊蠱猫〉
化野　燐　渾《こん》沌《とん》王《おう》〈人工憑霊蠱猫〉
化野　燐　件《くだん》獣《じゅう》〈人工憑霊蠱猫〉
化野　燐　呪《じゅ》物《ぶつ》館《かん》〈人工憑霊蠱猫〉

化野　燐　妄《もう》邪《じゃ》船《ぶね》〈人工憑霊蠱猫〉
化野　燐　人外鏡〈人工憑霊蠱猫〉
青山真治　ホテル・クロニクルズ
青山真治　死の谷'95
阿部夏丸　泣けない魚たち
阿部夏丸　オグリの子
阿部夏丸　見えない敵
阿部夏丸　父のようにはなりたくない
青山　潤　アフリカにょろり旅
梓　河人　ぼくとアナン
赤木ひろこ　ひでさん〈松井秀喜ができたわけ〉
朝倉かすみ　肝、焼ける
朝倉かすみ　好かれようとしない
天野　宏　〈薬好き日本人のための〉薬の雑学事典
阿部　佳　わたしはコンシェルジュ
秋田禎信　カナスピカ
朝比奈あすか　憂鬱なハスビーン
荒山　徹　柳生大戦争
天野作市　気高き昼寝

天野作市　みんなの旅行
青柳碧人　浜村渚の計算ノート
青柳碧人　浜村渚の計算ノート　2さつめ〈ふしぎの国の期末テスト〉
朝井まかて　花《はな》競《くら》べ〈向嶋なずな屋繁盛記〉
アダム徳永　スローセックスのすすめ
五木寛之　ソフィアの秋
五木寛之　狼のブルース
五木寛之　海峡物語
五木寛之　風花のひと
五木寛之　鳥の歌(上)(下)
五木寛之　燃える秋
五木寛之　真夜中の望遠鏡〈流されゆく日々'78〉
五木寛之　ナホトカ青春航路〈流されゆく日々'79〉
五木寛之　海の見える街にて〈流されゆく日々'80〉
五木寛之　改訂新版　青春の門　全六冊
五木寛之　新装決定版　青春の門　筑豊篇(上)(下)
五木寛之　旅の幻燈
五木寛之　他力
五木寛之　こころの天気図

2012年3月15日現在